KB043136

순진함 더하기 사이코패스

순진함 더하기 사이코패스

발행일	2023년 5월 31일
지은이	순정만생
펴낸이	장재열
펴낸곳	단한권의책
출판등록	제25100-2017-000072호 (2012년 9월 14일)
주소	서울시 은평구 서오릉로 20길 10-6
팩스	070-4850-8021
이메일	jjy5342@naver.com
블로그	http://blog.naver.com/only1book
ISBN	979-11-91853-34-6 (03810)
가격	13,000원

심쿵유발 로맨스

순진함 더하기
사이코패스

순정만생 지음

단한권의책

차례

1장

그 남자 루오휘

　먼지가 풀풀 날리는 서 회장의 사무실.

　그곳과 어울리지 않는 고급 양복을 입은 두 남자가 있었다.

　서 회장과 마주 앉은 자리에는 휘라는 남자와 그 옆에 허시
훈이라는 인물이 있었다.

　"부탁드린 자료입니다. 생각보다 빨리 찾았어요."

　서 회장이 말했다.

　"개인적으로 부탁드린 일인데 이렇게 빨리 찾아 주셔서 감
사합니다."

　"이 정도 일이야. 오히려 루오 가문과 연을 맺게 되어서 영
광이지요."

　서 회장이 사람 좋은 웃음을 터트렸다.

그러나 휘는 서 회장이 건네는 서류 봉투를 쉽사리 열지 못했다.

시훈은 휘의 옆얼굴을 살폈다. 봉투 속에 든 건 루오 가문이 으레 하는 몇천억 규모의 기업 합병 서류 같은 게 아니었다.

휘가 한국으로 오자마자 이런 허름한 사무실에 직접 찾아올 정도의 일이 무엇인가. 그 까닭을 쉽게 짐작하는 시훈이었다.

서수완이라는 인물은 대만 화교 출신으로, 한국에 사는 화교들 사이에 발이 넓기로 유명했다.

그 이름답게 수완 좋은 행동으로 건설업계에서도 빠르게 성장했지만, 계속되는 경제 불황에 재작년부터 휘청거리던 서일 그룹은 최근에는 직원 한 명도 두지 못하고 채권자들로부터 도망 다닌다는 소문이 파다했다.

"그나저나 루오 그룹 총수의 외아들이 이렇게 젊고 잘생기신 분일 줄은 꿈에도 몰랐습니다. 우리 아들이랑 나이도 비슷할 것 같은데 말이죠. 대단하십니다."

"과찬의 말씀이십니다."

휘가 매력적인 웃음을 지었다.

루오휘. 아시아 최대 재벌인 루오 그룹 총수 루오수쉰의 외아들이자 벤처 기업 사장.

루오 그룹은 철강, 금융, 부동산 할 것 없이 아시아에 모든 계열사를 가진, 그야말로 중화권 최대 그룹이었다. 그러나 명성만큼 세간에 알려진 바가 많이 없었다. 소문에 따르면 루오 그룹은 뒷세계에서도 힘이 막강해, 루오 그룹에 적을 두었다가는 살아남지 못한다는 이야기가 돌았다.

휘가 그토록 막강한 루오 그룹의 총수에 29살이란 젊은 나이로 지명됐던 것은 루오 그룹의 회장 루오수쉰의 외동아들이기 때문만은 아니었다. 그런데 어찌된 일인지 그는 새 총수 자리를 몇 개월 후에 걷어차고 한국으로 와 벤처 기업을 창업했다.

깨끗한 피부에 높은 콧날과 선명한 눈매. 한눈에 봐도 미남자인 휘에겐 여러 가지 별명이 있었다.

냉혈인, 피도 눈물도 없는 놈, 그 아버지보다 더한 놈…. 루오휘에겐 늘 이런 수식어들이 붙어 다녔다.

휘는 옆에 서 있는 시훈을 올려다보았다.

시훈은 안쪽 주머니에서 봉투를 꺼내 서 회장 앞에 놓았다.

"약소하지만 받아 주세요."

"아, 아닙니다."

서 회장이 손사래를 쳤다.

"돈은 필요 없습니다. 이 정도 일로 사례를 받을 수 있나요."

"그래도 받으시는 게 좋지 않겠습니까. 외람된 말씀이오나, 서일 그룹이 힘들다는 소문을 들었습니다."

"요즘 안 힘든 회사가 있나요. 다 한때죠. 금방 좋아지겠죠."

"제가 도울 수 있는 일이 있다면 도와드리겠습니다. 다만, 이 일을 아무한테도 말하지 않겠다는 약속만 해 주시면 됩니다."

"그거야 물론입죠. 저는 그저 루오 그룹과 인연이 닿은 것만으로도 만족합니다. 마음만 받겠습니다."

서 회장은 허허, 하고 다시 사람 좋은 웃음을 터트렸다.

휘가 내민 봉투에는 휘가 의뢰한 일의 과중을 생각하면 상당히 많은 액수의 돈이 들어 있었다.

눈앞에 있는 돈을 한사코 거절하는 서 회장을 무심한 얼굴로 바라보던 휘는 "그렇습니까?"라는 말 한마디와 함께 서서히 일어났다.

휘는 차에 타자마자 시훈에게 서 회장의 뒷조사를 부탁했다.

조수석에 앉은 시훈이 이유를 묻는 얼굴로 돌아보았다.

그러나 곧 냉엄한 휘의 얼굴에 시훈은 아무 말도 하지 않고 "알겠다."는 말만 꺼냈다.

❧

어두운 밤. 부둣가 창고에서 남자의 비명이 들렸다.

휘는 시훈이 넘긴 자료를 넘겨보았다. 거기에는 서 회장이 경찰에 넘기려고 모은 루오 그룹에 대한 정보가 가득했다. 특이한 점은 대부분이 휘에 대한 뒷조사였다는 점이다.

속옷만 입은 남자의 검은 복면을 벗기자 서 회장이 머리를 흔들었다.

서 회장은 갑자기 들어온 빛이 눈이 부신지 눈살을 찌푸렸다.

오후에 봤을 때만 해도 말쑥한 정장을 차려입었던 서수완 회장의 몰골은 속옷만 입은 채 두 손은 등 뒤로 묶여 있었다.

그 옆에는 건장한 사내 두 명이 서 회장의 팔을 붙잡고 있었다.

"정말 유감이에요, 서 회장님. 누가 뒤를 캐는 것 같다는 이야기는 들었는데, 그게 서수완 회장님일 줄은 몰랐어요. 안타깝네요."

휘가 무미건조한 목소리로 말했다.

"날 처음부터 의심했구만 그래!"

발가벗은 채 씩씩거리는 서 회장과는 달리 휘는 차분한 어조로 말했다.

"그렇지는 않습니다, 서 회장님. 처음부터 당신을 의심했다면 개인적인 부탁까지 하지 않았을 겁니다. 그저 저의 '감'이었습니다. 서 회장님이 돈을 거절할 때부터 의심이 들기 시작했어요. 잘 나가다가 말입니다. '돈은 필요 없다.'는 말에 의심이 가더군요. 세상에 돈을 거부하고 거래를 하겠다니, 믿을 수가 있어야죠."

휘와 시훈은 서 회장을 건장한 두 남자에게 남겨 두고 뒤돌아섰다.

"적당히 알아서 하세요."

"나, 그 여자가 어디 사는지 다 알아. 나한테 손끝 하나 건드렸다가는 그 여자도 가만 안 둘 거야!"

뒤돌아 걷던 휘가 걸음을 멈췄다.

쿵쿵. 휘의 가슴이 울렸다.

고개를 돌린 휘의 표정이 서늘했다.

시훈은 휘의 눈치를 살폈다.

이런 표정을 예전에도 딱 한 번 본 적이 있는데, 잘 떠오르지 않았다.

예전에 휘가 말한 적이 있다. 사람을 기본적으로 믿지 않기 때문에 의심도 하지 않는다고. 거래에서 믿는 건 단 하나 돈뿐이며, 그걸 거부하는 인간들은 좀처럼 신뢰하지 않는다고.

휘는 여전히 두 손이 뒤로 묶여 있는 서 회장에게 한마디 던지고 지나갈 뿐이었다.

"그냥 그 돈을 받지 그러셨어요?"

곧이어 휘의 턱짓으로 남자들이 서 회장의 입에 재갈을 물렸다.

쏴아아아.

빗소리에 잠에서 깼다. 지붕을 때리는 빗소리가 시끄럽게
울렸다.

다행히 지붕에 비는 새지 않았지만, 걱정이 되어 마당으로
나갔다. 대침 같은 비가 하늘을 뚫고 쏟아지고 있었다.

옆집을 보았다. 몇 달 동안 시끄럽게 공사를 하던 옆집은 거
의 완성 단계에 도달한 듯싶었다. 도대체 누가 이사 올까? 유
이는 옆집으로 이사 올 사람이 문득 궁금해졌다. 공사 도중에
중국말이 간간이 들려온 걸 보면 이사 오는 사람이 중국인일
지도 모르겠다.

옆집 아주머니의 말을 들었어야 했을까. 1년 전 지금처럼
태풍이 동네를 휩쓸고 간 뒤, 몇 안 되던 이웃들도 하나둘 떠
나기 시작했다. 덕분에 집을 싸게 구매할 수 있었지만, 유이가
어릴 때부터 이웃이던 옆집 아주머니는 혼자 살면 위험하다고
했다.

하지만 유이는 끝까지 남았다. 할아버지가 남긴 이 집을 떠
날 수가 없었기 때문이다. 볼품없어 보여도 할아버지와의 추
억이 깃든 집이었다. 유이는 이 집을 지키기 위해 안 해 본 아
르바이트가 없었다. 할아버지가 남긴 유이의 학비까지 이 집

을 위해 털어 넣었다.

할아버지를 떠올리자 울적했다. 정말 할아버지가 유학비까지 써 가며 집을 되찾는 걸 원하셨을까 생각하니 살짝 우울한 기분이 들었다.

유이의 어머니는 유이가 태어나자마자 몇 달 되지 않아 돌아가셨다. 할아버지와 아버지, 유이 이렇게 세 가족이 살았지만, 밖으로만 도는 아버지보다 할아버지와 함께했던 날이 더 많았다.

유이는 아주 꼬마였을 때부터 할아버지가 손수 두부를 만드시는 걸 봐 왔다. 할아버지는 하루도 빠지지 않고 두부를 만들었는데, 아침에 부스스 눈을 비비며 일어나면 언제나 가마솥에서 콩물을 젓고 계시는 할아버지를 만날 수 있었다.

그런데 눈이 소복이 쌓인 겨울 어느 날이었다. 새하얀 눈 위에 발자국을 남기며 한 남자가 두부 가게로 들어왔다. 모자를 벗자 초췌한 몰골의 아버지가 덥수룩한 수염을 기른 채 서 있었다. 아버지는 웬일인지 할아버지와 눈을 마주치지 않았다.

작은 방에서 할아버지와 아빠가 이야기를 나누는 동안 유이는 할아버지 대신 가마솥의 콩물을 저었다. 짧게 이야기를 나누던 부자는 방에서 나오자 말이 없었다. 밥을 먹고 가라는 할아버지의 말씀에도 아버지는 다시 모자를 쓰고 터벅터벅 눈 오는 거리를 걸어갔다.

며칠 뒤에 두부 가게로 빚쟁이들이 찾아왔다. 또다시 아버지의 사업이 망한 것이다. 몇 번이나 크고 작게 아버지는 사업을 말아먹었고, 그때마다 뒷수습은 할아버지 몫이었다. 그러나 이번에는 할아버지의 손에서도 어쩔 수 없는 일이었다. 같이 동업한 친구가 모든 돈을 갖고 튄 것이다.

며칠 후 아버지가 돌아가셨다는 비보를 들었다. 심장이 안 좋은 아버지였다. 도망간 사기꾼을 찾으러 사방팔방 쫓아다녔던 아버지는 눈보라가 세게 치던 어느 날, 심부전증으로 길거리에서 쓰러져 돌아가셨다.

모든 일이 순식간에 일어났다. 수험생이었던 유이에겐 너무나 빠르게 지나간 시간이었다. 슬퍼할 겨를도 없었다. 장례가 끝나자마자 사기꾼을 잡았다는 경찰의 연락을 받았지만, 이미 아버지는 돌아가셨고 집안은 풍비박산이 나 있었다.

동업자였던 친구는 아버지가 추운 길거리에서 쓰러져 가는 동안에도 하와이에서 돈을 펑펑 쓰며 살았다고 한다. 너무 눈에 띌 정도로 돈을 써 발목이 잡혔다는 그는 돌아가신 아빠에게 일말의 죄책감도 없었다. 속은 놈이 순진한 거라는 말뿐이었다.

장례가 끝나자 할아버지는 두부 가게를 파셨다. 아버지의 생명 보험금으로도 갚지 못한 빚이 있었다. 할아버지는 일생을 함께한 두부 가게를 팔아 자식의 장례비용을 치르고 남은 빚을 갚았다.

이삿날 이웃의 도움을 받아 짐을 날랐다. 마지막 짐을 옮기고 한숨을 돌린 할아버지는 마지막으로 두부 가게를 돌아보시며 쓸쓸한 표정을 지으셨다. 유이는 할아버지의 그 표정을 잊을 수가 없었다. 할아버지는 괜찮다고 말씀하셨지만, 집을 떠난 뒤 할아버지의 건강은 눈에 띄게 나빠지셨으니까.

쇠약해져 누워 계시던 할아버지는 통장 하나를 유이에게 건넸다. 할아버지가 아끼고 아껴서 모은 유이의 유학비였다. 그러나 통장을 받은 유이는 하나도 기쁘지 않았다. 그 돈으로 할아버지의 일생을 바친 두부 가게를 지켰으면 좋았을걸.

유이는 그 통장의 돈을 쓰지 않았다. 창문도 없는 고시원에서 지내고 학식까지 아껴가며 돈을 모았다. 그렇게 돈을 모은 이유는 하나였다. 할아버지의 소중한 두부 가게를 다시 찾기 위해서였다. 되찾기까지 4년이라는 시간이 흘렀다. 마음 한편에는 할아버지가 정말 이걸 원하셨을까 하는 의문도 들었다. 유이는 머리를 내저었다. 할아버지가 일생을 바쳤던 두부 가게를 되찾을 수 있다면 그걸로 됐다.

태풍에 끼이익 소리를 내며 덜컹거리는 문소리를 들으면서 잠을 청했다. 내일은 일찍 일어나야 한다. 아침 일찍 두부를 만들고 교도소에 가야 하니깐.

2장
두부 테러범

창문으로 푸르스름한 새벽빛이 들어왔다.

평소보다 일찍 일어난 유이는 어젯밤에 불려 놓은 메주콩부터 꺼냈다. 얼음장같이 차가운 물에 손을 담그자 손끝이 얼얼했다.

불린 콩이 부드러워질 때까지 갈았다. 메주콩을 다 갈고 이제 비지와 콩물을 나눠 줄 차례였다. 깨끗한 면포 위에 메주콩을 붓고 꼭 짜냈다. 다음으로 잘 짜낸 콩물을 끓였다. 바닥에 눌어붙지 않게 쉬지 않고 저었다.

할아버지는 세상에서 제일 맛있는 두부는 오늘 만든 두부라고 하셨다.

그 말을 증명하듯 할아버지는 하루도 빠지지 않고 새벽이면 일어나 두부를 만드셨다. 아침에 눈을 비비고 일어나면 언제나 부엌의 가마솥에서 콩물을 젓고 계시는 할아버지를 볼 수 있었다.

새벽 3시에 홀로 일어나 두부를 만드는 외롭고 고된 작업을 할아버지는 40년이 넘는 세월 동안 하셨다. 할아버지를 생각하며 콩물을 저었다.

콩물이 끓기 시작하면 불을 끄고 간수를 넣었다. 간수를 넣은 콩물은 뭉게구름처럼 몽글몽글 덩어리지기 시작했다.

두부는 굉장히 섬세한 음식이다. 만드는 과정까지 세심함을 요구하는 까다로운 요리라 만들 때마다 불의 온도, 끓이는 시간, 콩 젓는 방법, 날씨까지 모든 요소의 영향을 받아 일정한 맛을 내기가 어려운 음식이 바로 두부다.

이래서 두부를 보고 '평생에 두 번의 두부는 없다.'는 말이 나올 정도다. 교도소에 갔다 온 사람에게 두부를 주는 것은 평생 똑같은 두부가 없듯이 나쁜 일도 이번이 마지막이라는 의미를 내포하고 있다.

그래서인지 몰라도 할아버지의 두부 가게에는 가끔 어깨 넓어 보이는 남자들이 종종 출입했다. 그들 사이에서 미신처럼 소문이 난 모양이었다. 이 영감네 두부를 먹으면 마음이 깨끗해진다고.

할아버지는 음식을 만들 때 남을 미워하는 마음으로 만들면 안 된다고 항상 말씀하셨다. 미워하는 마음으로 음식을 만들면 그 부정이 먹는 사람에게까지 영향이 간다고, 깨끗한 마음으로 음식을 만들어야 한다고 말씀하셨다.

마지막 순간에도 할아버지는 유이에게 아무도 원망하지 말라고 말씀하시며 숨을 거두셨다.

유이는 완성된 두부를 칼로 깔끔하게 잘라냈다. 잘 만든 정사각형의 두부를 면포에 소중히 감싸 하얀 접시에 담았다. 그러고는 소중한 두부를 들고 문을 나섰다.

누군가에게 손수 만든 두부를 주기 위해.

＊

교도소 앞에 검은색 차 한 대가 서 있다. 시훈의 옆에 앉은 휘는 무슨 생각을 하는지 도통 말이 없었다.

톡톡.

차 문을 두드리는 소리에 휘가 눈을 떴다. 박 경감이 차 문 앞에 서 있었다.

"오랜만입니다, 박 경감님."

시훈이 마네킹처럼 딱딱하게 웃었다.

박 경감은 시훈의 인사는 무시한 채 시훈의 옆에 앉아 있는 휘의 얼굴을 빤히 쳐다봤다.

"흐음, 오늘 두 분 대신에 들어간 부하 마중 온 겁니까?"

말속에 뼈가 있었다. 시훈과 휘는 대답하지 않았다.

서수완 회장과 마지막으로 만나고 이틀 뒤, 서 회장의 사망 소식을 들었다. 서 회장의 사건을 조사하던 경찰은 서 회장이 마지막으로 만난 휘를 찾아왔었다.

기나긴 심문 끝에 자살이라는 결론이 났고, 휘 밑에 있던 부하가 폭행치사 혐의로 경찰에 넘어갔다. 오늘 그 친구가 출소하는 날이라 아침부터 기다리고 있었다.

"설마, 박 경감님이 언론 찌라시를 믿는 건 아니시겠지요?"

"제가 믿는 건 제 육감뿐입니다. 허허."

시훈은 능글맞은 경감의 말에 코웃음을 쳤다. 루오 가문을 물로 봐도 너무 봤다.

아무런 특별할 것 없는 자살 사건은 최근 세간에 화제가 되었다. 바로 '완벽한 밀실 사건'이라는 기사 하나 때문이었다. 거기에 루오 그룹 총수의 아들이 연관되어 있다는 소문에 기자들이 하이에나 떼처럼 달려들었다.

휘는 답답한지 차 문을 열고 나왔다. 휘가 차에서 내리자 시훈도 얼른 뒤따라 내렸다.

휘는 차 보닛에 기댔다.

"제가 보고 싶어서 오신 건 아닐 테고."

"루오 황태자님의 귀한 얼굴을 자주 보면 좋죠."

20

"제 얼굴이야 본다고 닳는 것도 아닌데 누가 뭐라고 하겠습니까."

휘는 웃으며 눈을 천천히 감았다가 떴다. 아주 빈말은 아닐 것이다. 경찰이 서 회장에게 몰래 부탁을 한 건 루오 가문보다 휘의 신상에 더 신경을 쓰고 있었다는 방증일 테니까. 루오 가문 총수의 아들이 왜 한국에 왔는지 궁금했을 것이다.

"서 회장님의 자살에는 경찰에게도 책임이 있지 않겠습니까? 사람을 그렇게 몰아붙이셨으니 말입니다."

휘의 표정이 금세 싸늘해졌다.

"우리 루오 그룹이 그 정도 비리 따위로 무너지지 않을 거라는 걸 알면서도 왜 절박한 사람한테 호랑이 굴로 뛰어들라고 말한 겁니까? 누가 더 잔인한 건지 모르겠군요."

"흐음, 저희도 어쩔 수가 없었다고 하죠. 루오 가문이니까요. 그 정도 딜을 안 하면 비밀에 싸여 있는 루오 그룹의 황태자님을 어떻게 만나겠어요."

"딱히 비밀이랄 것도 없습니다. 언제든 찾아오시면 차라도 한잔 대접해드리겠습니다."

"근데 루오휘 사장께서는 왜 하필 한국으로 온 겁니까? 총수 자리를 박차고 나오자마자…. 무슨 꿍꿍이입니까?"

"사업가가 비즈니스하러 온 거지, 다른 게 뭐 있겠습니까."

휘가 햇살처럼 환한 웃음을 지었다. 하마터면 박 경감도 그

웃음에 넘어갈 뻔했다. 자연스러운 한국말. 날카로운 눈매와는 다르게 자연스럽게 올라가는 입꼬리. 휘는 미묘한 이질감이 매력으로 보이는 남자다.

거기다 취조실에서 단답형으로 대답하던 모습과는 다르게 보기보단 스스럼없는 행동이 사람을 매료시키는 구석이 있었다. 그 옆에서 무서운 눈으로 쏘아보고 있는 남자는 허시훈. 휘 옆에서 오랫동안 함께한 인물로 휘에 대한 애정이 대단하다고 들었다.

오늘의 성과는 휘라는 인물을 만났다는 걸로 만족하자.

"공치사가 아닙니다. 오시면 차라도 한 잔 대접해 드리겠습니다."

휘는 안주머니에서 명함 한 장을 꺼내 내밀었다. 금장으로 테두리를 감싼 명함에는 회사 이름과 루오휘의 이름뿐이었다.

"뭐, 조만간 차나 한잔 얻어먹으러 가죠. 그때 가서 문전 박대하진 마시길."

시훈의 표정에 짜증이 그대로 드러난 것에 비해 휘는 온화했다. 휘는 차 보닛에 기대어 눈을 감았다. 비가 한 방울씩 내리기 시작했다.

"박 경감에 대해 알아봤어?"

"이름 박문철 경감. 젊은 나이에 경감까지 올라간 인물. 전국 수배율 1위. 매우 깨끗한 인물이었어. 그리고 뇌물이 안 통한다는 말이 있어."

"더 알아봐 줘. 분명히 약점이 있을 거야. 돈을 싫어하는 사람은 없어. 현찰이 싫다면 취향이 고상하든지 남모르는 빚이 있든지, 분명 돈과 연관된 게 있을 거야."

휘는 아직도 화가 덜 풀린 시훈에게 한 바퀴 돌고 오겠다고 말하고는 교도소 주위를 걷기 시작했다.

교도소의 높다란 회색 벽과 사람 하나 없는 넓은 도로가 을씨년스러운 분위기를 자아냈다. 휘에게는 나쁘지 않은 풍경이었다.

구름 낀 하늘에서는 비가 조금씩 내리고 있었다. 서늘한 공기와 푸름으로 가득한 분위기가 마음에 들었다. 그러나 기분 좋은 산책은 여자의 울음소리로 인해 멈춰졌다.

겨자색 후드 재킷을 입은 여자가 쭈그려 앉아 소리 내어 울고 있었다. 무슨 사연으로 교도소 앞에서 울고 있는지 모르지만, 비를 쫄딱 맞고 흐느껴 우는 여자가 버려진 고양이 같았다.

여자를 지나쳐 걸었다. 휘는 교도소를 한 바퀴 더 돌았다. 울고 있던 여자가 아직 그곳에 있었다.

여자는 웬 중년 남자를 가로막고 있었다. 큰 가방을 어깨에 둘러멘 중년 남자의 행색은 누가 봐도 방금 출소한 것 같았다. 여자는 고개를 푹 숙인 채 중얼거렸다.

"당신 때문에… 모두 당신 때문에…."

"뭐, 뭐라고?"

중년 남자는 느닷없이 앞길을 가로막은 여자 때문에 당황한 기색이 역력했다.

"당신이 떵떵거리며 잘사는 동안 우리 아버지는 추운 겨울날 길거리에서 돌아가셨어. 평생 두부만 만들던 우리 할아버지는 먼저 간 자식 장례식 치르고 몇 달 안 돼서 돌아가셨고. 평생 두부를 팔아서 모은 돈 전부를 당신이 떠맡긴 빚을 갚는 데 쓰시고 말이야!"

휘는 일부러 천천히 걸었다. 대충 이해는 되었다. 저 남자가 가족을 풍비박산 낸 사기꾼인 모양이로군.

"될 수 있으면 우리 할아버지가 만든 두부를 드리고 싶었어. 우리 할아버지가 만든 세상에서 제일 순수하고 맛있는 두부를."

"비켜!"

중년 남자가 밀쳐도 여자는 아랑곳하지 않고 남자 앞을 가로막았다.

"타인에게 상처 입히고도 잘 먹고 잘사는 걸, 난 용납할 수 없어."

"아, 기억났다. 너 이 영감네 손녀딸이지? 네 아버지가 멍청

24

해서 죽은 걸 가지고 왜 나한테 이래!"

여자는 하얀 두부를 손으로 움켜쥐고 사기꾼을 향해 던졌다.

"이거나 먹고 정신 차려라!"

"어, 어! 이년이 미쳤나!"

픽!

휘의 얼굴에 두부가 날아왔다.

사기꾼에게 던진 두부는 보기 좋게 빗나가 그 뒤에 있던 휘가 봉변을 당한 것이다.

갑작스럽게 당한 두부 공격에 휘는 주머니에 넣은 두 손을 빼지도 못하고 있었다. 이게 무슨 일이지. 두부를 정통으로 맞은 휘는 약간 사고가 정지된 기분이었다.

사기꾼은 여자를 피해 욕을 하면서 달아났다. 여자는 휘에게 달려와 연신 허리를 숙이며 죄송하다는 말을 반복했다.

"안 다치셨어요?"

"괜찮으니까 그만 사과해요."

마른하늘에 날벼락을 맞을 확률과 비 오는 날 두부를 얼굴에 맞을 확률. 둘 중에 어떤 게 더 높을까. 휘는 그냥 재미있는 해프닝이라고 생각했다. 날벼락보다는 연한 두부를 얼굴에 맞는 게 더 안전하지 않은가.

"저는 괜찮으니까 이만 가 보세요."

"그래도 어떻게… 세탁비라도 드릴게요."

"아, 됐어요. 옷은 버리면 되니까."

여자의 갈색 눈동자와 마주쳤다. 울어서 눈이 퉁퉁 부은 눈에는 눈물자국이 그대로 있었다. 그 눈을 보던 휘는 가슴에서 무언가 보글보글 올라오는 기분을 느꼈다.

피하자. 무슨 기분인지 모르겠지만 피하자. 왠지 휘는 그러고 싶었다.

문득 뒤를 돌아봤다. 여자는 땅바닥의 두부 앞에 주저앉아 울고 있었다. 휘의 얼굴을 향해 날아왔던 두부는 바닥에 떨어졌어도 형체가 크게 흐트러지지 않았다.

네모진 하얀 두부. 그 앞에서 우는 여자.

빗방울이 굵어졌다. 후드득. 빗방울이 어깨를 때린다. 아주 잠깐, 비를 맞고 울고 있는 여자가 불쌍하다고 생각했다.

휘는 입가에 남은 두부의 잔여물을 혀로 훑었다. 제법 제대로 만든 두부 맛이 났다.

"사기꾼에게 날리기엔 너무 아까운 두부 맛이야."

휘는 눈물이 그렁그렁 맺힌 갈색 눈동자를 떠올렸다. 기분이 이상했다.

이상한 기분…. 휘는 빗속에서 우는 여자를 보고 불쌍함을 느꼈다. 그리고 그게 몹시 기분이 나빴다.

3장

케이크 한 판

　이렇게 하늘에서 눈이 펑펑 내릴 때면 유경이 떠올랐다. 그날도 오늘처럼 함박눈이 내렸다. 유경은 왜 그렇게 추운 날씨에 세상을 떠나야 했을까? 이렇게 눈이 오는 날이면 그것마저 서러웠다.

　유경이 자살했다는 소식은 삽시간에 퍼졌다. 유이는 슬퍼할 시간도 없이 선생님의 동행하에 경찰 조사를 받았다. 경찰은 유경의 친구 관계, 평소에 자살을 암시하는 말을 했는지 여부를 물어왔지만, 유이는 하염없이 눈물만 주르륵 나올 뿐 대답을 할 수 없었다.

　유경은 어이없게도 친척 어른이 빌려준 오빠의 등록금을 예금하러 갔다가, 은행 앞에서 아버지가 응급실에 실려 갔는데 지갑을 놓고 와서 수술비를 못 내고 있다는 생면부지의 사람에게 오빠의 등록금을 내주고 말았다.

아무리 기다려도 지갑을 가져간 사람은 오지 않았고, 오빠 등록금을 사기당했다는 생각에 오빠에 대한 미안함과 좌절감에 아파트에서 뛰어내렸다는 것이 유경의 자살 경위였다.

유이는 교무실을 나오고 나서 한참 동안 교문 앞에 서 있었다. 이대로 교실로 돌아가 유경의 빈 책상을 보기만 해도 오열할 것 같은 기분이라 걸을 수 없었다. 교문 사이로 경찰과 선생님이 나누는 대화가 들려왔다.

"어떻게 그런 얼토당토않은 말에 순진하게 속아 넘어갔는지. 학생이 너무 순수해서 죽은 거예요."

"혹시 유경이라는 학생이 좀 모자라는 아이였나요?"

"그렇지는 않았어요. 성적도 괜찮은 아이였는데."

"설마 그것만으로 죽었겠어요? 다른 이유가 있었겠죠. 남자 문제라든지."

담임선생님은 대답을 얼버무렸다.

유이는 아랫입술을 깨물었다.

내 친구는 모자라지도, 되바라지지도 않았다고 말하려는데 목울대가 꽉 막혀 목소리가 나오지 않았다. 어떻게 그런 말에 속아 넘어갔는지, 경찰은 사기꾼보다 어이없게 순진한 친구 유경을 더 탓하는 것처럼 느껴졌다.

온몸의 힘이 팔에서부터 빠져나가는 듯했다. 순진하게, 얼토당토않은 거짓말에 속아 죽음을 택한 친구. 유경의 자살 경위는 그걸로 끝이었다.

유경과 마지막으로 나눈 대화를 떠올렸다.

"가끔 케이크 한 판을 손으로 퍼먹는 상상을 해. 그럼 행복해져. 이걸 왜 계속 미루고 있냐면 진짜 다 포기해 버리고 싶을 때 정말 참고, 참고 또 참았다가 안 되겠다 싶을 때 할 거야. 그 생각만 하면 기분이 좋아져. 토할 것 같이 막 입속에 집어넣는 상상. 불행의 끝을 달리고 있다 느끼다가도 '아직 내게는 케이크 한 판이 남아 있다. 제일 힘들고 미칠 것 같은 날 하려고 미루고 있다. 이게 끝이 아니다. 견딜 수 있다.' 이렇게 되뇌는 거지. 내 꿈이야, 언젠가 케이크 한 판을 사서 다 먹는 거."

나는 알고 있었다. 유경의 집은 케이크 하나를 살 돈이 없는 집이라는 걸. 그걸 살 돈으로 차라리 쌀을 사야 할 정도로 형편이 좋지 않다는 걸.

"케이크 먹고 싶어? 그럼 내가 사 줄게."

순간 유경의 표정이 어두워졌다가 사라졌다.

"사 주지 말고 나중에 네가 만들어 줘."

난 왜 그렇게 철이 없었을까? 얼마나 많이, 얼마나 순진하게 액면 그대로 받아들였는지. 돈이 없어서 케이크를 못 먹는다는 말이 아니었는데. 케이크는 유경에게 마지막 보루였는데.

이 몹쓸 해맑음으로 여러 사람에게 상처를 입혔을까, 알게 모르게 친구의 자존심을 긁어 놨을까, 그 작은 긁힘이 유경의 죽음에 보탬이 됐을까. 유이는 괴로웠다, 아주 많이. 눈물이 마를 정도로 힘들었다.

유경이 죽고 며칠 후, 유이는 손수 만든 케이크를 들고 봉안당으로 찾아갔다.

"케이크를 만들어 보려고 했는데… 아직 내 실력이 그 정도가 안돼서 못 만들었어. 미안해, 유경아."

눈물이 뚝뚝 떨어졌다.

"이젠 울지 않으려고 했는데 잘 안 되네. 이제 눈물은 다 흘린 줄 알았는데. 미안해."

그리고 케이크를 손으로 마구 퍼먹었다. 숨 막힐 정도로 밀어 넣어도 숨은 쉬어지고 입은 달아서, 그게 너무 웃겨서 울다가 웃어 버렸다. 유이는 그렇게 케이크를 다 먹을 때까지 먹다가 웃다가 다시 울기를 반복했다.

그날로부터 8년이 지났다. 유이는 꽃을 올려놓고 묵념을 했다. 어디선가 남자 목소리가 들려왔다.

"유경이 친구?"

고개를 들자 유경의 오빠가 서 있었다. 유경의 오빠는 군대를 졸업하고 전기회사에 다니다가 대학에 들어갔다는 이야기를 들었다. 유경의 오빠는 매년 잊지 않고 와 줘서 고맙다고 말했다. 잠깐 어색한 시간이 흘렀다. 유경의 오빠는 봉안당을 보며 낮게 한숨지었다.

"지금 와서 보면 별일도 아니었는데… 유경이가 너무 순진해서…."

"…."

유이는 아무 말도 하지 않았다. 유경의 오빠는 유경이도 이젠 괜찮을 거라며 매년 오지 않아도 된다고 말했다. 유이는 작게 고개를 끄덕이며 유경의 유골함을 한 번 더 보고 내려왔다.

🌿

짙은 선글라스를 쓴 휘가 하늘을 올려다보았다. 햇볕이 기분 좋게 온몸을 감싼다. 도심에서 벗어난 이곳의 맑은 공기가 꽤 마음에 들었다.

"이 정도면 괜찮아 보이는데."

"그럼요. 교통이 좀 불편하다 뿐이지. 서울 근교에 이렇게 공기 좋고 조용한 곳은 찾기 힘듭니다. 교통 불편한 거야, 회장님이 버스 타고 다니실 일도 없을 테고 말이죠."

부동산 중개인은 거물급 상대에 연신 비위를 맞췄다.

"근데, 저 옆에 창고는 뭔가요?"

완공을 바라보는 신식 건물 옆에 슬레이트 지붕의 집이 있었고, 그 집 앞에는 텃밭까지 가꿔져 있었다.

옆에 있던 시훈이 다 쓰러져 가는 집을 가리켰다.

"설마 사람이 사는 건 아니죠?"

"저기가 옆집인데 말입니다. 집이 팔려서 말이죠."

곤란한지 부동산 중개인이 숱이 얼마 없는 옆머리를 긁적였다.

"계약금의 두 배 넘게 준다고 해도 안 판다는 거예요. 생전에 할아버지가 두부 가게를 하던 집이라고 절대로 못 판다고 하니, 어쩔 수가 없었어요."

"이런 곳에 두부 가게가 있었어요?"

"네. 이 영감네 두부 가게라고 입소문으로 찾아오는 손님이 꽤 많았던 가게였어요. 아들이 사업하다 망해서 팔리고, 일반 가정집이었다가 작년에 태풍으로 집이 날아갈 뻔해서 식구들이 다 이사를 가 버리고 텅 빈 집이었죠. 그런데 그 집을 손녀딸이 다시 사겠다고 나섰지 뭐예요."

이 영감네 두부 가게. 어렴풋이 기억나는 듯했다. 한국에 살 때 이사를 하도 자주 다녀서 기억이 가물가물했지만, 엄마가 두부 한 모 사 오라고 심부름을 시켰을 때 이 근방에 왔던 기억이 떠올랐다.

"이러면 얘기가 달라지는데요. 일전에도 말씀드렸다시피 첫째도 보안, 둘째도 보안이라고 주위에 아무도 없었으면 좋겠다고 말씀드렸는데요."

"아니, 그게 저⋯."

"계약금의 두 배가 아니라 여덟 배로 준다고 하세요. 아니, 스무 배라 해도 산다고 해요."

시훈이 제시한 계약금의 스무 배란 소리에 부동산 중개인의 눈이 햇빛에 반사되는 그의 넓은 이마처럼 반짝였다.

휘는 시훈과 부동산 중개인의 실랑이에는 관심 없는지 옆집에서 가꿔 놓은 텃밭에 집중했다. 고추, 마늘을 심어 놓은 텃밭이 휘의 호기심을 자극했다.

"나도 텃밭이나 가꿔 볼까."

부동산 중개인과 얘기가 끝났는지 시훈이 바짝 붙어왔다.

"텃밭? 그럴 시간이 있겠어? 하긴 여긴 죄다 풀이랑 밭밖에 없긴 하네. 너무 외진 곳이야. 보안 철저하고 전망 좋은 펜트하우스에서 살면 되지 왜 하필 여기야? 여긴 근래 태풍도 자주 온다던데."

"여기 땅이 좋아."

휘는 구두 앞코로 땅을 두드렸다.

"분명 작물도 잘 자랄걸. 사람이 땅을 밟고 살아야지."

"계약금의 스무 배, 삼십 배를 줘서라도 옆집도 살 거야. 여길 허물고 정원을 더 넓히든지 아니면 서재를 더 넓히든지 하면 좋지 않겠어?"

시훈은 레고 장난감을 고르듯 쉽게 말했다. 휘는 그저 옆집 마당에 가꿔 놓은 텃밭을 밟고 슬금슬금 움직이는 고양이 두 마리에 집중했다. 새끼를 데리고 있는 고양이는 경계를 늦추지 않고 조심조심 앞으로 걸어갔다. 나무 박스로 만든 고양이 집에 사료 그릇과 물그릇이 있었다.

새끼 고양이가 사료를 먹는 동안 어미 고양이는 그 주위를 지키고 있었다. 순간 어미 고양이와 휘의 눈이 마주쳤다. 고개를 돌리지 않고 쏘아보던 어미 고양이는 휘가 짐짓 다른 곳을 보는 척하는 사이 새끼를 데리고 사라졌다.

❧

오늘은 유이가 보조 영양사에서 영양사로 승진한 첫날이다. 유이는 새벽부터 부랴부랴 열쇠를 챙겨 들고 문을 열었다. 영양사가 된 첫날부터 지각할 순 없었다. 여긴 산 좋고 물 좋은 곳이지만 딱 한 가지, 교통이 불편해서 일찍 출근해야 했다.

"으악!"

현관문을 여는 순간, 문 앞에 서 있는 검은 양복을 입은 남자 둘을 보고 놀랐다. 키가 크고 머리를 뒤로 넘긴 남자와 그 옆에 못지않게 키가 크고 선글라스를 쓴 남자가 서 있었다.

"누구세요?"

두 남자는 서로의 얼굴을 마주 보고 곤란한 표정을 지었다.

졸지에 남자의 집에 들어갔다. 신식 건물이라 페인트 냄새가 날 줄 알았는데 편백나무 냄새가 기분 좋게 나는 집이었다. 가구나 장식품 하나하나에도 기품이 느껴졌다. 이런 옆집에 비하면 우리 집은 말 그대로 창고나 마찬가지였다.

그나저나 정신을 차려야 한다. 계약서가 두 장이라니. 이게 어찌 된 일인가.

정신 똑바로 차려, 이유이. 이 추운 엄동설한에 길바닥으로 나앉게 생겼어!

탁자에는 계약서 두 장이 놓여 있었다. 자신을 '휘'라고 소개한 남자가 계약서 두 개를 비교하고는 내려놓았다.

"아무래도 사기를 당하신 것 같네요."

"그럴 리가 없어요. 저는 이미 3개월 전부터 여기 쭉 살았어요."

"혹시 계약을 누구와 하셨습니까? 집주인과 하셨습니까?"

그러고 보니 실제 집주인과는 대면한 적이 없었다. 계약서에 사인한 것도 모두 부동산 중개인과 함께였다. 그제야 깨달았다는 듯 유이는 놀라서 숨을 헉 들이켰다. 계약을 집주인과 하지 않고 부동산 중개인과 계약서를 주고받았다. 맙소사. 머릿속이 새하얘졌다.

남자가 손목시계를 확인했다.

"다시 한 번 확인하시고 일단은 저녁에 한 번 더 얘기 나누는 게 어떨까요?"

유이는 머릿속이 하얘져 아무 말도 나오지 않았다. 7년 동안 안 쓰고, 안 입고 모았던 돈이 한순간에 날아가게 생겼다. 나는 왜 이리 바보 같은지 눈물이 왈칵 쏟아졌다. 처음 보는 사람들 앞에서 꼴사납게 우는 것도 서글픈데 눈물이 멈추지 않았다.

당황한 남자가 티슈를 여러 장 뽑아 건넸다.

"지금 당장 나가라는 말은 아닙니다. 한 번 더 부동산에 확인해 보시고… 울지 마세요."

제발. 휘는 뒷말을 생략했다.

심장이 아려오는 기분. 여자가 굵은 눈물을 뚝뚝 흘리는 걸 보는 게 썩 기분이 좋지 않았다.

그런데 이 여자, 어디서 본 것 같다.

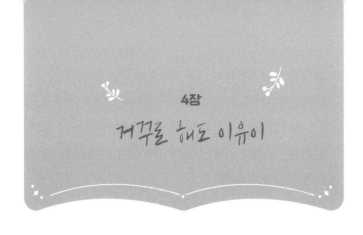

4장

거꾸로 해도 이유이

휘는 계속 아침에 울던 여자를 생각했다. 고개를 푹 숙이고 눈물을 글썽이던 얼굴. 옅은 눈동자와 양 갈래로 땋은 갈색 머리카락. 분명히 본 적이 있는데 퍼뜩 떠오르지 않는다. 그리고 무엇보다 우는 여자를 보고 심장이 뜨끔하던 기분이 영 익숙지 않다.

시훈이 입을 열었다.

"바보 같은 여자였어. 계약서도 확인 안 해 보고 사인을 하다니, 그렇게 순진해서 이 험한 세상을 어떻게 살려고 그러나."

"어. 그러게."

건성으로 대답하던 휘는 차장으로 비치는 낯선 서울 풍경을 보았다.

"그런데 우는 모습을 보니까 불쌍했어."

시훈은 하마터면 4차선 도로에서 급발진할 뻔했다. 잘못 들었다고 생각했다.

불쌍하다니. 휘의 입에서 그 단어가 나온 건 처음이었다. 휘가 변할 수도 있는 걸까?

휘와 시훈이 회사 앞에 도착하자 허름한 차림의 노인이 다가와 구걸을 했다.

"어제 막차를 놓쳐서 길바닥에서 잤어요. 집에 갈 차비 좀 적선해 주십시오."

휘와 시훈은 노인을 무시하고 지나갔다. 뒤이어 노인은 뒤에 온 여성에게도 똑같은 말을 건네고 있었다.

"할아버지, 아침밥은 드셨어요? 집은 어딘지 아시고요? 근처에 파출소가 있는데 같이 가 드릴까요?"

"그냥 차비만 주십쇼."

"여기요. 우선 이걸로 아침밥이라도 드세요."

노인은 여자에게 돈을 받더니 "감사합니다." 하고 인사한 뒤 뒤돌아갔다.

휘는 저절로 눈살이 찌푸려졌다. 저런 뻔하디 뻔한 구걸에 속아서 돈을 주다니. 저런 사람들 때문에 구걸이 사라지지 않는 거였다. 그런데 여자가 낯이 익다. 아침에 본 옆집 여자다.

그 여자는 걱정되는지 노인이 걸어간 방향을 노인이 사라질 때까지 바라보다가 이내 회사 건물로 들어섰다.

회전문에서 두 남자와 마주쳤다. 당황한 여자는 회전문에 갇혀서 두 바퀴를 더 돌았다.

그 모습을 보고 휘는 피식 웃었다.

"와, 진짜 바보같이 순진한 여자네. 저런 뻔한 속임수에도 돈을 주다니."

"그러게. 바보같이 순진한 여자네."

휘는 뜸을 들인 후 시훈의 말을 되풀이했다. 순진한 여자. 기분이 썩 좋지 않았다. 마치 심장에서 뱀이 똬리를 틀고 움직이는 느낌이었다.

여자의 우는 얼굴을 떠올렸다. 휘는 저 여자를 어디서 봤는지 기억하고 싶었다.

이럴 때 얼굴을 잘 기억하지 못하는 휘로서는 난처했다. 24시간 휘 옆에 붙어 있는 시훈이 알아보지 못한 걸 보면 자신의 착각일지도 몰랐다. 아니면 오래전 한국에 살 때 만났던 사람이거나. 그건 그것대로 기분이 썩 좋지 않다.

⁂

출근은 했지만, 머릿속이 복잡했다. 앞으로 어떡해야 할지 막막했다. 당장 집을 비워 달라고 하면 어떡하지. 미소 집에서 며칠 지내게 해 달라고 부탁할까. 순진하게 속아 넘어간 자신에게 자괴감이 들었다.

최 영양사님이 말을 걸었다.

"이 영양사님, 아침에 삥 뜯기셨다면서요?"

"제가요?"

"그 할아버지 차비 없어서 밖에서 노숙했다 그러죠? 그거 다 삥이야."

아침 일을 말하나 보다.

"우리 이 영양사님처럼 순진한 사람들 삥 뜯어서 자가용 타고 다닐지 몰라요."

"진짜 불쌍한 분일지도 모르잖아요."

"이렇게 우리 영양사님이 순진하다니깐."

사회에서 순진하다는 말을 듣는 게 좋은 건 아니라는 걸 유이도 알고 있었다. 호구로 보고 있거나 눈치 없다고 돌려 까이거나. 둘 중의 하나이기 쉬웠다.

"그나저나 아침에 사장님이랑 같이 출근하던데."

"제가요?"

이번에도 또 되묻게 된다.

"그래요, 키 크고 잘생기신 분."

설마, 옆집 남자가 루오 그룹에서 세운 벤처 기업의 사장은 아니겠지? 가만있어 봐. 그럼, 사장님이 옆집 남자라는 소리?

유이는 하마터면 칼질하던 손에서 칼을 놓칠 뻔했다.

꽃

회사 구내식당에서 처음 밥을 먹는 날이다. 휘는 음식에 그다지 예민한 편은 아니지만, 한국에서 처음 두부 요리를 먹었을 때 적잖이 실망했다. 휘가 어릴 때 엄마와 먹었던 맑고 하얀 콩물과는 달랐기 때문이다.

대부분이 매운 양념으로 범벅되어 나와서 양념 맛 이외에는 맛을 느낄 수가 없었다. 같이 갔던 사람들이 땀을 삘삘 흘리면서도 맛있게 먹었던 걸 보면 자신의 입맛이 까다로운지도 모르겠다.

교도소 앞에서 얼굴에 맞았던 두부 맛이 떠올랐다. 그 부드럽고 순한 두부 맛을 상상하자 입맛이 다셔졌다. 그러고 보니 옆집 여자가 이 영감네 두부 가게 손녀딸이라고 부동산 중개인이 말했었지.

휘는 머리가 반쯤 벗겨졌던 중개인이 '계약금의 열 배, 스무 배'란 말에 그의 머리보다 더 눈을 반짝였던 모습을 떠올렸다. 으레 사람이라면 돈 앞에서 흔들리기 마련 아닌가. 그런데 옆집 여자는 돈은 필요 없다고 말했었지. 휘의 입장에서는 이해가 되지 않았다. 돈보다 중요한 게 있다는 걸까.

41

휘는 뽀얀 순두부국을 한 입 먹자 눈이 크게 떠졌다. 별다른 간을 한 것도 아닌데 고소하고 풍미가 가득했다.

한 숟갈, 두 숟갈 순두부국을 넘길 때마다 이상하게 그리운 기분이 들었다. 쉴 새 없이 움직이던 숟가락이 멈추었다.

떠올랐다. 비 오는 날, 교도소, 우는 여자 그리고 옆집 여자. 교도소 앞에서 두부를 날렸던 여자였다.

☙

아침에 이어 남자의 집에 두 번째 방문이었다. 직장에서 다시 만났을 때는 집주인이라고 남정네 둘이 찾아왔을 때보다 더 놀랐었다. 그리고 그 집주인이 사장님이라는 말에 또 놀랐었다.

루오휘.

아무리 경제 뉴스에 문외한이라도 그 이름을 모를 수는 없었다. 아시아에 여러 계열사를 가지고 있는 루오 그룹. 루오 그룹 총수의 외아들이 유이가 영양사로 근무하는 회사의 사장이라니. 상상할 수 없는 일이 일어난 것이다.

"사기당하신 계약금을 제가 드리겠습니다. 그 돈으로 다른 곳으로 이사 가는 건 어떠십니까?"

"돈은 필요 없어요."

그때 부동산 중개인의 말이 떠올랐다. 계약금의 두 배, 네 배를 준다고 해도 거절했다던 사연 있는 집 이야기 말이다.

"돈이 문제가 아니에요."

여자의 울 것 같은 표정에 휘의 가슴이 갑갑해 왔다. 휘는 미간을 찌푸렸다. 요즘 툭하면 가슴이 답답하고 머리가 어떻게 돼 가는 것 같다.

"제가 돈을 받을 이유가 없어요. 그리고 저는 돈보다 중요한 게 이 집에 있어요."

"…."

한동안 휘는 말이 없었다. 유이는 이 남자가 자기와 한 공간에 있는 걸 불편해한다는 생각이 들었다.

유이는 다시 닭똥 같은 눈물을 뚝뚝 흘렸다. 유이가 눈물, 콧물을 훌쩍일수록 남자의 얼굴이 일그러졌다.

"그럼, 계속 사세요. 울지 마시고요, 제발."

"네? 정말요?"

'제발'이라고 말하는 남자는 정말이지 끙 앓는 소리까지 내며 말했다.

유이는 뜻밖의 제안에 눈을 크게 떴다. 사기를 당한 건 자신이지 그쪽이 아니었다. 계약서대로 그쪽은 지금 당장 우리 집에 쳐들어온다고 해도 아무 문제가 없었다.

"저, 저 그래도 되는지."

유이는 염치는 제쳐두고 남자의 제안을 덥석 물었다. 자존심이 문제냐. 지금 길거리에 나앉게 생겼는데. 이 날씨에 나앉으면 얼어 죽는다.

　"대신 옆집에 제가 산다는 이야기를 아무에게도 하지 말아 주세요. 그것만 지켜 준다면 계속 사셔도 됩니다."

　"지킬게요! 그리고 월세도 낼게요!"

　"월세는 필요 없습니다. 말씀드린 약속만 잘 지켜 주시면 됩니다."

　"아니에요. 그러면 제가 그 집에서 살 수 없어요. 마음이 편치 않아요."

　휘는 유이라는 여자를 물끄러미 바라보았다.

　시훈이 들으면 난리 나겠어. 옆집 여자를 그냥 살게 했으니.

　"그럼, 보증금은 필요 없고 월세만 받겠습니다."

　휘는 메모지를 꺼내 계좌번호를 적어 내밀었다. 휘는 새로운 계약서에 사인하고 기존 계약서는 북북 찢어 버렸다.

🌿

　"내 이름은 이유이! 거꾸로 해도 이유이! 호우!"

　"뭐 심으시는 거예요?"

　남자 목소리에 고개를 드니 옆집 남자가, 아니 루오휘 사장님이 긴 그림자를 드리우며 서 있었다.

"에구머니나!"

미쳤어. 에구머니나가 뭐야. 에구머니나. 뒤로 볼썽사납게 엉덩방아를 찧은 것도 모자라 추태까지 보이다니. 엉터리 랩까지 들은 건 아니겠지.

"괜찮으세요?"

"네. 괜찮아요."

남자가 팔을 붙잡아 일으켜 주었다. 남자가 잡은 팔이 불에 덴 듯 뜨거웠다.

"농사일도 하세요?"

"아, 제 밭이 아니고요. 여기 통장님 밭인데 통장님이 다리가 안 좋으셔서 제가 대신 씨감자를 심어 드리고 있어요."

휘는 그냥 지나치려는데 발이 떨어지지 않았다. 수북이 쌓인 씨감자가 눈에 밟혔다. 저 많은 걸 여자 혼자 하려니 얼마나 힘이 들까 하는 생각뿐이었다. 휘는 힘든 밭일을 나서서 하는 오지랖 넓은 여자가 못내 속상했다. 그래서일까 입 밖으로 말도 안 되는 말이 튀어나왔다.

"도와드릴까요?"

왜 그런 말이 튀어나왔는지 모르겠다. 그저 여자가 혼자 힘든 일을 하는 게 보기 싫었다. 휘는 여자가 거절할세라 소매를 걷어붙이고 흙을 파기 시작했다.

추워서 언 땅에 호미질하던 남자는 구두까지 꺾어 신고 제대로 일하기 시작했다. 유이는 어쩔 줄 몰랐지만 남자는 진심인 것 같았다.

유이는 남자가 흙을 파면 씨감자를 하나씩 넣고 흙을 덮었다. 남자의 무릎은 흙으로 뒤덮였고 흰 와이셔츠에도 흙이 묻어 더러워졌다.

"초등학교 때 이후로 흙을 이렇게 많이 만지는 건 처음인 거 같아요. 재밌어요."

남자가 흙이 묻은 손으로 이마에 맺힌 땀을 닦으며 환하게 웃는다.

처음 보는 남자의 미소에 순두부가 뭉클뭉클 피어오르듯 몸이 부풀어 오른다. 남자는 고개를 들고 햇빛을 향해 눈을 서서히 감았다 떴다.

유이는 그 모습이 꼭 영화의 슬로 모션처럼 느리게 눈에 박혔다. 기분 좋게 온몸에 햇빛을 받는 모습이 꼭 일광욕하는 고양이의 옆모습과 비슷하다고 느꼈다.

어떻게 모공 하나 없이 깨끗한 피부가 있는지. 속눈썹은 또 얼마나 긴지. 자연스럽게 내려오는 코와 붉고 선명한 입술, 조각 같은 턱선. 낯익은 얼굴. 잠깐만. 낯이 익다고?

"그러고 보니 통성명도 안 했네요."

넋을 놓고 남자를 바라보던 유이는 남자의 물음에 팔에 털이 쭈뼛 선다.

"이유이에요."

"거꾸로 말해도 이유이. 맞나요?" 하고는 남자가 픗, 웃었다.

망했다. 엉터리 랩을 들은 게 분명했다. 유이는 쥐구멍에라도 들어가고 싶은 기분이었다가 또 막상 남자와 더 있고 싶은 기분도 들었다.

"저는 루오휘라고 합니다. 앞으로 잘 지내요."

휘. 특이한 이름이다.

"회사에서는 무슨 일을 하세요?"

"구내식당에서 영양사로 일해요."

"순두부국도 유이 씨가 만든 건가요?"

"네. 제가 만들었어요. 어릴 때 저희 집이 두부 가게를 해서 두부 요리는 자신이 있거든요."

"정말 맛있었어요."

유이는 맛있다는 말에 얼굴을 붉혔다. 그 얼굴이 휘는 잠깐 귀엽다고 생각했다.

이 여자의 수줍은 얼굴, 웃는 얼굴을 좀 더 느껴 보고 싶다고 생각한 휘는 인상을 찌푸렸다.

말도 안 돼.

휘는 태블릿 PC를 꺼내 최근에 찾아본 기사를 넘겨보았다. 모두 서 회장에 관한 기사였다. 처음으로 타살 의심을 보도한 기사를 찾아보았다.

'완벽한 밀실 살인 사건? 그 배후에는 루오 그룹의 루오휘가….'

창문과 중문을 막은 청 테이프에선 어떠한 지문도 나오지 않았고, 서수완 회장의 지문조차 없이 깨끗했다. 자살하려는 사람이 지문이 남을까 봐 장갑을 끼고 꼼꼼하게 창문을 막을 생각을 할까? 의문이다.

그가 번개탄과 청 테이프를 사는 모습 또한 근처 CCTV를 다 뒤져 보았지만 나오지 않았다. 번개탄을 피운 일회용 버너를 산 출처도 불분명하다.

그리고 결정적으로 그날 아버지 집에서 나오는 남자를 보았다는 아들의 증언이 있었다. 물론 아들의 증언은 신빙성이 떨어지지만 …(중략)… 서수완 회장이 마지막으로 만난 사람은 루오휘이다.

루오휘는 서 회장 폭행치사 혐의로 검찰 조사를 받은 적이 있다. 이 사건에는 루오 그룹의 젊은 사장, 루오휘가 연관되어 있다.

❧

기사를 덮었다.

중년 남성의 단순 자살 사건은 밀실 살인 사건으로 다뤄지고 있었다. 루오 그룹의 명성과 음모론을 좋아하는 사람들. 언론의 부추김까지 더해져 사건은 부풀려지고 있었다.

당장 신문사를 고소하겠다는 시훈을 말리는 데 애를 먹었다. 이런 가십거리 정도는 몇 달, 아니 며칠만 지나도 사람들의 흥미에서 멀어질 것이다. 그렇게 믿고 있는데 이 찝찝함은 뭘까….

휘는 소파에 누워 눈을 감았다.

밖에서는 광풍이 불 때마다 휘이익 휘파람 소리가 났다.

휘는 신문지와 쓰레기가 날아드는 살풍경을 무미건조한 시선으로 바라봤다.

옆집을 보며 이 바람에 슬레이트 지붕이 날아가지 않을까 걱정이 됐다. 내진설계가 확실한 우리 집이면 몰라도, 저런 집은 태풍을 정면으로 몇 번 맞으면 날아갈 것 같았다.

주민 여러분은 근처 학교나 주민대피소로 피신하라는 안내 방송이 들렸다. 휘는 안내 방송을 들으며 속으로 한숨을 쉬었다. 대피소로 이동하기도 전에 날아가는 물건에 맞거나 급류에 휩싸일 위험이 더 컸다. 집에 가만있는 것이 더 안전할 터였다.

창문 너머로 겨자색 패딩을 입은 여자가 마당을 가로질러 가는 모습이 보였다. 여자는 발을 접질렸는지 앞으로 넘어졌다.

그 모습을 본 휘는 곧장 밖으로 나갔다. 머리보다 몸이 먼저 움직였다.

유이는 밥을 주는 길고양이 가족이 걱정돼서 밖으로 나왔다. 박스로 만든 고양이 집은 어디로 날아갔는지 흔적도 보이지 않았다. 이 태풍 속에 어디로 갔을까. 잘 피했으면 좋으련만.

그런데 날씨가 심상치 않다. 사람 하나 걷기에도 힘든 바람이 불어 닥치고 있었다.

휘이이잉.

바람이 귀신 울음소리를 내며 불어댔다.

유이는 드센 바람에 눈을 질끈 감았다. 바람에 휘청이던 몸을 누가 잡아 주었다. 고개를 들어 보니 루오휘가 바람을 막고 있었다.

"고, 고맙습니다."

"…."

남자는 말이 없었다. 내려다보는 남자의 눈동자에는 자신도 알지 못하는 당혹함이 서려 있다고 느꼈다면 유이가 잘못 본 것일까.

책망하는 눈빛 같은 차가운 눈빛과는 대조적으로 유이의 등을 감싼 손은 뜨거웠고, 남자의 입에서 나온 말은 너무나 따뜻하고 부드러웠다.

"옷이 다 젖었어요."

"…."

"위험한데, 어쩌려고 나왔어요."

"그게 텃밭이… 고양이가…."

유이는 추위로 얼어붙은 입술로 간간이 말할 뿐이었다. 휘는 곧바로 옷을 벗어 유이의 젖은 몸 위에 덮어 주었다.

"고맙습니다."

"…."

그깟 고양이가 뭐라고. 이 태풍 속을 걸어간 여자가 안쓰러우면서도 화가 났다. 왜 이 여자만 보면. 왜….

꒷

엄마의 변덕으로 산 콩순이 인형이었다. 누우면 눈을 감고, 일으키면 눈을 다시 뜨는 인형.

엄마가 술김에 산 인형이었지만, 휘에게는 처음 받는 생일 선물이었다. 누우면 눈을 감고, 일으키면 눈을 뜨는 인형을 분신처럼 애지중지 들고 다녔다.

그날도 콩순이 인형을 들고 수민과 놀이터에서 놀고 있었다. 수민은 미술학원에서 만난 아이였다. 그나마 또래 애들 중에서 말이 통하는 아이였다. 어른들이 보는 연속극의 줄거리를 줄줄 외우거나, 〈그것이 알고 싶다〉, 〈추적 60분〉 같은 시사 프로그램을 꼭 챙겨 보는 아이였는데 꼬맹이가 시사 프로그램을 본다고 어른들은 신기해했지만, 휘는 알았다. 돌봐 줄 사람도, 놀 사람도 없는 꼬맹이가 할 수 있는 건 TV 보는 것뿐이라고.

이상하게 다른 애들과는 달리 수민과 있으면 편했고, 돌봐주고 싶은 기분이 들었다. 그건 아마도 나와 비슷한 점이 많아서였을 거라고 어린 휘는 생각했다. 수민은 또래 애들보다 예민하고 성숙했다. 여자애들은 남자애들보다 더 빨리 성숙하는지도 모른다.

모래성에 물을 부어 장난치며 놀고 있었다.

"내가 장담하는데 오빠는 크면 잘생긴 남자로 자랄 거야."

"그런가?"

"그런가가 뭐야. 좀 더 기뻐해야지. 그냥 잘생긴 남자가 아니라 엄청나게 잘생긴 남자로 자랄 거라니까."

"지금은 아니란 말이야?"

"그건 아니고…."

수민은 얼굴을 붉혔다.

"근데 오빠는 표정이 좀 미묘해."

수민은 두꺼비 집을 두드리며 휘와 눈을 마주치지 않은 채 말했다. 표정이 미묘하다는 수민의 말이 신경 쓰였지만 되물어보진 않았다.

"어젯밤 11시에 한 다큐 봤어?"

"아니. 못 봤는데."

"거기서 사이코패스라는 사람들이 나왔는데, 그 사람들은 신기하게도 표정을 못 읽는대."

수민은 눈을 내리깐 채 모래성만 만지작거리며 말했다. 휘는 '사이코패스'라는 단어를 처음 들었다. 휘는 그 말이 이상하게 끌렸다.

"그 사람들은 웃는 얼굴, 화난 얼굴을 구분 못 한대. 그래서

53

간혹 울어야 할 때 웃거나 그런대."

수민이 왜 그런 말을 하는지 깊게 신경 쓰지 않았다. 예민한 아이였으니까. 뭐라 딱 설명하지는 못해도 나에게서 뭘 느꼈겠지. 수민이처럼 감이 좋은 아이는 좀 상대하기 어려웠다.

"넌 왜 그런 걸 보니?"

"나? 나 범죄물, 추리 이런 거 보는 거 되게 좋아해."

"으음, 그래?"

휘는 짐짓 관심 없는 척 심드렁하게 말하고 말았다. 그러나 휘는 집에 가자마자 당장 찾아봐야겠다고 생각했다.

휘는 사이코패스를 다룬 시사 다큐멘터리를 집중해서 보았다.

사이코패스.

그들 중에는 동물을 죽이고 싶다, 어린아이를 죽이고 싶다는 생각을 한 적이 있으며 보통 사람들은 생각하지 않는 걸 사이코패스들은 한다고 했다.

휘는 당혹스러웠다. 동물의 세계에서도 강자는 약자를 먹으며 살고 연약한 걸 보면 기분이 나빠지는 게 당연한 게 아니었나? 그러나 '보통 사람'은 그런 생각을 하지 않는다는 말인가? 어린 휘의 머릿속이 복잡해졌다.

거울을 보았다. 앞으로는 수민처럼 예민한 애들한테도 들키지 않게 표정 연습도 해야 한다. 나는 거울을 보며 표정을 연습했다. 웃는 얼굴, 찡그린 얼굴, 무표정한 얼굴. 하지만 뭐가 다른 건지, 미묘하게 포착하기 힘들었다.

엄마 심부름으로 두부를 사러 가던 휘는 계속 표정 연습을 했다. 웃는 얼굴은 입꼬리를 올리는 것. 슬플 때는 미간을 찌푸리기. 아니, 화가 날 때 미간을 찌푸리는 건가?

걸음을 빨리해 뛰어가는데 멀리서 꺼이꺼이 울음소리가 들렸다. 휘가 울음소리라고 느낀 건 밤중에 술에 취한 엄마가 눈물을 흘리며 꺼이꺼이 우는 소리와 비슷했기 때문이다.

좁은 골목길에서 교복을 입은 남학생 둘이 담배를 피우고 있었다. 한 명은 앉아 있고 한 명은 배를 붙잡고 서 있었다. 배를 붙잡고 서 있던 남학생이 꺼이꺼이 하더니 웃음을 터트렸다. 휘는 혼란스러웠다. 남학생의 표정이 웃는 건지 우는 건지 분간이 되지 않았다.

무슨 얘기가 재밌는지 웃음소리가 터져 나왔다. 소리로 봤을 때 우는 건 아니고 웃는 소리였으리라 짐작했지만, 남학생의 표정을 휘는 판단할 수가 없었다. 얼굴을 일그러트리고 괴로운 듯이 입꼬리를 올리는 표정이 우는 걸까, 웃는 걸까. 배를 붙잡고 웃던 남학생과 눈이 마주쳤다.

"뭘 봐?"

휘는 아주 무서운 거라도 본 듯 미친 듯이 뛰었다. 왜, 왜 분간이 안 되는 거지. 왜 모르는 거지? 심장이 죄어 왔다.

휘는 그 형에게 묻고 싶었다.

'방금 웃은 거예요, 울은 거예요?'라고.

수민이 했던 말이 떠올랐다.

'오빠는 다른 애들이랑은 달라.'

좋은 뜻으로 한 말은 아니었을 것이다.

그게 엄마가 나를 버린 이유와도 연관된 건 아닐까 의심이 들었을 때 어린 휘는 울고 싶어졌다.

❧

"사장님은 내장탕 안 좋아하세요?"

"좋아합니다. 맛있겠는데요."

휘는 보글보글 끓는 내장탕을 한 국자 퍼서 그릇에 담았다.

"맛있네요."

혹여 맛없다고 할까 봐 사장의 눈치를 보던 직원들이 안심하는 눈치였다. 사장이랑 밥 먹는 것이 곤혹일 수도 있겠구나.

냄비 위에서 내장탕이 부글부글 끓었다. 여직원 몇 명은 내장탕은 도저히 못 먹겠다고 코를 막았다. 휘는 땀을 뻘뻘 흘리며 밥을 후루룩 말아 그대로 마셔 버리는 남자 직원들 틈에서 시뻘건 국물을 한 숟갈 떴다. 그리고 아버지를 생각했다.

어릴 때 아버지에게 물어본 적이 있다. 왜 돼지 내장은 사람이 먹기까지 하면서 사람의 내장에는 호들갑이냐고. 그리고 사람이 내장을 쏟아내고 죽을 때 다른 동물들의 모습과 똑같은지 궁금하다고.

휘의 질문에 아버지는 끈기 있게 사회적으로 허용되는 범위와 그렇지 않은 범위를 설명했다. 그때는 납득하지 못했지만, 납득하는 척했다. 휘는 그때 자기 머리가 나쁜 줄로만 알았다.

왜 사람을 죽이면 안 되는 건지. 왜 동물은 죽이고 먹으면서 사람은 죽이면 안 되는 건지. 남들은 당연하게 습득하는 것을 휘는 오래 고민해야 했다. 그런데 학교 성적은 늘 좋아 아이러니했다.

"루오 사장님. 오늘은 구내식당에서 안 드세요?"

"가끔은 외식도 하고 싶어서요. 그리고 사장인 제가 눈치 없이 자주 가면 직원들이 싫어하지 않겠습니까?"

"전혀요! 여직원들은 루오 사장님만 기다리는걸요."

또 다른 직원이 말한다.

"우리 구내식당 맛있다고 소문났대요. 다른 회사에서도 먹고 싶어서 난리래요."

휘는 다시 시뻘건 국물을 한 숟갈 떴다. 칼칼함이 목구멍을 타고 내려왔다. 구내식당에서 먹었던 뽀얀 순두부를 떠올렸다.

순두부를 떠올리자 저도 모르게 침을 꿀꺽 삼켰다. 구내식당에서도 그 여자가 만든 음식은 혀가 귀신같이 찾아냈다. 그 여자가 해 주는 음식에는 그리운 맛이 있었다.

뭔가 포근하고 따뜻한. 한 숟갈만 떠먹어도 온몸이 따뜻해지는 기분.

그 정갈하고 하얀 순두부를 입 안 목구멍으로 술술 떠넘기고 싶었다. 그러면 내 비어 있는 마음도 속이 꽉 찰 것 같았다.

하지만 그럴 일은 없겠지. 머리가 아파 왔다.

유이는 옆집 남자의 집 앞에서 콘수프를 들고 서 있었다.

"뭐, 라면 먹고 갈래요? 이런 게 아니라고. 고맙잖아. 뭐라도 주고 싶은 한국인의 정이지. 그럼, 그럼."

혼잣말을 주저리주저리 떠드는데 갑자기 문이 벌컥 열렸다. 옆집 남자가 얼굴에 물음표를 띤 표정이었다.

"코, 콘수프 좋아하세요?"

걱정과는 달리 옆집 남자가 엷게 미소를 지었다. 왜 이 남자 앞에서는 맹수 앞의 초식동물처럼 얼어 버리는 걸까.

"좋아해요."

콘수프를 들고 있는 유이의 양팔이 저렸다. '좋아해요.'란 말이 콘수프가 아니라 당신을 좋아한다는 말이라면 얼마나 좋을까, 그런 생각을 하다가 후드득 고개를 오리처럼 저어댔다.

"괜찮아요?"

"아무것도 아니에요. 여기 카디건, 고마웠습니다."

"일부러 가져다줘서 감사합니다."

남자가 옅게 미소 지으며 카디건과 콘수프를 받아들었다.

"수프도 잘 먹겠습니다."

"그럼, 안녕히 계세요."

유이는 속마음이라도 들킨 사람처럼 부끄러움에 고개를 못 들고 후다닥 그 집을 벗어났다.

휘는 콘수프를 들고 신발장 앞에 한참을 서 있었다. 고개를 떨어뜨리고 그릇을 내밀던 그 여자의 모습. 여자를 붙잡고 말을 걸고 싶은 걸 참아야 했다.

꩜

유이는 전구가 나간 현관문 실내등을 고치려고 식탁 의자 위에 올라갔다. 전구를 새로 사 다시 끼웠지만, 스위치를 딸각 올려도 불이 들어오지 않았다. 새로 산 전구가 불량품인가, 설마 태풍에 실내등이 고장 난 건가. 이걸 어떻게 고치는지 걱정하는데 휘가 문 앞에 서 있었다.

"에구머니나!"

의자에서 넘어질 뻔한 걸 남자가 손으로 허리를 받쳐 주었다.

"괜찮으세요?"

"괘, 괜찮습니다."

추한 꼴을 보인 게 벌써 두 번째였다. 이 남자 앞에서는 왜 이런 일만 생기는 걸까. 자괴감이 팍팍 드는 와중에 남자가 웃는다.

"그릇을 돌려드리려고요."

"일부러 가져오시고… 감사합니다."

"전구가 나갔어요?"

"그런 것 같은데. 사실 잘 모르겠어요."

휘는 스위치를 만지작거렸다. 스위치를 올리면 불이 들어왔다가 금방 꺼지거나 아예 전등이 켜지지 않았다.

"이건 전등이 나간 게 아니라 퓨즈를 교체해야 해요. 두꺼비집 어디 있어요?"

"저기 뒤예요."

얼떨결에 두꺼비집을 손가락으로 가리켰다. 두꺼비집을 내리니 집 안에 어둠이 내려앉았다.

어두운 집 안에 남자와 단둘이 남았다. 남자는 아무렇지 않은지 드라이버를 찾더니 능숙하게 스위치를 빼고 안을 들여다보았다. 구멍 난 벽 속을 이리저리 살펴본 휘가 전선을 꼬고 끊어진 전선을 전기 테이프로 연결했다.

스위치를 탁 켜니까 불이 제대로 들어왔다.

"감사해요. 보답을 어떻게 하죠?"

"고마우면 이 동네 맛집 좀 소개해 주세요."

"맛집 많아요! 여기가 교통이 불편해서 그렇지. 공기 좋고, 물 좋고, 살기 좋고 맛집도 많거든요. 아, 제가 맛있는 꽈배기 집 가르쳐 드릴까요?"

"꽈배기 가게요?"

"네! 정말 맛있어요. 간판도 없는 집인데 저희는 그냥 이모네 꽈배기 집이라고 불러요. 구찌 선글라스를 쓰신 아주머니가 시크하게 꽈배기를 담아 주시는데 딱 오후 3시까지만 하는 가게예요."

"듣다 보니깐 더 먹고 싶어지는데요?"

휘는 의자에서 내려와 손을 탈탈 털었다.

"지금 먹으러 갈까요?"

휘가 손목시계를 확인했다.

"다행히 오후 3시 안 지났어요. 전등 달아준 답례로 맛집까지 같이 가요. 시크한 아주머니가 담아 주시는 꽈배기, 나도 먹고 싶어요."

두근두근. 아니, 꽈배기 먹으러 가자는 말이 이렇게 두근거릴 말인가.

구찌 선글라스를 쓴 아주머니가 비닐봉지를 빙그르르 묶더

62

니 시크하게 건네주었다.

유이가 계산하려고 지갑에 손을 대기도 전에 휘가 계산을 하고는 뭐가 그리 좋은지 싱글벙글 웃었다.

남자는 꽈배기를 한 입 크게 베어 물었다. 휘는 정말 세상에서 제일 맛있는 꽈배기라며 그 자리에서 세 개를 게 눈 감추듯 먹어 치웠다.

유이는 입 양쪽에 설탕 가루가 묻었는지도 모르고 웃는 남자가 귀여워서 자기도 모르게 쿡쿡 웃었다.

꽃

회사에는 텃밭이 있었다. 이 텃밭은 신기하게도 감자, 고구마, 옥수수 다 심어도 망하는데 이상하게 고추만 살아남는 신기한 곳이었다. 고추만은 물을 주지 않아도 악착같이 살았다.

이놈의 고추가 얼마나 끈질긴지 이번 태풍에도 가지, 오이다 쓰러지고 날아갔는데 고추만은 뽑히지도 않고 줄기에 딱붙어 있었다. 끈질긴 고추 녀석.

잡초를 뽑으려고 구미호처럼 손으로 땅을 파다가 흙 속에 파묻힌 돌에 손톱이 찍혔다.

"아야!"

"삽 여기 있어요."

구세주처럼 눈앞에 삽이 보였다. 휘가 삽을 들고 서 있었다. 이 남자 내가 필요할 때마다 척척 가져다주고. 이러면 자꾸 반할지도 모르는데.

"사장님, 여긴 어떻게."

"회사 사람들 힐링하라고 텃밭을 만들었는데 관리하는 사람은 유이 씨 빼고는 없는 것 같네요. 괜히 유이 씨만 힘들게 하는 것 같아 미안해서 저도 도우려고요."

남자가 머쓱한지 관자놀이를 손가락으로 만진다.

"제가 방해되나요?"

"아, 아니요!

"무엇부터 하면 되나요?"

"잡초 정리하고. 열무 씨앗을 좀 심으려고요."

"잡초 정리. 알았어요."

방해될 리가 있나. 고추 텃밭이 처음으로 고맙게 느껴졌다. 둘은 잡초를 뽑고 다 자라난 고추들을 따서 바구니에 넣었다. 휘가 땅을 일정한 간격으로 홈을 파면 유이가 그 작은 구멍에 열무 씨앗을 넣고 덮어 줬다. 잘 자라서 씨앗이 싹트기를.

땅 파기에 열중인 남자를 힐끗 쳐다보았다. 얇게 속 쌍꺼풀이 진 눈에 선명한 눈동자. 그 위로 짙은 눈썹과 풍성한 검은 머리칼. 자연스럽게 내려오는 높은 콧날에 예쁜 입술. 여자 얼굴이었다고 해도 상당한 미인이었을 그 얼굴에 자꾸만 빠질 것 같았다. 잘생긴 사람들은 본인이 잘생겼다는 걸 알겠지? 행복한 인생이겠다. 이런 생각에 빠져 있는데 남자가 말을 건다.

"혹시 예전에 있던 이 영감네 두부 가게라고 아시나요?"

"저희 할아버지 가게예요. 우리 집이 예전에 두부 가게였어요. 지금은 가정집으로 개조했지만 말이에요."

"그럼, 수민이라는…."

"수민은 어릴 때 절 부르던 이름인데요. 어떻게 아세요?"

"저도 어릴 때 그 동네에서 살았던 것 같아서요. 아주 잠깐이지만."

"진짜요?"

열심히 땅을 파던 유이는 시선이 느껴져 고개를 들었다. 털이 노란 고양이와 눈이 마주쳤다. 유이는 주머니에 항상 챙기고 다니는 간식 하나를 꺼냈다.

"그걸 항상 가지고 다니는 건가요?"

"네. 언제 어디서 길고양이를 만날지 모르니까요."

고양이는 유이의 손에 들린 간식에 눈이 고정되어 있으면서도 털은 바짝 세우고 다가올 생각을 안 했다.

"왜 이쪽으로 안 오지? 이상한데."

"나 때문인 것 같은데."

간식은 먹고 싶은지 혀를 날름거리며 입맛을 다셨지만, 낯선 남자를 경계하며 고민하는 듯 보였다.

"동물을 좋아하세요?"

"네. 근데 트라우마 있어서 동물 키우는 게 망설여져요."

"트라우마?"

"어릴 때 잘 따르던 고양이가 있었는데 죽었거든요. 막 옷도 입혀 주고 우유도 먹이고 그랬는데."

유이는 배가 갈라진 채 발견된 아기 고양이를 떠올렸다. 그때 이후로 동물을 키우기가 망설여졌다.

휘는 노란색 고양이를 확 잡아채 목덜미를 잡고 늘어뜨렸다. 고양이의 뼈를 하나하나 만져 보듯 꾹꾹 눌러댔다. 고양이는 휘가 몸을 누를 때마다 울음소리를 냈다. 유이는 다급하게 그렇게 만지면 위험하다고 말했다.

"그렇게 만지면 안 돼요!"

"생명은 그렇게 쉽게 죽지 않아요."

아, 실수. 이렇게 연약한 생명체 앞에서는 불쑥불쑥 본능이 튀어나온다. 유이 같은 섬세한 사람들 앞에서는 조심해야지. 이 여자에게는 자신의 본모습을 들키고 싶지 않았다.

"먼저 인사를 해 봐요."

"인사요?"

"고양이식 눈인사요. 그럼 다가올지 몰라요. 이렇게 눈을 천천히 감았다가 뜨는 거예요."

유이는 두 눈을 천천히 감았다가 떴다. 두 눈이 마주친 둘은 서로에게서 눈을 뗄 수 없었다. 너무나 짧은 순간이었지만, 남자의 눈이 모든 걸 빨아들이는 블랙홀처럼 소용돌이쳤다. 유이는 그 속에 빠진 것 같았다. 눈이 마주치고 서로를 바라본다는 게 얼마나 가슴 떨리는 일인가.

순간 휘의 손가락이 유이의 속눈썹을 만졌다. 유이가 눈을 깜빡일 때마다 휘의 손가락에 유이의 속눈썹 끝이 느껴졌다. 왜 이런 행동을 했는지 휘는 자신도 이해할 수 없었다. 그러나 유이의 갈색 눈동자를 보자, 그 아름다운 눈동자의 움직임을, 살아 있음을 더 느껴 보고 싶어졌다.

"좋아해도 되나요?"

남자는 여자의 고백에 표정이 굳었다.

"나는 안 돼요."

그 말이 너무 서러워 유이는 그 자리에서 울 뻔했다. 그걸 아는지 휘가 유이의 흐트러진 머리카락을 귀 뒤로 넘겨주었다.

"다른 사람은 다 돼도 나는 안 돼요."

나 같은 게 감히 좋아해서는 안 된다는 줄 알았는데 이 남자는 아니라고, 말 그대로 나는 안 된다고 말했다. 무슨 뜻일까. 혹시 다른 좋아하는 사람이 있다는 뜻일까.

"혹시 다른 좋아하는 사람이 있으세요?"

"없어요. 앞으로도 없을 거고."

없을 거라고 단호하게 말하는 휘의 표정이 차가웠다.

유이는 이 남자의 모든 것이 알고 싶었다. 이 남자가 사랑만 해 준다면 어떤 굴욕도 참을 수 있을 것 같았고, 이 남자의 그 어떤 과거도, 슬픔도 다 껴안을 수 있을 것만 같았다. 사랑만 해 준다면.

그런데 앞으로도 없을 거라는 남자의 차가운 말이 이상하게 불안했다. 그래도 사랑하고 싶었다. 모든 불안을 이겨내고서라도.

우연히 마주친 길고양이와의 눈 마주침처럼 당신을 사랑하게 됐어요.

꽃

휘는 흙이 묻은 장갑을 벗어 쓰레기통에 버렸다. 회의실에 들어오자마자 그의 비서 시훈이 찰싹 달라붙었다.

"휘, 너 어디 갔다 온 거야?"

"텃밭에."

"갑자기 회사에 텃밭 만든다고 할 때도 이상하더니 농업에 관심이라도 생긴 거야?"

"그 여자가 혼자 일하잖아. 바보같이."

그 여자가 누구인지 시훈은 단박에 알 수 있었다. 시훈은 떠보듯 물었다.

"그 여자가 힘들든 말든 그게 무슨 상관이야, 휘?"

"그 여자가 힘든 게 싫어. 기분 안 좋아."

"…."

휘, 너만 모르고 있어. 기분 안 좋다고 표현하는 그 기분이 언젠가는 송두리째 너를 뒤흔들 거란 걸. 하지만 아직은 안 가르쳐 줄 거야.

시훈은 짐짓 모른 척하고 조용히 휘를 위한 차를 끓였다.

"휘, 차 마실래?"

7장

순진하시네요

허 비서를 아침 일찍 지방에 출장 보내는 날이었다.

자동차 바퀴의 바람이 빠졌다.

휘는 상체를 숙여 바람이 빠진 앞바퀴와 뒷바퀴를 살펴보았다. 누가 일부러 구멍을 낸 흔적이 있었다. 본능적으로 주위를 둘러보았다. 나무 위에 앉은 까마귀 한 마리 말고는 없었다. 하는 수 없이 도로까지 걸어가기로 마음먹었다. 택시를 타든 어떻게 되겠지.

옆집 여자가 자전거를 끌고 나왔다.

"왜 걸어가세요?"

"자동차 바퀴가 펑크 나서요. 여기 택시는 자주 오나요?"

"택시 타기 힘드실 텐데. 마을버스 타고 세 정거장 지나서 지하철 타는 게 더 빠르실 거예요."

"마을버스요?"

"잘 모르시겠구나. 그럼."

유이는 자전거에 다시 체인을 걸었다.

"제가 마을버스 타는 곳까지 알려드릴게요. 같이 가요. 따라
오세요."

휘가 대꾸할 새도 없이 여자가 앞장서 걸었다.

오늘은 양 갈래로 머리를 묶지 않고 끝이 젖은 머리카락을
풀고 있었다. 꼬불꼬불 긴 머리카락이 눈앞에서 출렁출렁 흔
들렸다.

"마을버스는 처음 타 보시죠?"

"아니요. 초등학교 때 자주 탔습니다."

휘는 말을 하지 않으려다가 대답했다.

여자의 갑작스러운 고백 이후 왠지 거리를 둬야 할 것 같았
다. 이 여자와 같이 있는 건 왠지 불편하다. 여자의 고백 때문
에 어색해졌기 때문일까. 아니다. 좀 더 근본적인 문제가 있다.

버스라기보다는 큰 승합차 같은 차가 먼지를 풀풀 날리며
다가왔다. 승합차 같은 버스는 키가 큰 휘에게는 너무나 좁
았다.

하지만 허리를 숙이고 타는 괴로움보다 버스가 휘청일 때
마다 몸에 닿는 여자의 팔이, 은은하게 풍기는 여자의 샴푸 향

71

이 휘를 더 미치게 했다.

버스가 좁은 길에서 급커브를 돌자 휘의 가슴팍에 유이의 몸이 밀려났다. 여자의 어깨를 붙들었다. 두 눈이 마주치자 얼른 손을 빼냈다.

"고맙습니다."

둘 사이에 어색한 기류가 흘렀다.

마을버스에서 내린 뒤 유이는 지하철역으로 내려갔고, 휘는 아까 느꼈던 이상한 기분을 곱씹으며 택시를 기다렸다.

택시도 잘 오지 않는 동네였다. 이러다가는 오늘 있을 인터뷰에도 늦을 것 같았다. 휘는 하는 수 없이 여자를 따라 지하철역으로 갔다. 지하철역 내부로 들어가니 뭐가 뭔지 헷갈렸다. 멀리서 꼬불꼬불한 갈색 머리카락이 방금 온 지하철에 뛰어 들어가는 걸 보고 휘도 따라 들어갔다.

멀찍이 떨어져 있던 둘이었지만, 키가 큰 휘는 금방 눈에 띄었다. 유이는 휘와 눈이 마주치자 깜짝 놀란 표정을 지었지만, 곧 어색하게 웃으며 눈인사를 건넸다.

휘는 되도록 여자를 보지 않으려고 애썼다. 유이라는 여자와 함께 있으면 가슴이 답답한 게 미칠 것 같았다. 이 기분은 마치 처음 고양이를 만졌을 때의 기분과 같았다.

갑자기 지하철 안이 소란스러워졌다. 그 중심에는 옆집 여자가 있었다.

"여자가 싫다잖아요!"

"아가씨가 뭘 몰라서 그러는데 우리 아는 사이야."

"아는 사이 맞아요?"

다른 여자가 말을 잇지 못하고 손으로 얼굴을 가린 채 고개를 저었다. 대충 그림이 나왔다. 저 여자가 오리발을 내밀고 있는 남자한테 성추행을 당했고, 옆집 여자가 그걸 도와준 모양이었다.

휘는 낮게 한숨을 쉬었다. 휘는 여자가 왜 남의 일에 관여하는지 좀 이해가 되지 않았다.

성추행범은 다음 역에 도착하자 도망가 버렸다. 출근길의 소란은 그리 오래가지 않았고 사람들은 스마트폰만 바라보고 있었다. 휘는 더 이상 참을 수 없어서 다음 역에서 내려 버렸다.

어서 답답한 지하철을 빠져나와야겠다는 생각뿐이었다. 여자의 손목을 강제로 잡아끌고 내리고 싶은 걸 가까스로 참아야 했다.

꽃

휘는 시간이 비는 한 닥치는 대로 인터뷰를 수락했다. 시훈은 그게 못마땅한 눈치였다.

오늘 인터뷰는 한 여성잡지와의 인터뷰였다.

"휘, 난 맘에 안 들어. 왜 휘가 여자들이 보는 잡지에까지 나와야 해?"

"뭐, 어때. 재밌을 것 같은데."

서 회장의 일이 휘에게는 많은 생각을 하게 했다. 서 회장이 한 일은 회사의 대단한 기밀문서 유출도 아니고 그저 베일에 싸여 있는 루오 가문에 대한 정보였다. 그것 때문에 한 사람의 인생이 마감됐다고 생각하니 뒤끝이 좋지 않았다. 그동안 루오 가문이 너무 폐쇄적이었는지도 모른다.

"인터뷰에 응해 주신다는 말씀을 듣고 정말 의외였어요."

"그렇습니까?"

"그럼요. 신비주의에 꽁꽁 싸여 있는 루오 가문, 그중에서도 정점에 있는 분을 취재할 수 있는데요."

"민망하게도 많은 분이 그런 말씀을 하더군요. 새삼 숨기는 것도 없는데 말입니다."

기자는 휘의 잘생긴 외모에 입을 다물지 못했다. 이런 미남과의 단독 인터뷰라니, 생각 같아서는 잡지 전부를 루오휘 특집으로 내보내고 싶을 정도였다.

사진 촬영을 시작으로 인터뷰가 진행되었다. 휘는 사진을 과하게 찍는다고 생각했지만, 그에 대해 지적하지는 않았다. 옆에 있는 시훈의 표정이 아주 가관이었지만.

"스탠퍼드 대학교를 23살에 졸업하고 경영전문대학원 와튼

스쿨에서 MBA를 취득. 미국 투자 은행에 취직해 인수합병 업무를 진행. 세계적인 루오 그룹의 전직 총수이자 H&B 그룹의 CEO. 정말 29살 나이에 화려한 경력이네요. 그동안의 경력이 H&B 운영에 도움이 됐겠어요."

"네. 그렇죠. 인수합병 업무를 하면서 기업 가치 측정이 참 힘들었어요. 시장의 물건은 시세라는 게 있지만, 기업의 가치를 측정하는 건 쉬운 일이 아니었죠. 인수당하는 회사, 투자를 끌어오는 회사. 어떤 회사가 시장에서 매력적으로 보이는지를 깨달았죠. 다년간 인수합병 일을 하면서 M&A 시장에 머물렀기 때문에 어떻게 하면 스타트업이 상대방에게 매력적으로 보일 수 있는지에 대한 노하우가 쌓였습니다."

"스타트업이 뭔지 생소하신 분들이 많을 텐데요. 쉽게 설명해 주실 수 있나요?"

"벤처 기업과 헷갈릴 수 있는데 한마디로 벤처 기업보다 적은 자본금으로 창업한 혁신적인 아이디어를 보유한 신생 기업을 스타트업이라고 합니다."

"중국 진출을 준비하는 스타트업 기업에 하고 싶으신 조언이 있을까요?"

"중국 시장에 진출하려면 장기적인 안목을 가지고 도전해야 합니다. H&B 그룹은 중국 현지 법률과 시장 상황 등 한국 업체들이 파악하기 어려운 부분을 극복할 수 있도록 적극적으

로 지원하겠습니다. H&B 그룹이 한국 벤처 기업의 중국 진출
교두보 역할을 하고 싶습니다."

인터뷰는 순조롭게 마무리되고 있었다.

"한국말을 잘하시네요."

"감사합니다."

"한국말을 자연스럽게 잘하시는 이유가 어릴 때 한국에 거
주하셨던 경험 때문인가요? 어머님이 한국분이라는 소문이 있
는데요."

시훈이 기자의 질문을 가로막았다.

"사적인 질문은 안 된다고 사전에 말씀드렸습니다."

"아, 죄송해요. 사실은 루오 그룹 황태자의 첫 행보가 한국
행이라 궁금해하는 사람이 많거든요. 한국행을 선택하신 이유
중에는 혹시 그 이유도 있는지 궁금해서요."

휘는 남은 홍차를 비우고 차분한 어조로 말했다.

"꼭 그렇지는 않습니다. 우연히 온 것뿐입니다."

그러고는 사무적인 미소를 지었다.

유이는 고양이에게 사료와 물을 주었다. 유이는 고양이에게
'치즈'라는 이름을 붙여 줬다.

"치즈, 천천히 먹어."

아침에는 지각하고 말았다. 지하철에서 누가 신고를 했는지 경찰이 왔고, 경찰서까지 가게 되었다. 성추행범은 유이에게 피해자와 원래 알던 사이 아니었냐며 돈 뜯어내려고 작당한 거라고 몰아세웠다. 지하철을 같이 탔던 아주머니가 목격자로 나서주지 않았다면 더 골치 아픈 일에 빠졌을지도 모른다.

점심을 먹고 들어오던 한 무리의 회사 사람들이 지나쳐 갔다.

"고양이한테 자꾸 밥 주지 말아요. 냄새나니깐."

목에 사원증을 멘 직원이 말했다.

유이는 직원들이 고양이를 싫어할 수도 있겠다 생각하고 사람들 눈에 띄지 않을 적당한 곳을 찾아봤다. 회사 뒤편에 생태 공원이 있었다.

"내일부터는 뒤뜰에서 만나자. 아니면 우리 집에서 살래?"

치즈는 대답 대신 사료를 다 먹었는지 뒤도 안 돌아보고 가 버렸다.

"잘 가. 내일부터는 공원에서 보자."

고양이의 간택을 받는 건 쉽지 않은 모양이다. 유이는 치즈가 다 먹은 사료 그릇과 물그릇을 챙기고 뒷정리까지 깨끗이 하고는 일어났다. 그 모습을 휘가 복도 창문으로 내다보고 있었다.

왜 눈앞에 자꾸 나타나는 건가. 아닌가, 내 눈이 찾고 있는 건가.

🌿

휘는 구내식당에서 혼자 늦은 점심을 먹었다. 달콤한 깐풍기에도 입맛이 돌지 않았다. 한쪽에서 수저를 정리하던 사람들의 이야기 속에서 그 여자 이름이 나온다.

"유이는 부탁하면 거절하는 일도 없고 참 좋아."

"그러게 말이야. 힘든 일 있으면 다 유이한테 맡겨야겠어."

휘는 저도 모르게 끙 소리가 나왔다.

무슨 기분인지 모르겠다. 아무 상관도 없는 여자인데, 그냥 옆집 여자일 뿐인데 온종일 머릿속을 뒤집고 지금은 화가 났다. 왜 화가 났는지 모르겠다.

착하다면서 아무렇지도 않게 일을 떠넘기는 아주머니 둘에게 화가 났는지, 왜 그 여자는 바보 같은지. 뭐가 화가 나는지 모르겠다. 휘는 더 이상 먹지 못하고 일어났다.

유이는 이면지가 가득 든 박스를 들고 낑낑거리며 걸었다. 희망하는 구내식당 메뉴 설문지 이면지를 가는 길에 버려 달라고 부탁받은 것이다.

버둥버둥 복도를 걷던 유이는 앞에 서 있던 기둥 같은 물체에 부딪쳤다.

"어! 어!"

유이는 엉덩방아를 찧으며 넘어졌다. 바닥에는 이면지들이 널브러졌다. 고개를 드니 루오휘가 서 있었다.

"죄송합니다. 안 다치셨어요?"

유이는 말끝을 흐렸다. 남자가 너무 무섭게 내려다보고 있었기 때문이다.

내가 뭘 잘못한 걸까. 지하철에서부터 남자는 눈이 마주치면 심각한 표정으로 이쪽을 응시했다. 혐오의 눈빛까지 읽었다면 비약일까.

"죄, 죄송합니다."

이 남자 앞에서는 자꾸 넘어지고 긴장하게 된다. 유이는 그저 남자가 빨리 사라지길 바랐다. 이렇게 꼴사나운 모습을 남자가 더는 보지 않았으면.

바닥에 떨어진 하얀 이면지 위로 남자의 그림자가 드리운다. 시야로 단단하고 강인한 느낌의 구두코가 들어섰다.

휘가 흩어진 이면지를 발로 툭 찼다.

"이게… 유이 씨가 할 일이에요?"

"가는 길에 부탁을 받아서…."

"이면지 버려 주는 일이?"

남자가 혼내는 것처럼 들렸다. 남자의 말투가 그전과는 너무 다르게 차가워서 유이는 혼란스러웠다.

"자기 일도 아닌데 왜 나서는 거예요?"

당황하여 할 말을 찾지 못한 유이는 다음 나온 남자의 말에 몸이 석고상처럼 굳었다.

"왜 그렇게 순진하게 살아요, 기분 나쁘게."

유이는 차마 고개를 들지 못하고 그대로 멈췄다. 눈물이 차올랐다. 곧 남자의 그림자가 사라졌다.

8장

우물 속에 빠진 아이

　세계적인 루오 그룹의 후계자이자 벤처 기업의 사장이 아닌 장휘라는 이름으로 살았을 때 이야기다.

　루오 그룹의 회장 루오수쉰이 아버지인 줄은 꿈에도 생각조차 못 하던 때였다. 왜냐면 휘는 아버지가 자기를 버렸다고 생각했으니까.

　"너희 아빠는 널 버린 거야. 너랑 나를 버린 거라고!"

　가끔 엄마가 술을 마시고 이런 말을 했기 때문이다. 그런 말을 귀에 가시가 돋을 것처럼 들었다.

　'휘'라는 이름은 어머니가 지어 주셨다. 어머니의 성을 따라 '장휘'라고 불렀는데 휘가 태어난 날 유독 햇빛이 강하게 빛났다고 해서 '빛날 휘' 자를 써서 붙여 준 이름이었다. 엄마는 중식당에서 일했는데 주로 주방에서 만두를 빚거나 홀에서 서빙을 했다. 사람들은 엄마를 '장 마담'이라고 불렀다.

밤에 일하는 엄마의 일 때문에 휘는 자주 친척 집에 맡겨졌다. 이사도 많이 다녀 생판 모르는 친척 집을 전전하며 살았다. 그건 썩 좋은 기억은 아니었다.

술 마시고 화풀이하는 놈도 있었고, 잊은 척하며 밥값을 안 주는 어른도 있었다. 영악한 아이들은 그런 부모를 답습해 괴롭혔다. 그 모든 걸 견딜 수 있었던 건 엄마라는 존재 때문이었다. 그래도 엄마는 아빠처럼 나를 버리지 않았으니까.

간혹 엄마가 늦게 찾아올 때면 불길한 생각이 들었다.

'이대로 엄마가 돌아오지 않는다면 어떡하지?'

그건 휘가 가진 세상 전체가 무너지는 일이었다.

하루는 엄마와 집주인 아주머니의 대화를 엿들었다.

"건너편에 진이 엄마라고 알죠?"

"밤마다 부부 싸움하는 그 집이요?"

"네. 맞아요. 근데 그 엄마가 어제 집을 나갔대요."

"남편한테 맞고 살더니 결국엔 나갔나 보죠?"

"그게 아니라, 같은 공장에서 일하는 남자와 눈이 맞아서 어젯밤에 도망갔다네요. 애도 그냥 두고."

"어머, 그게 정말이에요?"

이름도 모른 채 '진이 엄마'라고 불렸던 여자는 갓난아기를 떨궈 놓고 도망을 갔다고 한다.

"동네에 소문 쫙 났어요. 진이 엄마가 남자랑 도망갔다고. 어휴, 아무리 그래도 그렇지. 뭐가 좋다고 애까지 버리고 집을 나갈까."

"그러게 말이에요. 어떻게 자식을 버리고 도망갈 수가 있죠?"

"그러게나 말이에요. 나는 살면서 자식 버리고 잘사는 여자를 본 적이 없어."

"맞아요."

가만히 주인집 아줌마와의 대화를 엿듣던 휘는 묘한 안도감을 느꼈다. '엄마는 자식을 버리고 도망가는 여자를 욕했다. 그러니 엄마는 날 버리지 않을 거다.'라는 생각이 어린 휘의 머릿속에 떠올랐다. 다만 걸리는 건 주인집 아주머니가 사라지고 나서 엄마가 했던 혼잣말이었다.

"잘 나갔네."

엄마가 주인집 아주머니와 집 나간 여자를 욕하며 맞장구를 쳤지만, 뒤로는 떠난 여자를 응원한 건지 어린 휘로서는 이해하지 못했다.

자주 이사를 한 만큼 엄마의 남자도 자주 바뀌었다. 그 남자들은 엄마의 술주정과 히스테리를 못 참고 떠났다.

그러나 준이라는 남자는 좀 달랐다. 본명인지는 모르겠으나 자신을 '준'이라고 소개한 남자는 어느새 휘의 집에 들어와 있었다.

그는 한 달이 지나고 반년이 지나도 엄마 곁을 떠나지 않았다. 엄마도 만족스러워 보였다. 그는 적당히 치고 빠질 줄 알아서 엄마가 히스테리를 부리기 전에 제지했다.

그러나 휘와의 관계는 썩 좋은 편이 아니었다. 휘는 엄마를 빼앗겼다는 생각이 들었다.

휘와 준은 크고 작은 언쟁을 하며 지냈다. 휘는 그가 신발을 구겨 신는 것조차 마음에 안 들었고, 그는 여자의 아들이 숟가락으로 국을 떠먹어도 마음에 들어 하지 않았다.

휘는 준이 오고 나서부터 신경이 곤두서고 미칠 것 같았다. '왜 우리 엄마와 나의 삶에 파고드는 거야. 빨리 사라져 버렸으면 좋겠어.' 하고 속으로 빌었다. 그러나 남자는 끈덕지게 엄마 옆에 붙어 있었다.

벌써 해가 뉘엿뉘엿 지고 있는데 엄마와 준이라는 남자는 돌아오지 않았다. 집에 들어가 마당에서 엄마를 기다렸다. 30분, 1시간이 지나도 돌아오지 않았다.

배가 고팠다. 냉장고에는 유통기한이 지난 식빵밖에 먹을

게 없었다. 주머니에는 돈도 없었다. 휘는 옥상 계단에 앉아 식빵을 먹으며 엄마가 빨리 오기를 기다렸다.

대문 밑 5센티미터쯤 되는 틈으로 새끼 고양이가 들락날락했다. 삼색 점박이 무늬가 얼룩진 고양이였다. 휘는 어느 순간 그 고양이가 좁은 문틈으로 몸을 비집고 빠져나오는 동작이 한없이 기분을 뒤틀리게 만든다는 걸 알았다. 5센티미터도 안되는 좁은 틈으로 빠져나가는 게 신기하면서도 기분이 안 좋았다.

휘는 고양이를 불러 세웠다. 식빵 테두리로 유혹하자 새끼 고양이는 거리낌 없이 다가왔다. 식빵 조각을 작은 입으로 뜯어먹는 고양이의 몸을 낚아채 손에 들었다.

손에 잡힌 고양이가 야옹야옹 울었다. 휘는 아랑곳하지 않고 새끼 고양이를 뒤집었다가 흔들었다가 했다. 그때마다 고양이가 계속 울어댔다.

너무나 부드러운 털. 미약하게 우는 소리. 손에서 놀아나는 너무 작은 연약함. 기분이 안 좋았다.

고양이는 자꾸 휘의 손에서 빠져나가려고 했다.

부드러운 털 뭉치가 두 손에서 이리저리 미끄러졌다. 휘가 알기로는, 고양이는 젖을 먹는 포유류 동물이었다. 그런데 연체동물처럼 이리저리 빠져나가는 부드러움이 있었다.

그리고 그게 몹시 못 견딜 것 같았다. 조금이라도 힘을 주면

연두부처럼 으스러질 것 같은 생명의 연약함이, 그 연약함이
휘를 못 견디게 했다.

정신을 차렸을 때 휘의 손에는 축 늘어진 새끼 고양이가 들
려 있었다.

장롱에서 이불을 꺼내던 남자가 소리를 질렀다.

"아유, 쌍!"

남자가 욕을 뱉고는 휘의 멱살을 잡았다.

"저거 네가 그랬지? 하나밖에 없는 이불인데 어쩔 거야!"

"이거 봐! 이거 놓으라고!"

"고양이 사체를 저딴 데다 넣으면 어쩌자는 거야! 냄새나
게!"

"내가 안 그랬어!"

"네가 아니면 누가 그랬겠어! 사이코 새끼야! 맞아야 정신
차리지?"

악을 쓰고 발버둥을 쳐도 남자의 힘 앞에서는 무력했다. 휘
는 서러워 미칠 것만 같았다. 남자보다 작은 손이, 딸리는 힘이
억울했다.

"내가 너한테 왜 맞아? 내가 그랬다는 증거를 가져와!"

"어른이 하는 말에 꼬박꼬박 말대꾸야."

"자기야, 화내지 마. 어린애잖아. 응?"

"에이씨."

"우리 이러지 말고 나가자."

엄마가 남자를 말렸다. 남자는 에이씨, 욕을 하고는 휘의 멱살을 잡았던 손을 놓았다.

엄마와 남자는 밖으로 나갔다. 휘는 코에서 나오는 뜨뜻미지근한 것을 손등으로 닦았다. 엄마와 남자는 밤을 꼴딱 새우고 아침이 되어서야 술 냄새를 풍기며 돌아왔다. 휘는 딱지처럼 굳은 코피를 손가락으로 떼어 내고 술에 취해 곯아떨어진 두 사람을 피해 책가방을 챙겨서 학교에 갔다.

어제저녁부터 아침까지 아무것도 못 먹었다. 휘는 친구들이 매점에서 과자를 까먹는 게 보기 싫어 놀이터 모래사장에서 두꺼비 집을 만들며 혼자 놀았다.

두꺼비 집 위로 그림자 셋이 다가왔다.

셋 중 덩치가 큰 아이가 물었다.

"야! 네가 이 동네 동물은 다 죽이고 다닌다며? 이 돌아이야!"

덩치 큰 아이 뒤에 숨어 있던 여자아이가 말했다.

"우리 집 고양이도 네가 죽인 거지? 이 사이코야!"

"몰라. 그런 거."

덩치 큰 아이가 휘의 배를 발로 찼다. 휘는 모래를 한 움큼 쥐었다. 그걸 재빨리 덩치 큰 아이의 눈에 뿌리고 그 아이 배 위로 올라타 주먹을 날렸다. 여자아이가 그만하라고 울면서 소리칠 때까지 주먹을 날렸다.

밑에 깔린 채 코피를 흘리며 울고 있는 아이를 보고 휘는 도망가야겠다고 생각했다.

🌿

다음 날 엄마가 학교에 와서 코피를 흘렸던 아이 엄마에게 연신 고개를 숙이며 사죄했다. 집에 돌아가자마자 엄마가 뺨을 휘갈겼다. 엄마는 휘의 손목을 잡아채듯 끌고 갔다. 그대로 휘를 골방에 던지고 문을 잠가 버렸다.

얼굴에 멍이 든 휘는 멍이 빠질 때까지 한동안 학교에 가지 못했다. 휘는 대부분의 시간을 TV를 보며 지냈다. TV 화면에는 하마에 관한 이야기가 나왔다.

하마는 육상 동물이지만, 대부분을 물에서 지내며 먹이를 먹을 때만 땅 위를 걷는다. 하마는 코끼리 다음으로 큰 동물이고, 하마의 땀은 햇빛을 받으면 붉은색으로 변한다.

휘는 무표정한 얼굴로 계속해서 TV를 시청했다.

귀여운 아기 하마의 얼굴에 미소도 잠시. 물에서 잠을 자는 엄마 하마와 그 옆의 새끼 하마 옆으로 수컷 하마가 다가왔다. 수컷 하마는 큰 입으로 새끼 하마의 목덜미를 단숨에 물어 죽여 버렸다.

건조한 내레이션으로 '짝짓기 시기에 수컷 하마에게 새끼 하마는 방해일 뿐이다.'라고 성우가 말했다. 강물에는 새끼 하마의 피가 흐르다 잠잠해졌다. 새끼가 죽는 순간에도 어미 하마는 반격하지 않고 새끼 하마가 수컷에게 물어뜯기는 걸 그냥 바라보고 있었다. 방해꾼이 사라진 수컷 하마는 짝짓기에 성공한다. 어미는 저항하지 않는다.

휘는 TV 화면을 노려보며 그 장면을 뚫어져라 쳐다봤다.

엄마와 그 남자가 돌아왔다. TV 화면에서는 하마의 짝짓기 장면이 나왔다.

"애는 어린애답지 않게 뭘 이런 걸 보냐. 만화 영화나 볼 것이지."

남자가 휘를 보며 말했다.

"쟤는 좀 이상해."

남자는 떫은 감이라도 한 입 베어 문 것 같은 표정이었다.

하는 일 없이 엄마한테 붙어먹고 사는 당신이야말로 이상하다. 그러나 내 편이 되어 줄 줄 알았던 엄마는 아무 말도 하지 않았다. 그건 무언의 동의였다.

그때 깨달았다. 휘가 사라지기를 바라는 건 어쩌면 아저씨

뿐만 아니라 엄마도 마찬가지라는 걸. 엄마가 자식을 버릴 리 없다는 순진한 생각을 했던 거였다. 그런 일은 세상에서 얼마든지 일어나는 건데.

불 꺼진 작은 방. 옆방에서는 남자와 엄마가 숨죽이며 웃는 소리가 들렸다. 까르르 웃는 엄마의 목소리가 벽을 타고 넘어왔다.

휘는 컴컴한 방 안에서 홀로 눈을 뜬 채 생각했다. 오늘 본 동물의 왕국의 한 장면을. 새끼가 눈앞에서 죽는데도 저항하지 않던 어미 하마. 자식은 짝짓기에 방해가 되는 존재일 뿐, 새끼가 눈앞에서 죽는데도 입 한 번 벌리지 않던 어미의 무저항을. 힘 앞에 굴복하는 나약한 존재들을. 휘는 갑자기 기분이 심하게 나빠졌다.

누군가 가슴을 돌로 짓누르는 것만 같았다. 자꾸만 속에서 우우 소리가 들렸다.

연약한 새끼 하마의 목덜미를 생각하자 혐오감이 치밀어 올랐다. 휘는 그 누구에게도 무시당하지 않는 인간이 되고 싶었다.

남의 손에 언제 어디서 느닷없이 죽을지 모르는 연약한 존재가 아니라, 그 위의 정점에 서고 싶었다. 나약한 것들은 기분 나쁠 뿐이었다.

어머니가 휘를 버렸을 때를 떠올렸다.

내가 약해서 버림받은 거다. 내가 연약한 어린아이이기 때문에 버림받은 거다. 약한 것들은 버려진다.

휘는 생각했다. 나는 더 이상 약해지지 않겠다고.

꿀

"휘, 휘!"

시훈이 휘를 흔들어 깨우고 있었다.

또 우물에 빠지는 꿈을 꾸었다. 깊디깊은 우물은 아무리 기를 쓰고 올라가도 끝이 없었다. 급기야 자기를 둘러싼 동그란 공간이 점점 좁혀져 왔다.

"땀을 왜 이렇게 많이 흘렸어. 악몽이라도 꾼 거니?"

"…."

머리가 다시 찌릿 아파 왔다. 휘는 시훈이 걱정할까 봐 두통에 관해서 말하지 않았다. 그리고 속마음도.

"형, 맹자의 우물 속에 빠진 사람 이야기 알지?"

휘가 형이라고 부를 때면 시훈의 마음이 약해졌다.

"맹자는 성선설을 증명하면서 우물에 빠지려는 아이를 구하려는 본능이 성선설의 증거라고 했지."

"측은지심을 말하는 거야?"

"아마 나는 그 감정을 평생 이해하지 못하겠지만, 형이 우물에 빠진 나를 구해 준 건 고맙게 생각하고 있어."

그때 시훈이 휘를 구해 주지 않았다면 그는 어떤 괴물이 되어 있을지 상상도 할 수 없었다.

'시훈, 내가 한국에 다시 온 게 잘한 일일까?'

휘는 이 질문은 하지 않았다.

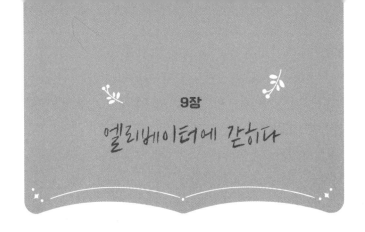

9장

엘리베이터에 갇히다

요 며칠 동안 휘의 기분은 바닥을 쳤다. 옆에 있던 시훈이 무슨 일이냐고 물어보지도 못할 정도였다. 어느 정도였냐면 휘 옆에 보이지 않는 소용돌이가 쳐 가까이 가기만 해도 바람에 베일 것 같았다.

"시훈, 궁금한 게 있어."

"뭔데?"

"그게 무슨 감정인지 모르겠어. 그러니까 어떤 여자가 계속해서 머릿속에서 떠나지 않아. 그 사람을 보면 멀미하는 것처럼 속이 울렁거리고 기분이 나빠져. 그 사람이 자꾸 눈에 띄고 그 사람이 힘든 일을 하면 괜히 화가 나. 이게 뭘까?"

"휘…."

시훈은 말을 잇지 못했다. 그게 기분이 나빴던 이유였니, 휘? 순간 가르쳐 주지 말까 하는 생각이 잠깐 스쳤지만 이내 생각을 고쳐먹었다.

"그런 감정은 기분이 나쁘다고 표현하는 게 아니야. 그건 사랑이야. 누군가를 좋아하는 감정이지."

"내가?"

시훈보다 본인이 적잖이 충격 받은 눈치다.

"휘, 그게 누군지 말해 줘. 누구야?"

"…."

"뭐 하는 여자야? 나도 아는 여자야?"

"나, 좀 어디… 가 볼 곳이 있어."

"휘!"

휘는 꼬치꼬치 캐묻는 시훈을 피해 사무실을 나왔다. 휘의 표정은 심각했다. 말도 되지 않았다. 내가 타인을 사랑한다고? 시훈이 잘못 안 것이다.

그런데 엘리베이터 문이 열리자마자 그 대상이 서 있었다.

우연히 마주친 길고양이의 눈 마주침처럼 사랑은 그렇게 갑작스럽게 왔다.

그러나 그는 유이와 길이 달랐다. 기분 나쁘다는 말은 그걸 확인시켜 주는 것이었겠지. 이때까지 겪은 수많은 짝사랑의 결과가 이번에도 말해 주고 있었다.

같은 건물에 있어도 그는 임직원 전용 엘리베이터를 타고 제일 위층으로 올라갔고, 유이는 이 건물 제일 지하로 내려가야 했다. 우리의 우연은 이걸로 끝이야. 그런데….

휘는 여자를 보고 멀뚱히 서 있었다. 미동도 없이 서서 미간을 좁히며 노려보는 남자.

유이는 열림 버튼을 계속 누르고 있었다.

"이거 지하로 내려가는 엘리베이터예요."

휘는 심호흡을 한 번 하고는 여자에게 이끌리듯 엘리베이터에 탔다.

엘리베이터에는 휘와 유이만 있었다. 유이는 남자가 안 타길 바랐었다. 그리고 이건 조리실 전용 엘리베이터였다. 임원급이 사용하는 엘리베이터는 따로 있었다.

착각하고 탔겠지만, 루오휘 사장과 단둘이 있는 건 껄끄러웠다. 내 얼굴만 보면 풀리지 않는 수학 문제를 보듯 의문투성이인 얼굴. 한여름 태양 빛에 종이를 태우는 돋보기처럼 노려보는 강렬한 눈. 저 시야에서 벗어나고 싶었다.

엘리베이터 문에는 루오휘와 유이의 얼굴이 비쳤다. 남자의 눈이 자신을 보고 있다고 느낀 순간 고개를 숙였다.

정말 뭐가 뭔지 모르겠다. 나와 한 공간에 있는 게 기분 나쁘면 엘리베이터를 타지 않으면 됐는데.

남자에게서 기분 나쁘다는 말을 들은 후 일주일이 지났다. 같은 회사라도 사는 세계가 다르니 마주칠 일은 없었다. 그동안 유이의 기분은 바닥을 쳤다. 좋아하는 남자에게 기분 나쁘다는 말을 들으면 누구나 트라우마로 남을 것이다.

휘의 눈에는 여자가 손에 든 양파 자루와 이면지 박스가 보였다.

"또 남의 일거리를 도와주고 있는 건가요?"

"가는 길에 버려 주는 것뿐이에요."

남자의 힐책에 주눅이 들었다.

"왜 그렇게 모든 일에 오지랖을 부리고 다니는 겁니까?"

왜 또 그렇게 순진하게 사냐고 핀잔이 들려오는 것만 같았다. 이번에는 유이도 참지 않았다. 이놈의 직장 잘리든 말든 하고픈 말은 하고 잘리련다.

"남 도와주는 게 뭐가 나빠요. 곤란한 사람을 도와주지도 않는 각박한 세상보다는 정의로운 세상이 좋잖아요."

그래, 이놈의 회사 때려치우자.

"정의로운 사회?"

정의라고까지 한 건 너무 나간 거 아닌가, 순간 창피했는데 남자가 꼭 꼬집어 물어보니 더 부끄러웠다. '연봉이 높은 곳이었는데 아쉽지만 오늘로 끝이구나.' 생각하며 머릿속에서 떠오르는 대로 말했다.

"네. 도둑질당한 사람을 탓하지 않고, 성추행당한 여성의 옷차림을 탓하지 않고, 남을 도와주는 사람을 비웃지 않는 세상이요."

남자가 이쪽으로 몸을 튼다. 유이는 당당하게 말한 것과는 대조적으로 무서워서 어깨를 움츠렸다. '넌 무슨 잘난 척을 한다고 막 지껄이니. 이 사람이 누군지 아니? 세계적인 그룹의 총수야.' 속으로 후회해도 소용없었다.

"너무 순진한 건 좋지 않아요. 남에게 이용당할 뿐이에요. 유이 씨는…."

남자가 무슨 할 말이 있는 듯싶었지만, 갑작스런 소리에 말을 멈췄다.

엘리베이터가 덜커덩 소리를 내며 멈췄다. 잠깐 정전이 됐다가 돌아왔다. 유이는 얼마 전 뉴스에서 본 낙하 사고가 떠오르자 등골이 오싹해졌다.

휘가 말했다.

"움직이지 않는 게 좋을 것 같아요."

"네…."

유이는 패닉에 빠진 자신과는 달리 침착한 남자 덕분에 좀 안심이 됐다.

휘는 개폐 버튼도, 다른 층 버튼도 안 눌리는 걸 확인하고 긴급연락 버튼을 눌렀다.

"네, 관리사무소입니다. 무슨 일이십니까?"

"엘리베이터에 갇혔습니다."

"아이고, 이 목소리는 사장님 아니십니까? 다친 곳은 없으십니까?"

휘의 목소리를 듣자마자 관리사무소 담당자의 목소리 톤이 높아졌다.

"괜찮습니다. 사람이 둘 갇혔고, 1층과 2층 사이에 멈춰 있는 것 같네요."

"바로 수리공에게 연락하겠습니다."

관리사무소에 연락하고 휘는 낮게 한숨을 쉬었다. 둘은 벽 쪽에 기대어 앉았다.

남자는 긴 다리를 뻗고 벽에 기댔다. 갑갑한지 넥타이를 느슨하게 풀어 헤치고 눈을 감았다. 굵은 목으로 땀 한 줄기가 흘러 와이셔츠 깃으로 스며들었다. 유이는 그 모습을 보고 이 상황에서 새삼스럽게 반하는 자신이 한심했다.

기분 나쁘다고 말하기 전으로 돌아갔으면. 짝사랑이었어도 좋았는데.

"일단은."

"네?"

"관리사무소에 연락은 해뒀으니까 별다른 일은 없을 거예요."

"아아. 네에."

놀랐다. 남자가 불순한 속마음을 알아차리기라도 할까 봐. 진정시켜도 남자의 숨소리까지 들리는 이 좁은 공간에 둘만 갇혀 있다고 생각하니 심장이 빠르게 뛰었다.

'정신 차려, 이유이! 저 남자는 널 싫어한다고. 너 혼자 심장이 두근거려서 어쩌려고 그래.'

유이는 손가락을 양쪽 관자놀이에 대고 중얼거렸다.

"심신 안정, 심신 안정."

그때 남자의 머리가 유이의 어깨 위로 떨어졌다.

"사장님?"

놀란 유이는 몸을 비켰고 휘의 머리는 바닥으로 떨어졌다. 당황한 유이와 달리 남자는 미동도 없었다. 남자는 정신을 잃은 듯했다.

"사장님, 사장님!"

휘의 이마에는 식은땀만 송골송골 맺혔을 뿐 반응이 없었다. 일단 남자의 머리를 다리에 올렸다. 이럴 때는 뺨이라도 때려서 잠들지 말라고 해야 할까? 아니야. 그건 영하의 저체온 환자에게 하는 말이잖아.

당황하는 것도 잠시, 휘가 미간을 찌푸리며 눈을 떴다.

"아까부터 주머니에 있는 핸드폰이 울렸어요."

아마도 시훈이겠지. 밖에서 시훈이 어떻게 하고 있을지 눈에 훤했다.

"뭐 하는 거죠?"

"우선, 이 양파라도 들고 계세요."

유이는 휘의 손에 양파를 쥐여 주었다.

"양…파?"

"어디서 들었는데 양파의 알리신 성분이 체온을 높이고 피로 해소를 돕는대요. 이, 이거라도 손에 들고 있어요. 이마가 너무 차가워요."

"신경 쓰지 마세요. 폐소 공포증이에요. 조금 지나면 괜찮아져요."

"폐소 공포증이요?"

"어릴 때 우물에 빠진 적이 있어요. 그 이후로 좁은 곳에 오래 있으면 좀 힘들어요."

"제가 어떻게 해야지…."

"곧 괜찮아질 거예요. 잠시 이대로 있어 주면…."

폐소 공포증. TV에서만 들었지 실제로 증상을 겪는 사람을 만나는 건 처음이었다. 숨을 몰아쉬는 남자가 안타까웠다. 휘는 계속해서 거칠게 숨을 몰아쉬었다. 유이는 엘리베이터 안을 둘러보았다. 이 좁은 공간에서 숨이 턱턱 막혀 오는 남자의 숨결이 그대로 느껴지는 것 같았다.

팬찮다는 남자의 말과는 반대로 숨이 점점 거칠어졌다. 남
자가 제 무릎에 머리를 대고 있다는 떨림도 잠시, 새하얗게 질
리는 휘의 입술이 걱정됐다.

"숨이 잘 안 쉬어지면 숨을 크게 들이마셨다가 후후 뱉어
보세요. TV에서 봤는데 라마즈 호흡법이라고, 이게 좋다고."

"그건 임산부한테 하는 거 아닌가?"

"아, 그러니까. 그게…."

휘가 웃음을 터트렸다.

"유이 씨는… 재밌는 사람이에요. 유이 씨와 있으면 기분이
이상해져요. 내가, 내가 아닌 사람이 되어 버려요."

저번에는 순진한 사람이라고, 기분 나쁘다고 하더니 이번에
는 내가 재밌는 사람이란다.

유이는 반대로 사장님은 헷갈리는 사람이에요, 그렇게 말하
고 싶었다.

"그게 무슨 말이세요. 아직 한국말이 어려우신 거 아니에
요?"

"그럴지도."라고 말하며 다시 남자는 웃었다.

그렇게 웃으면 반칙. 다시 혼자 좋아질지 모른단 말이다. 속
도 없이.

"영양사 일이 힘들진 않아요?"

"물론 힘든 적도 있지만 재밌어요."

"그래요?"

"네. 내가 만든 음식을 누군가가 맛있게 먹어 주면 행복하거든요."

휘는 고개를 끄덕였다.

시훈이 휘에게 말한 적이 있었다. "나는 휘가 잘 먹는 모습만 봐도 좋아." 휘는 그게 무슨 말이냐고 되물었지만, 세상에는 그런 사람들이 있는 모양이다.

"구내식당에 테마를 정해서 나오는 메뉴도 유이 씨 아이디어인가요?"

"네. 별론… 가요?"

올해부터 구내식당 메뉴에 일주일에 한 번씩 테마를 정해서 음식을 만들었다. 전통 음식의 날, 채소의 날, 중국 음식의 날. 생각보다 직원들 반응은 좋았는데 별로였던 걸까?

"직원들이 좋아하더군요. 우리 회사 구내식당이 다른 어느 음식점보다 맛있다고 칭찬이 자자해요."

사장님의 칭찬에 쑥스러우면서도 기분이 좋았다.

엘리베이터 안에 적막이 흘렀다. 언제쯤 엘리베이터 문이 열릴까? 옆에서 숨을 몰아쉬는 남자가 걱정됐다.

"어릴 때…"

남자가 침묵을 깨고 말했다.

"엄마가 만두 가게에서 일하셨어요. 엄마가 만든 만두는 두부가 많이 들어간 담백한 만두였는데, 가끔은 집에서도 만들어 주셨죠. 그때마다 두부를 사 오라고 심부름을 시키셨어요. 그럼 저는 신이 나서 이 영감네 두부 가게에 가서 두부를 사 오곤 했죠."

이 영감네 두부 가게. 우리 할아버지 두부 가게와 비슷한 이름이다.

"옆에서 엄마 만두 빚는 걸 따라 하면 그게 그렇게 재밌었어요. 친구들과 밖에서 노는 것보다."

"행복한 기억이네요."

휘의 얼굴이 점점 다가온다. 갑작스러운 휘의 행동에 유이의 몸이 얼었다. 휘와 눈이 마주치자 유이는 눈을 질끈 감아 버렸다.

휘의 손이 유이의 어깨에 닿았다.

"먼지가 떨어져 있기에."

"아, 아, 감사합니다."

엘리베이터 문이 열렸다.

"휘! 어떻게 된 거야?"

시훈이 제일 먼저 휘를 찾았다. 많은 사람이 엘리베이터 앞에 있었고, 사람들이 루오 사장을 앞다투어 찾았다.

"사장님 어떡해!", "사장님 괜찮으세요?" 옆에서 난리 치는 회사 사람들 덕에 유이는 엉덩방아를 찧었다. 그래, 사장님과 비교하면 내 계급은 불가촉천민이지.

유이는 씩씩하게 혼자 툴툴 털고 일어났다. 허 비서와 경비원의 부축을 받고 걸어가는 남자를 보며 약간 걱정이 되었지만.

순간 남자가 키스하려는 줄 알았다. 말도 안 된다며 고개를 저었다.

정의니, 뭐니 잘도 떠들어댔는데 잘리지만 않으면 다행이었다. 그런데 남자가 자꾸만 돌아보며 할 말이 있는 것처럼 보였다면 착각이었을까.

'내가 왜 여기 있는 걸까?'

마주 앉은 소파에 루오휘가 다리를 꼬고 앉아 있었다. 허 비서의 호출에 유이는 다시 옆집 남자, 아니 루오휘 사장님의 집무실에 앉아 있었다. 기시감이 느껴지는 상황이다.

설마 계약을 파기하고 나가라고 하는 건 아니겠지? 제발 그것만은 아니길!

아직 겨울이 끝나지 않았는데 이 엄동설한에 잘 곳도 없다. 사장님에게 실수한 게 뭐였는지 곰곰이 따져보았다. 역시 엘리베이터에서 너무 잘난 척을 했던 걸까. 그런데 루오휘 입에서 뜻밖의 말이 나왔다.

"이유이 씨가 마음에 듭니다."

일단 집에서 나가라는 소리는 아닌 것 같아서 안심했다. 근데 지금 잘못 들은 건가?

"좋아해요."

남자가 유이의 얼굴을 똑바로 보며 말했다. 남자에게 처음으로 사랑 고백을 받았는데도 실감이 나지 않았다. 좋아해요. 단순한 네 글자의 울림을 해석하기까지 오랜 시간이 걸렸다.

"지금 생각해 보면 첫눈에 반했었어요."

"저기 무슨 말씀이신지…. 첫 만남이요?"

"비를 맞으며 두부를 들고 서 있던 유이 씨에게 애처로움을 느꼈어요. 타인에게 측은함을 느낀 건 내 생전 처음이었어요. 혹시 착각은 아닌가 생각도 했지만… 그건 아니라는 결론이 나왔으니 더는 망설일 필요가 없을 것 같아요."

유이는 혼란스러웠다. 그러니까, 첫눈에 반했다는 게 흔히 말하는 '나한테 이렇게 함부로 한 여자는 네가 처음이야!' 같은 대사가 아니라 불쌍함을 느낀 건 네가 처음이라 나한테 반했다는 건가? 그게 무슨 말이지. 혼란스러운데 남자는 한술 더 떴다.

"운명이라고 생각합니다. 유이 씨가, 내 운명이에요."

남자가 너무 사무적인 태도로 말해 유이는 하마터면 이게 고백인 줄 모를 뻔했다. 누가 이 방 공간을 음소거해 말풍선을 달았다면 사무직원과 사장님의 대화를 그렸을 것이다. 좋아합

106

니다, 말하고 서랍에서 계약서를 꺼내도 이상할 것이 없는 대화였다.

"그래서 생각해 봤는데, 결혼은 이른 시일 내에 하는 게 좋을 것 같고."

여보세요, 지금 무슨 말씀을 하시는 거예요? 저기요. 댁의 도련님이 엉뚱한 소리를 하는데 안 말리시나요?

그러나 허 비서는, "중국에서 가져온 차입니다. 맛이 괜찮을 겁니다. 드셔 보세요."라고 말하고는 자리를 비켰다.

커다란 갈색 눈동자가 갈 곳을 잃고 이리저리 흔들렸다.

"그렇지. 옆집에 살 필요 없이 합가부터 하는 것도 괜찮은 것 같고."

컥! 컥! 뜨거운 차가 목구멍에 걸렸다.

"제, 제 의사는 안 물어보세요?"

"아버지가 걱정이긴 한데…. 그건 내가 알아서 하겠고."

그것도 진지한 얼굴로 말했다. 장난치는 걸까, 진담인 걸까. 좋아하던 남자에게 고백을 받으면 기뻐야 하는데 머리가 빙빙 돌았다. 나 지금 꿈꾸는 걸까. 아니면 잠깐 사이에 이 세계에서 저 세계로 차원 이동한 걸까.

루오휘. 이 남자 앞에서는 정신을 똑바로 차리지 않으면 태풍에 휩쓸리듯 날아가 버릴 것 같았다.

"사장님은… 헷갈리는 사람이에요."

헷갈리는 사람. 순진하다며 기분 나쁘다고 말할 때는 언제고, 지금은 좋아한다고 말한다.

"전 지금도 사장님이 무슨 말씀을 하시는지 잘 모르겠어요. 제 생각에는… 거절하겠습니다."

휘의 표정이 얼어붙었다. 유이는 말이 더 나오지 않게 고개를 숙여 인사하고는 집무실을 나왔다.

집무실을 나올 때 허 비서가 유이의 행색을 꼼꼼히 뜯어봤다. 첫인상에서부터 느꼈는데 루오휘, 허시훈 이 두 남자는 사람을 긴장하게 만드는 구석이 있었다. 허 비서의 눈초리에 유이는 독수리 앞의 먹이, 뱀 앞의 개구리, 고양이 앞의 쥐가 된 기분이었다.

유이는 다리가 너무 후들거려 쓰러질 것 같았지만 자신을 다독였다.

'아냐, 아냐. 잘했어, 이유이.'

기분 나쁘다고 할 때는 언제고 하루아침에 손바닥 뒤집듯 하는 고백을 믿을 수 없었다. 그러나 또 한편으로는 이런 생각도 들었다. 장난이 아니었다면? 정말 루오휘가 나를? 유이는 고개를 저었다.

"그럴 리가 없잖아."

"뭐가 그럴 리가 없어?"

살균 소독한 식판을 나르던 유이에게 최 영양사가 말을 걸었다.

"아무것도 아니에요."

"유이, 사장님한테 불려 갔다며. 사장님이랑 출근도 같이 하고. 진짜 뭐가 있는 거 아니야?"

"그, 그럴 리가 없잖아요."

"그럼 이번 일요일에 나 대신 소개팅 좀 나가 주라."

"소개팅이요?"

"응. 딱 한 번만 부탁할게."

소개팅할 정도로 여유는 없었다. 평소라면 거절했을 텐데, 루오휘 이름이 나오자 덥석 승낙해 버렸다.

"아니면, 루오휘 사장님이랑 뭔가 있는 거야?"

"아니에요! 소개팅할게요."

헤어 캡을 쓴 머리 위로 우주선 같은 열기구가 돌아가는데 머릿속에서는 온통 루오휘 생각뿐이었다.

그 고백이 진심이었다면?

기업의 사장이 그런 거짓말을 하려고 일개 영양사를 집무실까지 부르지는 않을 텐데. 일말의 기대가 생겼다가 순진해서 기분 나쁘다고 말한 걸 사과하지 않던 태도가 생각났다. 고백할 때는 언제고, 지금까지 일절 연락이 없는 남자가 못내 서운했다.

미용사가 따분하면 읽으라고 여성잡지를 꺼내 주었다. 표지에 루오휘라는 이름이 눈에 띄었다. 누가 뭐라 하는 사람도 없는데 유이는 눈치를 보며 루오휘의 기사를 조심스럽게 펼쳤다.

잡지 속의 루오휘는 깔끔한 정장 차림이었다. 기업 오너라기보다는 패션모델처럼 찍은 사진이 대부분이었다.

기사의 대부분이 사업 얘기였지만, 마지막에 '젊은 나이에 세계적인 기업 루오 그룹의 총수로 올랐던 잘생긴 이 남자는 최근 파혼한 신화 그룹의 차녀와 다시 혼사가 이루어지고 있다는 소문이 돌아 뭇 여성들의 가슴을 아프게 하고 있다.'고 적혀 있었다.

전 약혼녀와 나란히 찍힌 모습은 누가 봐도 선남선녀였다. 루오휘 사장에게 어울리는 사람은 이런 여성이겠지. 반면에 미용실 거울에 비친 자기 모습이 한없이 못생겨 보이기만 했다.

소개팅에 나온 남자는 삼수 끝에 대학에 입학했고, 아직 학생이라고 자신을 소개했다.

"밥은 제가 살게요."

호방하게 말하는 것과는 대조적으로 가격표를 보더니, 표정이 굳어졌다. 생각보다 비싸다고 말하면서 제일 싼 메뉴를 시키기에 유이도 눈치가 보여 같은 메뉴를 시켰다.

샐러드를 먹는데, 휘에게서 문자가 왔다. 5일 만에 온 연락이었다. 그동안 출장을 갔는지 회사에서도, 집에서도 보이지 않았었다.

한국에 도착했다는 메시지가 떠 있었다. 유이는 식탁 밑으로 급하게 답장을 보냈다.

-저 지금 소개팅 중이라 바쁩니다. 급한 볼 일 아니시면 나중에 연락 주세요.

"누구예요?"

"아, 그게… 직장 상사 문자라서요. 죄송해요."

"우리나라는 업무 외 연락이 문제예요. 주말에도 연락하는 상사 최악이죠?"

"네. 맞아요. 정말 최악이에요…."

휘에게 답장은 오지 않았다. 유이는 짧게 한숨을 쉬고는 샐러드를 마저 먹었다.

소개팅한 남자는 27살이지만, 집안에서 3대 독자라 빨리 결혼부터 해야 한다고 했다. 가벼운 소개팅인 줄 알았던 유이는 맞선 같은 분위기에 적응이 되지 않았다. 남자는 유이의 가족관계, 소득, 집 유무까지 물어봤고, 유이가 솔직하게 대답할 때마다 실망하는 기색이 역력했다.

"커피는 유이 씨가 쏘는 거죠?"

"네, 그래야죠."

그 남자와 커피숍까지 가고 싶지는 않았는데 거절하기도 그랬다.

엘리베이터 층수를 가리키는 불빛이 하나씩 빠르게 내려갔다. 루오휘와 엘리베이터 안에 갇혔던 일이 떠올랐다. 그때 진짜 키스하려는 줄 알았는데….

"어휴, 유이 씨, 키가 크네요. 근데 유이 씨 양심 없다."

"제가요?"

"키 큰 여자는 남자 체면 생각해서 낮은 구두를 신고 다녀야죠. 센스가 없으시네요."

유이는 괜스레 구두를 바라보았다. 소개팅이라고 나름 신경 써서 구두를 신고 온 건데. 이 남자와는 엘리베이터에 갇히지 않기를 간절히 기도했다.

커피숍에서 남자는 메뉴판을 꼼꼼히 읽어 내려갔다. 메뉴판을 공들여 보고 있기에 '메뉴 하나를 고를 때도 신중한 사람이구나.' 싶었는데, 가격표에 손가락을 쭉 내리며 살피는 걸 보고 남자가 단가가 제일 높은 음료를 찾고 있다는 걸 알았다. 남자는 밥값보다 싼 커피를 마실까 봐 눈에 불을 켜고 찾고 있는 것 같았다.

"프라푸치노 좋아하시나 봐요?"

"오늘 처음 먹어 보는 거예요. 제일 비싼 거 시켰는데 맛있네요."

"아, 네…"

남자가 솔직하다고 해야 할지, 이제 커피 사 줬으니 빚진 거 없다고 이만 떠나야겠다고 자리를 털고 일어나야 할지 알 수가 없었다.

"부모님은 어릴 때 돌아가셨어요. 할아버지도 6년 전에 돌아가셨고요."

"와, 좋겠다."

"네?"

"아, 오해하지 마세요. 우리 학교에 조실부모한 학생에게 주는 장학금이 있거든요. 요즘 등록금이 비싸잖아요. 잠깐 장학금을 받을 수 있어서 좋겠다고 생각했네요."

유이는 어떤 표정을 지어야 할지 가늠이 안 됐다. 이 무례한 남자에게 한마디하고 자리를 박차고 나가야 했는데 그러지 못하고 그대로 앉아 있는 자신이 한심했다. 기껏 한다는 말이 당황해서 "네?"라고밖에 못하다니.

내가 왜 이렇게 무례한 남자에게 시간을 허비해야 하는 걸까. 이럴 때 영화나 드라마에서는 짝사랑하던 남자가 멋있게 찾아와 데려가서 통쾌하기만 하던데.

그런 생각을 하다 피식 웃어 버렸다. 왜냐면 루오휘의 얼굴이 떠올랐기 때문이다.

그래, 내 인생에 왕자님이 있을 리가 없다. 일어나자. 누가 날 진흙탕에서 끌어올려 주기 전에 내 발로 먼저 나가자.

일어나려는데 뒤에서 웬 목소리가 들렸다.

"와, 가만 듣고 있자니 어이가 없네."

뒤에 앉아 있던 동그란 안경을 쓴 남자가 유이의 소개팅 남자 쪽을 보고 말했다.

"어이, 친구. 우리나라 하루 교통사고 사망률이 얼만 줄 알아요? 한 달에 3,000여 명. 하루에 10명꼴로 사망이야. 당신 부모님도 내일, 아니면 한 시간 뒤에 교통사고로 죽을 수 있어. 당신 부모님은 안 돌아가시고 영원히 살 것 같아?"

"뭐야 당신? 무례하게!"

"무례한 건 당신이지. 남자 망신은 다 시키고, 이 여자분께 사과해요."

"왜 남의 말을 엿듣고 그래요!"

"당신이 목소리가 커서 다 들리는 걸 어떡해. 당신이 이 여자분에게 한 말. 다시 큰소리로 내 입으로 들려줄까?"

카페 안 사람들의 눈이 다 이쪽을 보고 있었다. 소개팅한 남자는 황당하다며 씩씩거렸지만, 남자는 물러날 기미가 없어 보였다. 마지못해 소개팅한 남자가 아까 한 말은 너무했다고 유이에게 사과했다.

　남자의 사과를 받고는 당황해서 뭐가 뭔지 모른 채 그냥 카페를 나와 버렸다.

　그리고 뒤에 앉아 있던 남자에게 감사 인사를 하려고 찾았지만, 그는 어느새 연기처럼 사라져 버렸다.

대학 동기인 미소를 만났다. 미소는 취미 부자로 산악동아리, 영어 스터디는 물론 초등학생들과 줄넘기 학원까지 다니더니 최근에는 유튜브 제작에 빠진 모양이었다. 그런 취미 부자 친구 미소가 중국어 학원에 다녔던 기억이 났다.

"너 중국어 학원 다녔지?"

"두 달 다니다가 때려치웠지."

"중국어로 변태가 뭐냐?"

"삐엔타이. 중국 변태라도 만났어?"

"아니, 갑자기 궁금해서."

미소와 만나 소개팅한 남자를 실컷 욕했더니 기분이 나아졌다. 이 맛에 소개팅을 하나 싶을 정도였다.

"그것보다 중국 변태에 대해서 얘기해 봐. 너 뭔가 있는 거지?"

귀신같은 이미소. 촉이 좋은 미소가 허를 찔렀다.

"고백 받았어."

차마 루오 그룹 총수의 아들에게 고백 받았다는 말은 못하고 중국 남자라고만 했다.

"그 중국 남자 잘생겼어?"

"잘생겼어."

"키는?"

"아주 커."

"어떤 남자야?"

미소는 외모부터 확인하고는 어떤 사람인지 물어 온다.

"좀… 헷갈리는 남자. 어떤 사람인지 헷갈려."

미소는 검지를 얼굴 앞에 들고 좌우로 저었다.

"안 돼. 안 돼. 헷갈리는 남자는. 여자를 헷갈리게 하는 남자는 쓰레기일 가능성이 커. 어장 관리라니. 안 돼요. 안 돼."

"어장 관리는 아니고, 뭐랄까. 좋아한다고 고백은 받았지만, 날 좋아하는지 단순히 놀리는 건지 의심스럽달까. 어떨 때는 날 이상한 생물처럼 노려보고 나한테 기분 나쁘다고 했다가, 갑자기 좋아한다고 하더니 오늘 아침에는 에르메스 백에 샤넬 시계까지 선물하고."

"뭐! 에르메스 백을 선물했다고?"

미소가 탁자를 탁 쳤다.

"사랑이네!"

"명품에 바로 사랑이라니, 너무 속물 아니니?"

"누가 이윤이 아니랄까 봐 순진한 소리 하고 있네. 에르메스 백을 선물했다면 놀리는 거 아냐. 너 좋아하는 거 맞아."

아닐 거야, 말하려다 입을 다물었다. 미소 말대로 순진해서 못 알아차린 걸까. 마음속에는 루오 그룹 총수의 아들이 나 같은 걸 좋아할 리 없다는 낮은 자존감이 방어벽을 만들었는지 모른다. 정말 루오휘가 날 좋아한다면? 텔레파시처럼 루오휘에게서 문자가 왔다.

-예상보다 일찍 한국에 들어왔어요.

"누구야? 혹시 그 중국 남자야?"

눈치 빠른 미소는 유이의 휴대폰을 빼앗고는 문자를 찍기 시작했다.

"휴대폰 돌려줘!"

-지금 소개팅 남과 커피 마시고 있어요.

"헷갈리게 하는 남자에게는 이게 직방이야. 질투 유발 작전."

-거기 어딘지 가르쳐 줘요.

"어머! 이 남자 금방이라도 찾아올 기센데? 저돌적이네. 오

118

라고 할까?"

"안 돼!"

아직 루오휘의 얼굴을 보는 건 껄끄러웠다. 미소는 유이의 손을 피해 빠르게 문자를 찍었다.

"그만해!"

"벌써 다 보냈어. 끝! 어떻게 생겼는지 남자 얼굴 좀 보자."

"아마 안 올 거야."

유이는 말과 반대로 휘가 오는지 카페 문만 쳐다보고 있었다. 새로운 손님이 들어올 때마다 루오휘가 아닌지 긴장했다.

"사자자리. 활발하고 쾌활하며 팔방미인이 많다. 바운더리 안에 들어온 사람에게는 잘해 준다. 좋아하는 사람과 그렇지 않은 사람을 대놓고 티를 내 사람을 곤혹스럽게도 만든다. 타인에게 약한 모습을 보이는 걸 극심하게 꺼린다. 자존심에 살고 자존심에 죽는 사자자리들. 그러나 겉으로는 강한 모습의 소유자이지만, 속으로는 여린 내면의 소유자이기도 하다. 약한 모습을 보이는 걸 꺼리면서도 모순적으로 그런 여린 내면을 알아봐 주는 사람에게는 무조건적인 신뢰를 보내기도 한다. 좋아하는 사람이나 뭐 하나에 꽂히면 굉장히 정성을 쏟는다. 으흠, 그렇군. 유이 넌 무슨 별자리였더라?"

"염소자리. 근데 그건 왜?"

"궁합도 보게. 염소자리와의 궁합은… 뭐, 나쁘지 않네."

미소에게는 숨길 수가 없었다. 변태 같은 중국 남자가 루오 그룹 총수의 아들 루오휘라고 말하자, 미소는 얼른 스마트폰 으로 루오휘의 신상 조사를 했다. 그러고는 루오휘와 유이의 궁합까지 챙겨 보고 있었다.

휘는 20분도 안 돼서 카페 안으로 들어왔다. 휘는 호텔 가 운을 입고 호텔 로고가 박힌 슬리퍼를 그대로 신고 나타났다.

"이유이 씨…."

뛰어왔는지 휘는 숨을 몰아쉬었다. 유이 앞에 앉은 여자를 봤다. 소개팅 남과 있다고 해서 뛰어왔는데 여자가 있어서 당 황한 눈치였다.

"여긴 친구 이미소예요."

"흐음, 일단 얼굴은 합격!"

"합격인가요?"

휘가 느긋하게 웃는다.

"아직 안심하긴 일러요. 나는 깐깐한 시어머니, 얄미운 시누이, 오지랖 넓은 친구고, 유이는 아들만 여섯인 집안의 막내 여동생이라고 생각하세요. 내가 그렇게 대하니깐. 아무나 못 줘. 다짜고짜 운명 운운하면서 결혼이라니. 나는 당신 못 믿어요."

"유이 씨에게 좋은 친구가 있어서 다행이네요."

"잘생긴 얼굴로 웃어도 안 넘어가요."

"잘생겼다고는 생각해 본 적 없는데. 평균은 된다고 생각했지만."

올해 들은 말 중에 최고로 어이없는 말이었다. 잘생겼다고 생각해 본 적이 없다니. 평균이라니. 평균을 웃도는 건 물론이고 상위 1퍼센트의 외모를 가졌으면서 그런 생각을 한다니. 옆에서 미소가 손뼉을 쳤다.

"짝짝! 잘생겼는데 자기가 잘생겼다는 걸 모르는 것까지. 완벽해!"

으이그, 친구부터 말려야 할 것 같다. 그만하라고 친구의 옆구리를 푹 찌르는데 미소는 아랑곳하지 않고 유이에게 귓속말을 했다.

"누가 채가기 전에 결혼부터 하는 건 어때? 결혼 후 사귐. 이것도 괜찮은 이야기야."

"아까랑 너무 다른 거 아니야?"

"연애라도 해 봐. 유이, 넌 언제까지 일만 하고 살 거야?"

"…"

"저 얼굴이면 없던 로맨스도 생기겠다."

연애라는 소리에 입이 다물어졌다. 27살이 되도록 연애도 못 해 보고 일만 하고 살았다. 길거리에 손을 잡고 걸어가는 연인들을 부러워하지 않았다면 거짓말일 것이다.

미소가 손뼉을 치며 뭔가가 생각났다는 듯 입을 열었다.

"아, 맞다! 나 여동생이랑 만나기로 했는데 늦었어. 얼른 가

봐야겠다."

미소는 '네가 잘 설명해 줘.'라는 말만 남기고 유이가 붙잡기도 전에 떠나 버렸다.

벤치 근처에는 마시다 버린 커피 용기들이 즐비했다. 음료수 용기들을 옆으로 치우고 둘은 앉았다. 마침 벤치 앞에는 가구 가게가 있었다. 좀 전에 미소와 들린 가게 중 하나였다. 집에 가구나 주방 기구가 너무 없어서 몇 가지 사려고 했다가 가격표를 보고는 마음을 접었는데, 새삼 전시되어 있는 멋진 가구들을 보니 눈길이 갔다.

"저런 책상은 누가 사는 걸까요? 정말 비싼 가구였는데."

"갖고 싶어요?"

"아뇨. 우리 집에는 놓을 곳도 없는걸요. 고시원 살 때는 이사 가기만 하면 가구든 뭐든 내가 원하는 대로 다 사고 싶었는데 말이죠. 왜 그런 거 있잖아요. 사고 싶은 가구나 가전제품이 있어도 이사 가서 사야지, 하고 미루는 거요."

"이사할 때마다 가구, TV 다 새로 사는 타입이라서 잘 모르겠네요."

"아…."

이 남자가 루오 그룹 총수의 아들이라는 걸 까먹었다. 저런 대리석 책상은 누가 사나 했더니 바로 옆에 있지 않은가.

휘는 할 말이 있는지 유이의 눈치를 살폈다. 초조한지 깍지 낀 양손을 자꾸만 풀었다 쥐었다 했다.

"소개팅은 잘됐나요?"

"사실은 잘 안됐어요. 그쪽도 제가 마음에 안 든 눈치였거든 요."

"그럴 리가 없는데. 남자가 보는 눈이 낮네요. 나한테는 천 만다행이지만."

팔이 저렸다. 유이는 양팔을 쓸었다. 추워서 그래. 추워서 팔이 저리는 거야.

그런데 이렇게 추운 날 남자는 슬리퍼만 신고서 나를 만나 러…. 휘가 고개를 돌려 눈을 맞춰 온다. 이 남자는 이렇게 꼭 정공법으로 다가온다.

휘가 볼을 감쌌다. 자연스레 두 눈이 감겼다. 입술을 포개고 부드럽게 빨아댔다. 말캉한 혀가 잇새에 파고들자 놀란 유이 는 휘의 어깨를 확 밀어 버리고 벌떡 일어섰다. 그러고는 달아 났다.

어떻게 집에 왔는지 모르겠다. 그 길로 100미터 달리기를 하듯 냅다 뛰었다. 아직도 떨림이 가시지 않았다.

미소에게서 문자가 왔다.

-그 남자랑 어떻게 됐는지 나중에 말해 주기.

침대에 벌러덩 누워 천장을 봤다.

"입술….."

손가락으로 입술을 쓸었다. 부드러운 그 감촉이 아직도 생생했다.

🌿

까만 액정만 몇 분 동안 보는 중이었다. 당황해서 도망가던 유이의 모습이 떠올랐다. '그러려고 했던 건 아닌데… 나도 모르게.'라고밖에 말할 수 없었다. 팔을 쓸어내리던 모습. 추위에 얼은 코와 귀가 귀엽다고 생각했고 붉고 작은 입술. 처음 사랑하는 중학생처럼 어떡해야 할지 몰랐다. 아니다. 요즘에는 초등학생도 이런 건 하지 않을 거다.

시훈에게 물어볼까? 시훈은 휘의 이상하다고밖에 표현 못 했던 감정을 사랑이라고 가르쳐 주긴 했지만 좀 미덥지 못했다. 시훈도 썩 정상적인 연애를 하는 것처럼 보이지는 않았다.

오줌 마려운 개 마냥 한곳을 빙빙 맴도니 시훈이 못 참고 먼저 휘를 불렀다.

"휘, 무슨 일 있었어?"

"시훈. 이 세상에 돈으로 살 수 없는 건 뭘까?"

"뭐?"

뜬금없는 질문에 시훈이 인상을 썼다.

"공기?"

"흠, 공기. 근데 요즘은 공기도 팔잖아."

"요즘에는 돈으로 안 되는 게 없긴 하지."

"흠, 역시 사랑이려나."

시훈은 휘의 입에서 사랑이라는 단어가 나오자 충격으로 입을 다물지 못했다. 엘리베이터 문이 열렸다. 휘는 긴 다리로 성큼성큼 엘리베이터에 탔고, 충격에 빠진 시훈은 그만 타이밍을 놓칠 뻔했다.

"갑자기 그런 게 왜 궁금한 건데?"

"아니야. 시훈이 알 리가 없지."

"묘하게 기분 나쁜데. 말해, 몰래 뒷조사하기 전에. 유이인가 그 여자 때문이야?"

"고백했는데 차였지. 어제도… 도망가고."

"뭐라고 고백했었지?"

"운명이라고 말했어. 별로 안 좋아하더라고. 이때까지 나 싫다는 여자는 한 명도 없었는데."

시훈은 한숨을 푹 쉬었다. 그때 그걸 고백이라고 생각한 건가. 그때 휘가 하는 짓이 웃겨서 아무 말 하지 않았는데. 아니, 사실은 둘이 잘 되는 걸 마음속 깊은 곳에서는 원하지 않았을 수도.

여자에게 결혼 이야기부터 꺼냈을 때 그 자리에서 말렸어
야 했다. 휘가 이런 적이 없는데. 휘의 변화를 기분 좋게 받아
들여야 할지 가늠이 안 됐다. 루오수쉰 회장에게는 뭐라고 말
해야 하나.

"요즘엔 사랑도 돈으로 살 수 있어. 눈에 보이지 않는 실체
없는 사랑은 물질적인 풍요로움으로 증명할 수 있는 거야."

"예를 들면?"

"짐승도 수컷이 집 지어 놓고 암컷 앞에서 춤추고 별짓을
다 해야 선택받을 수 있다고. 여자라면 선물 싫어할 사람 없겠
지."

"의심스러운데. 그게 시훈이 석 달마다 여자를 바꾸는 비결
이구나."

"너보단 내가 나을 거다."

그동안 잠깐씩 사귄 여자들에게 카드만 던져 주고 뭘 하든
신경 쓰지 않았다. 유이에게는 그러고 싶지 않았다. 예전 여자
들에게 카드를 쥐어 주고 매장 셔터를 내리고 마음껏 쇼핑하
게 한 건 연락이 안 되니, 날 좋아하는 게 맞냐느니 하는 끊
임없는 물음과 투정을 잠재우기 위해서였다. 이 여자에게는
그러고 싶지 않았다. 시훈이 의심스럽지만, 한번 믿어볼까.

"잘 안되면 시훈 책임이야."

"휘, 넌 잘생기게 태어난 걸 감사해야 해.

시훈은 칭찬이면서 칭찬 같지 않은 말을 남기고 고개를 저었다.

12장

서준우 작가

오늘 아침에 있었던 소동을 떠올리자 한숨이 나왔다. 아침 일찍부터 초인종 소리에 밖으로 나가 보니 검은 양복을 입은 사람들이 서 있었다.

"배달 왔습니다."

유이의 기억에는 주문한 물건이 없었다. 그것도 이렇게 많은 고가의 명품들을 주문했을 리가.

"잘못 오신 것 같은데요."

"여기 주소 맞는데요. 보낸 사람은 루오휘님이시고요."

'루오휘'라는 이름을 듣자 아연실색했다. 꽃바구니며 초콜 릿에, 살면서 한 번도 입어 본 적 없는 고가의 옷들과 구두, 액 세서리, 그리고 대리석 책상까지 끊임없이 배달되었다. 악어가

128

죽으로 만든 묵직한 가방도 들어보았다. 이 가방 하나도 유이의 1년 치 월급으로는 어림도 없었다.

당장 루오휘에게 전화를 걸어 받을 수 없다고 못 박았지만, 되돌아오는 대답은 선물이 취향에 안 맞냐는 소리였다.

"마음에 안 들어요?"

"그게 아니라."

"미안. 지금 좀 바빠서. 나중에 연락할게요."

"사장님, 사장님!"

전화는 끊어졌다.

유이는 즉시 선물들을 반품하려고 했지만, 그럴 수 없다는 답변만 들었다. 종잡을 수 없는 남자다. 얼굴에 흙을 묻히고 웃을 땐 소년 같다가 한없이 냉정해지고, 그러다가 아이처럼 떼를 쓰기도 하고 연락은 또 어렵고.

사람이 한 면만 가지고 있지 않다지만, 루오휘는 주사위보다 더 많은 면을 가지고 있는 듯했다.

이걸로 끝인 줄 알았다. 그런데 그다음 날, 출근하려고 집을 나섰던 유이는 마당에 놓인, 유이의 집과는 도무지 어울리지 않는 빨간색 스포츠카에 아연실색했다.

빨간 스포츠카에는 커다란 리본이 둘려 있었고, 그 옆에는 기사가 서 있었다.

휘의 자동차가 유이의 마당 앞에서 멈춰 섰다. 휘는 내리지 않고 차창을 내렸다.

"같이 출근하고 싶은데 비행기 시간이 바빠서 먼저 갈게요."

"저 빨간색 스포츠카는 뭐예요?"

"당연히 유이 씨 차죠. 여기 교통이 좀 불편하잖아요. 앞으로 이거 타고 다녀요."

"저는 차 필요 없어요."

운전면허증이 있냐고 물어봤을 때 알아차렸어야 했다. 작년에 미소 손에 이끌려 따놓은 운전면허증이 있었지만, 장롱면허증이나 다름없었다. 무엇보다 저렇게 이목이 집중되는 빨간색 스포츠카를 타고 어떻게 출근을 하겠는가.

"여자들이 좋아하는 색이라던데. 음, 좀 더 클래식한 차가 좋아요?"

"취향의 문제가 아니라, 전 이렇게 비싼 차가 필요 없어요."

"유이 씨가 타지 않으면 박 기사님이 계속 기다릴 거예요."

아까부터 기사가 두 손을 공손히 모으고 유이를 기다리고 있었다.

"또 이렇게 강압적으로…."

"미안. 같이 출근하고 싶은데 진짜 비행기 시간에 늦을 것 같아서 안 되겠어요."

"또 어디 가세요?"

"중국으로 출장 가요. 아, 맞다. 나중에 중국에 있는 우리 집에도 한번 가요. 아버지가 좋아하실 거예요. 여름휴가를 거기로 가는 것도 좋겠네."

"저, 저기요!"

"미안해요. 나 진짜 가 봐야 할 거 같아요."

휘는 황급히 차를 타고 가 버렸다. 농담이 아니다. 언제 한 번 교육이라도 시켜야지, 안 되겠다. 이렇게 일방적인 건 안 된 다고 말이다.

유이는 빨간색 스포츠카를 타고 말았다. 그냥 자전거를 타 고 가겠다고 하자 박 기사가 곤란한 얼굴로 계속 서 있어서 어 쩔 수 없었다. 다만 회사 사람 중에 누가 보기라도 하면 무슨 말을 들을까 싶어서 회사 옆까지만 데려다 달라고 부탁했다.

휘에게 문자를 보냈다. 비싼 자동차와 선물도 이제는 사양 이라고. 한 번만 더 이러면 회사를 그만두겠다고 엄포를 놓 았다.

'이 정도면 알아듣겠지.'

유이는 한숨을 푹 쉬며 스포츠카 의자에 고개를 젖혔다. 비 싼 차기는 한가 보다. 승차감이 좋네. 편안함을 느낀 것도 잠 시. 갑자기 뒤에서 자동차가 들이박아 고개가 앞으로 쏠렸다.

"앗, 다친 데 없으세요?"

"네. 이상은 없는데 이게 무슨 일이죠?"

박 기사가 안전벨트를 풀고 밖으로 나갔다. 뒤차에서도 덩치가 커 보이는 남자 둘이 뒷목을 잡고 차에서 내렸다. 이게 바로 말로만 듣던 뒷목 잡고 나오는 상황인가. 그런데 뒷목을 잡으려면 가만히 있던 우리가 잡아야 하는데 뒤차에서 내린 남자들의 목소리가 더 컸다.

"눈을 어디에다 두고 다니는 거야? 범퍼 나간 거 안 보여?"

박 기사가 자동차 보험사를 부르겠다고 말해도 안하무인이었다. 목소리 큰 사람이 이긴다고 하던가. 순식간에 상황을 유리하게 만든 뒤차 남자들은 위협적으로 유이와 박 기사를 닦달했다. 이럴 때 논리적으로 반박할 수 있으면 좋으련만. 갑작스러운 상황에 말이 나오지 않았다.

급기야 도로에 드러눕는 남자들도 무서웠고, 출근길에 도로를 막아 여기저기서 울리는 경적도 신경을 자극했다. 누가 부르지도 않았는데 견인차 2대가 달려왔다. 어쩔 줄 모르고 있는데 한 남자가 다가왔다.

양복을 반듯하게 차려입은 얼굴이 하얀 남자는 중재에 나섰다.

"제가 옆에서 다 봤는데. 오히려 잘못은 뒤차에 있어 보이던데요. 뭣하면 제 자동차 블랙박스도 제공할 수 있습니다."

"당신은 갑자기 튀어나와서 뭐라는 거야!"

"혹 증언도 필요하다면 제가 하겠습니다."

남자는 재킷 안주머니에서 명함을 꺼냈다.

문신한 남자들은 명함을 보고는 방금 전의 큰소리는 온데 간데없이 말을 얼버무리기 시작했다. 유이에게도 명함을 줬다.

명함에는 로펌회사 로고와 변호사 '서준우'라는 이름이 찍혀 있었다.

아침의 소동을 생각하자 머리가 아팠다. 기세 좋게 유이를 위협하던 남자들은 변호사의 명함에 조용해졌다.

일의 뒤처리를 자기에게 맡기라는 박 기사의 말에 유이는 출근부터 했지만, 목격자가 나타나지 않았으면 얼마나 볼썽사나운 짓을 계속했을지 눈앞이 캄캄했다. 이게 다 루오휘 씨가 분수에도 맞지 않는 자동차를 선물했기 때문이다.

명함을 꺼내 보았다. 변호사 서준우. 보답이라도 해야 하는데. 어디선가 본 듯한 얼굴인데 기억이 나지 않았다.

엘리베이터 사건 이후 묘한 소문이 사내에 돌기 시작했다.

처음에는 엘리베이터에서 둘 사이가 묘해 보였다, 일부러 엘리베이터를 정지시키고 둘이서 음란 행위를 하려고 했다, 급기야 회장이 스폰서라는 이야기까지 돌았다.

회장이 스폰서라서 일부러 유이를 이 회사에 취직시키고 월급도 영양사가 받을 수 없는 액수를 받고 일하고 있다는 거였다. 당연히 유이를 보는 회사 사람들의 눈초리는 따가웠다.

"누가 그런 소문을 퍼트린 거야."

유이는 만두에 넣을 두부를 열심히 으깼다. 이번 주 구내식당 테마 음식을 만두로 정했다. 꼭 엘리베이터 안에서 사장님과 나눴던 대화 때문만은 아니었다. 이건 그냥 만들고 싶어서 만드는 것뿐이야. 두부를 많이 넣은 만두를 좋아한다는 사장님의 취향이 조금 들어가기는 했지만.

설거지를 하고 있는데 영양사가 슬쩍 유이 옆에 다가왔다.

"들었어. 사장님이랑 사귄다며? 눈치 없이 소개팅을 해 준다고 오지랖을 부렸네."

"아니에요!"

"아니긴 뭘 아니야. 사장님이랑 잘됐으면 좋겠다. 난 응원해!"

"정말 아니라니까요."

"뒤에서 수군거리는 애들 신경 쓰지 마. 질투 나서 그런 것뿐이야."

"아닌데…."

뒤에서 말들이 나오기는 하는구나. 루오휘 사장님과 사귀는 게 맞냐고 묻는 사람들과 축하를 전하는 조리원 동료들을 상대하느라 진이 빠졌다.

고양이 치즈에게 물과 사료를 주기 위해 생태연못으로 향하던 유이는 남자 직원들의 목소리가 들리자 소나무 뒤로 숨었다.

삼삼오오 모여 담배를 피우는 남자들의 입에서 휘와 유이의 이야기가 화젯거리였다.

"사장이 우리 구내식당 영양사랑 사귄다는 게 정말이야?"

"뭐, 같이 출근하고 같이 퇴근한다더라. 그럼, 말 다 한 거 아니야?"

"나 걔 본 적 있어. 양 갈래로 머리 땋은 여자애. 루오 사장님이 촌스러운 거 좋아하나 봐."

"요즘에도 양 갈래 머리하는 여자가 있나?"

유이는 머리카락 끝을 잡았다 놓았다.

"그렇게 촌스러운가."

숱이 많은 데다 곱슬머리인 사람이라면 나의 양 갈래 머리를 이해할 것이다. 고무줄 하나로 머리를 묶기에는 머리가 너무 무거워서 자연스레 양 갈래로 묶은 것뿐인데.

"여자애가 봉 잡았네. 여자들은 좋겠다. 부자 남자 만날 수 있어서."

"왜 부럽냐?"

남자 직원들이 사라지길 기다리던 유이는 되돌아갈까 싶었다.

"잤겠지?"

"잤겠지. 같이 사우나 갔던 사람들이 루오휘 사장 존나 크다고 하더라."

"다 가졌네. 다 가졌어."

더는 못 기다리고 유이는 되돌아갔다. 스파링이라도 한 것 같았다. 저렇게 온 회사직원들 입에 뒷말로 오르락내리락할 생각을 하니 한숨이 나왔다.

물과 사료를 내려놓자, 어디서 나타났는지 고양이 치즈가 조심스레 다가왔다.

치즈는 사료를 조금 먹더니 그만두고 배를 뒤집고 누워 그루밍에 열심이었다. 치즈가 요즘에는 사료를 잘 먹지 않았다. 어디서 얻어먹었는지 배가 항상 볼록했다. 나 말고도 밥 주는 사람이 있는 눈치였다.

볼록한 배를 쓰다듬자, 기분이 안 좋은지 유이의 손을 뒷발로 밀어내며 짧은 꼬리를 탁, 탁 쳤다.

"알았어. 안 만질게."

회사 주차장을 지나던 유이는 한 남자가 기둥 뒤에 몸을 숨기는 걸 보았다. 낯이 익다 싶었더니 아침에 본 남자였다. 변호사 서준우.

남자는 유이와 눈이 마주치자 놀랐는지 눈을 크게 떴다가 곧 미소 지었다. 남자는 아침과 달리 동그란 안경을 쓰고 있었다.

남자는 손을 들어 유이에게 이쪽으로 오라는 손짓을 했다. 유이는 얼떨결에 남자 옆에 섰다. 둘은 기둥 벽에 나란히 붙어 있었다.

"왜 이러고 계세요?"

왠지 목소리를 낮춰야 할 것 같았다.

"기자들 피해서 남의 회사 주차장까지 왔어요. 이대로 있어 줄래요? 기자들 사라질 때까지만."

주차장에 두 명의 목소리가 울려 퍼졌다.

"어디로 간 거야?"

"오늘은 만날 수 있을 줄 알았는데."

이런 말들이 들려오더니 잠잠해졌다.

"이제 갔나 보네요."

동그란 안경을 쓴 모습을 보니 더 낯이 익었다. 곰곰이 생각하던 유이는 "아!" 하고 소리를 질렀다.

추리 소설계의 떠오르는 신예. 누적 판매 200만 부를 자랑하는 베스트셀러 작가 서준우. 소개팅에서 자신을 구해 줬던 남자.

"혹시 서준우 작가님?"

서준우가 유이를 향해 환하게 웃었다.

"저, 작가님 팬이에요!"

13장
레고 조각

휘는 엄마가 올 때까지 골목 모퉁이에서 혼자 구슬치기를 하고 있었다. 동네 아주머니들이 하는 얘기가 들렸다.

"그 집 세 들어 사는 여자는 하루가 멀다고 남자가 바뀌네요."

"누가 아니래요. 머리 모양 바꾸듯 금방 바꾸네."

"가만 보니까 아들도 어린 나이에 사고 쳐서 낳은 것 같던데."

"저런 여자들이 있어요. 남자 없이는 못 사는 년. 남자 때문에 저 여자도 진이 엄마처럼 자식 버리고 도망가지."

휘는 아랫입술을 앙 물었다. 지금 당장 나가서 "우리 엄마는 아니에요!"라고 외치고 싶었지만 참았다.

139

휘는 아줌마들의 수다가 끝날 때까지 조용히 숨죽이고 있었다.

오늘도 남자는 사소한 문제로 휘를 때리기 시작했다. 엄마가 남자에게 아양을 떨자 겨우 멈췄다.

"자기야, 그만해. 우리 밖에 나가자. 응?"

"하, 진짜. 너 오늘 운 좋은 줄 알아라."

남자의 손에서 벗어났지만 휘는 의구심이 들었다. 왜 엄마는 이런 남자한테 아양을 떨며 사는 걸까. 이 집도 우리 집이고, 집안일도 엄마와 내가 다 하고, 돈도 엄마가 다 버는데. 왜 저 남자의 눈치를 보는 걸까.

남자가 떠나는 게 그렇게 무서운 걸까? 아빠가 우리를 버린 것처럼, 우리를 떠날까 봐 두려운 걸까.

화가 났다. 염치없이 굴러들어와 우리 집에서 군림하는 남자도, 그 밑에서 벌벌 떠는 엄마도, 다 짜증이 났다. 그렇게 남자가 좋을까.

휘는 주인집 아줌마가 한 말을 떠올렸다.

"남자 없이는 못 사는 년…."

"너… 지금 뭐라 그랬어?"

"남자 없이는 못 사는 년이라고!"

짝!

엄마가 뺨을 때렸다. 휘의 몸이 바닥에 내동댕이쳐졌다. 휘

140

가 맞는데도 실실 웃던 남자는 주머니에 손을 넣더니 "버르장머리를 고쳐야 해."라고 말했다.

엄마는 남자 품에 달려가 울음을 터트렸다. 휘는 남자 품에 안겨 우는 엄마를 보았다. 가슴에서 우우우 소리가 들렸다.

✻

휘는 주인집 아줌마가 사라질 때까지 숨어 있다가 밖으로 나왔다. 그 집 아들 의대생이 폐품으로 내놓은 책들이 쌓여 있었다. 휘는 해부학 책 한 권을 아무도 모르게 빼내어 왔다. 영어와 어려운 말뿐이라 글은 제쳐 놓고 해부학 그림들을 날이 새도록 보았다.

휘는 책을 덮으며 말했다.

"개도 사람과 같을까?"

그때가 생각났다. 더워서 땅도 달궈진 프라이팬처럼 열을 뿜어내는 날이었다. 손바닥으로 눌렀다가 떼면 쩍 하고 들러붙었다가 떨어질 것 같은 아스팔트 도로 위에 내장이 튀어나온 채 쓰러진 개를 떠올렸다. 끈적끈적한 도로 위에 끈적끈적한 피.

왜 그 장면이 계속 생각나는지 모르겠다. 휘는 그 장면만 생각하면 첫사랑을 떠올리는 소년처럼 들떴다. 몸에 열이 오르고 아랫배가 뜨거워졌다.

휘는 알았다. 자신은 생명이 죽은 모습에 재미를 느낀다는 걸.

"내장이 터져서 바닥이 흥건한 건 생전 처음 봤어. 정말 처음 보는 구경이었어."

수민이 물었다.

"근데 오빠 표정이 왜 그래?"

"표정?"

"왜 죽은 개 이야기를 하면서 즐거운 듯이 웃고 있는 거야?"

"……"

✤

동네에서 살인 사건이 일어났다. 바로 옆집 준이 엄마였다. 준이 엄마가 뒷산에서 변사체로 발견되었고, 범인은 남편으로 금방 잡혔다. 바람난 아내를 죽인 남편의 살인 사건은 한동안 동네를 떠들썩하게 만들었다.

아이들 사이에서는 괴담이 흘러나왔다. 뒷산에 너무 참혹하게 시체를 죽여 놔서 경찰도 회수하지 못한 채 그대로 있다는 식의 이야기였다. 휘는 그 괴담을 듣고 가슴이 두근거렸다. 그 이야기가 뜬소문이 아니길, 실제로 시체를 한번 볼 수 있기를 빌었다. 그래서 아무도 없는 야밤에 뒷산에 가 봤지만, 시체가 있는 곳을 찾을 수 없어서 크게 실망했다.

살아 있다는 건 어떤 것일까. 그리고 살아 있는 걸 죽여서는 안 된다는 건 왜일까. 살아 있다는 건 의지를 갖고 눈을 깜빡이는 것. 숨을 쉬는 것. 입을 열고 말을 하는 것. 그렇다면 콩순이와 수민이의 다른 점은 무엇일까. 확인하고 싶었다.

"꼬맹이. 나랑 함께 뒷산에 가 보지 않을래?"

꼬맹이를 선택한 다른 이유는 없었다. 마침 수민이 옆에 있기 때문이었다.

"뒷산?"

"너 우리 동네에서 일어난 사건 알지? 살인 사건이 궁금하지 않아?"

"범인도 이미 다 밝혀진 사건이 뭐가 궁금해."

"그 남편이 진짜 범인이 아닐 수도 있잖아. 그리고 범인은 항상 범행 현장에 나타난다는 말도 있고. 궁금하지 않아?"

꼬맹이가 물끄러미 휘를 쳐다보았다.

"오빠는 가 보고 싶어?"

"응. 가 보고 싶어."

"오빠가 가고 싶으면 나도 따라갈게."

뒷산은 제법 높은 산이었다. 올라가는데 숨이 찼고 눈 깜짝할 새에 시야는 어두워졌다.

"오빠, 무서워."

수민은 휘의 팔을 꼭 붙잡고 떨어질 줄을 몰랐다. 조금만, 조금만 더 가면 된다고 달래던 휘는 어느 순간 멈췄다. 이곳이 라면….

꼬맹이의 너무나 연약하고 하얀 목덜미에 조금씩 손이 뻗쳐졌다. 갑자기 꼬맹이가 말했다.

"오빠는 아빠 안 보고 싶어?"

"…."

"나는 엄마도, 아빠도 항상 보고 싶어."

아이들은 방학이 끝나면 가족들과 여행 갔던 이야기를 늘어놓으며 자랑을 했다. 누구는 유럽 여행을 갔고, 누구는 아버지가 바빠서 가까운 일본으로 온천 여행을 갔다 왔다며 서로 이겨 먹듯 자랑을 했다. 조용히 듣고만 있는 건 수민과 휘뿐이었다.

수민이가 조용히 말했다.

"엄마, 아빠랑 여행도 가고 싶고, 다른 애들처럼 외식도 하고 놀러도 가고 싶어. 아니야, 여행 못 가도 좋아. 여행 가지 말고 그냥 주말에 김밥이나 그런 거 싸서 같이 먹는 거야."

"그럼 그것만이라도 행복할 텐데."라고 말하는 수민은 이내 굵은 눈물을 뚝뚝 떨어뜨렸다. 수민이가 눈물을 흘리자 기분이 이상했다. 이건 이상한 거다. 눈물을 흘리는 수민을 보는 건 아주 괴로웠는데 무엇 때문에 괴로운 건지 몰랐다.

하지만 기분이 아주 엿같다는 건 알았다. 꼭 고양이가 대문 틈으로 빠져나오는 걸 보았을 때처럼. 나약한 고양이가 손안에서 흐물흐물하던 느낌. 아주 좋지 않았다.

"친척 어른들이 그랬어, 엄마 장례식에서. 아빠가 밖으로 싸도는 건 집이 싫어서래. 내가 싫어서일까? 아빠는 내가 싫어서 집에 들어오지 않는 걸까? 엄마가 죽은 게 나 때문이라서?"

그러고는 고개를 두 무릎 속에 파묻고 흑흑 울기 시작했다. 휘는 수민이의 뒷덜미로 가져가려던 손으로 수민이의 어깨를 감싸 안았다. 그 순간 수민이가 너무 불쌍해 안아 주고 싶었다.

수민이는 휘가 안아 주자 더욱 크게 울었다.

내가 무슨 생각을 한 건지. 이렇게 작고 연약한 너를, 불쌍한 너를, 나는 뭘 하려고 했던 거지.

갑자기 더 없는 공포가 밀려왔다. 휘는 그럴수록 꼬맹이를 더 꽉 안았다.

이 세상에 둘밖에 없는 듯. 둘만이 모든 걸 이해한다는 듯.

"엄맘맘마."

"아유, 이뻐라. 또 따라 해 봐."

연우라는 아이는 말도 제대로 못하면서 어른들이 '예쁜 짓'이라고 말하면 볼에 손가락을 갖다 댔다. 그러면 어른들이 귀엽다고 손뼉을 쳤다.

"잘했어. 우리 연우 잘했어."

휘는 고작 저 정도로 호들갑을 떠는 엄마와 연우 엄마를 이해할 수 없었다. 괜히 엄마에게 나도 데려가 달라고 떼를 썼나 싶었다.

"언니, 우리도 커피 한잔하자."

"둘만 놔두는 건 위험하지 않을까?"

일어나려는 엄마의 표정이 좋지 않았다.

휘는 엄마가 무슨 걱정을 하는지 이해할 수 없었다. 엄마는 불안한 눈으로 휘를 보았다. 나와 둘만 남겨진 준이를 걱정하는 건가? 왜? 휘는 이해할 수 없었다.

"휘, 엄마들 눈에 보이는 거실에서만 놀 거지?"

"네."

휘는 착한 아이처럼 씩씩하게 대답했다. 하지만 엄마의 눈동자는 불안으로 흔들리고 있었다.

"연우도 형아 말 잘 들을 거지?"

"엄맘맘마."

연우는 그 말밖에 할 줄 모르는지 레고 조각을 손에 들고는 말했다. 어른들 눈에 보이는 곳에서 노는 조건으로 휘와 연우

146

는 예쁜 짓과 까르르 웃음소리 세트에서 벗어날 수 있었다.

휘는 이제야 아이를 자세히 관찰할 수 있었다. 아이의 콧물이 흘러내려 입 안으로 들어갔다.

"으, 드러워."

아이는 콧물이 입에 들어가든 말든 휘를 보더니 방긋 웃었다. 휘도 웃었다. 재밌는 게 떠올랐다.

아이는 거울처럼 휘를 따라 했다. 휘가 레고 조각을 가지고 놀면 레고를 만지고, 콩순이 인형을 만지고 놀면 그 인형도 제가 만지려고 다가왔다. 휘는 그게 귀찮았다. 그러다 진짜 재밌는 게 생각났다. 손가락 하나 건들지 않고 어른들의 감시하에서도 재밌게 놀 방법을.

형아를 뭐든지 따라 하는 연우를 보며 휘는 작은 레고 조각을 입 안에 넣고 꿀꺽 삼키는 시늉을 했다. 뭐든지 따라 하는 연우는 그 동작을 보고 똑같이 레고 조각을 입 안에 넣었다.

그래 나를 따라 해. 잼잼을 따라 하듯, 예쁜 짓을 따라 하듯 레고 조각을 입 안에 넣는 거야. 삼키는지 안 삼키는지는 네 선택이야. 난 아무 짓도 안 했어. 다 네가 날 따라 한 거야. 난 손가락 하나 대지 않았다고.

하지만 엄마의 생각은 다른 듯했다. 아이가 미친 듯이 울기 시작했고 엄마들은 아이에게 달려들어 레고 조각을 입 안에서 빼냈다.

147

엄마가 휘의 어깨를 붙잡고 거세게 흔들어 댔다.

"네가 그런 거야? 네가 그런 거냐고!"

엄마는 휘의 양팔에 손톱자국이 박히도록 세게 쥐고 소리를
질러 댔다. 흥분한 엄마와는 달리 휘는 차분한 어조로 말했다.

"아니야, 엄마. 난 아무 짓도 안 했어. 난 아기한테 손도 대
지 않았어."

난 거짓말을 하지 않았다. 아기가 날 따라 했을 뿐, 손을 대
지는 않았으니까.

"엄마한테 거짓말하면 안 돼."

"난 거짓말한 적 없어."

왠지 모르게 휘는 엄마의 눈을 피하고 말았다. 그때 엄마의
눈빛은, 절박하게 애원하는 것이었다. 휘는 그 모습이 정말 참
기가 힘들었다. 왜인지 모르겠지만.

그래 이럴 때는 수민이 말대로 웃어야지. 휘는 입꼬리를 올
렸다. 엄마를 안심시키려고 환하게 웃었다. 옆에서는 연우의
비명소리 비슷한 울음소리가 들렸다. 참 시끄럽다고 생각했다.

그런데 휘의 웃는 얼굴을 본 엄마의 표정은 하얗게 질렸다.
엄마는 휘의 어깨를 잡았던 손을 놓아 버렸다. 휘가 다가가면
엄마는 뒷걸음쳤다. 무서운 괴물이라도 본 듯한 얼굴이었다.

휘는 입꼬리를 풀었다.

뭔가 잘못됐다. 그런데 뭐가 잘못된 거지?

148

그 일이 있고 난 뒤, 휘는 버려졌다.

❧

"기업을 유지하려면 지속적인 사회적 기여가 필요합니다. 사람을 비정규직으로 쓰지 않는 기업이 제1 목표입니다. 그리고 앞으로 회의는 월요일 말고 화요일에 합시다. 주말에는 여러분도 쉬셔야죠."

회의를 마치고 오니 협박장이 날아와 있었다.

서수완 회장을 죽인 사람은 루오휘, 바로 당신이란 걸 안다. 자백하지 않으면 이유이라는 여자를 가만두지 않겠다.

협박장에는 잡지에서 오려 붙인 문자가 조잡하게 붙어 있었다.

"서 회장 측근일까?"

"오늘 아침에 온 거야?"

"어. 이유이 씨 이름까지 들어간 걸 보면, 장난치고는 질이 나빠."

확실히 그랬다. 휘는 협박장 따위 아무렇지도 않았지만, 저런 조잡한 협박장에 유이의 이름이 있다는 게 화가 났다. 협박장을 만든 놈을 만나면 그 자리에서 죽여 버릴 정도로.

"지문 뜨면 바로 잡아 올 거야. 감히 루오 그룹에 손을 대다니."

악마 같은 표정. 시훈의 저런 표정은 오랜만에 보네.

협박장이 신경 쓰이지 않는 건 아니었지만, 지금 휘에게는 유이의 문자가 더 시급했다.

-한 번만 더 이런 비싼 선물 보내시면 화낼 거예요.

그 문자를 받은 휘의 가슴이 철렁했다. 도대체 뭐가 문제지?

"시훈."

휘는 한 손에 든 스마트폰을 흔들었다.

"책임져."

시훈은 아무것도 모르겠다는 얼굴로 어깨를 으쓱했다.

14장
사이코패스

"손님이 오셨습니다. 박문철 경감님이라고 하는데요."

"들여보내 주세요. 정중히 모시도록 부탁드릴게요."

휘는 차 보관함에서 찻잎을 꺼내 주전자처럼 생긴 물건에 넣고는 끓는 물을 가득 부었다. 잠시 후 첫 번째 우려낸 찻물을 건네지 않고 그대로 주전자에 부었다.

박 경감은 특이한 방식이라고 생각했다. 부자들은 취향도 고상한 걸까. 찻물이 차 판의 호스를 따라 퇴수기로 들어갔다.

"두 번째 우려낸 차가 깨끗하고 풍미가 더욱 진합니다. 첫 찻물은 찻잔과 다관을 데우는 데 쓰죠."

저 작은 주전자 같은 걸 다관이라고 부르는구나. 몇 그램에 얼마씩이나 할까. 몇십만 원, 혹은 몇백만 원. 속으로 계산하는 게 비참해서 그만두었다.

"대단한 명함이더군요. 이거 아니었으면 들어오지도 못했을
겁니다."

"오시면 차 한 잔 대접하겠다는 말, 진심이었습니다."

따뜻하게 우러난 보이차를 박 경감 앞에 놓았다. 박 경감은
차를 선뜻 마시지 않고 보기만 했다.

휘는 차향을 음미하고는 한 모금 마셨다. 기분 좋은 향이 입
안에 퍼졌다.

"서수완 회장님도 참 안타깝게 돌아가셨습니다."

박 경감은 휘의 표정 하나라도 놓칠세라 꼼꼼히 들여다보
았다.

서수완 회장 사건은 완벽한 밀실 사건이라고 언론에서 떠
든 것과 대조적으로 자살로 결론이 났다. 이미 끝난 사건이었
다. 그러나 박 경감은 인정하지 못하는 눈치였다.

"서 회장님께 아들이 하나 있더라고요. 그 아드님이 사건 당
일 누군가를 봤다던데. 유일한 목격자라고 들었습니다."

"글쎄, 저승사자를 봤다나 그런 말을 하니 진술로 채택하기
힘들었죠. 누가 조현병 걸린 약쟁이의 진술을 곧이곧대로 믿
겠어요. 그래도 저는 조사하고 싶었습니다. 그런데 위에서 이
사건을 급하게 마무리하라더군요. 꼭 이제 그만 덮으로고 지
시를 내린 것처럼."

휘는 입 안에서 다시 차 맛을 음미했다. 한 모금 넘기자 희미한 맛 중에서 감칠맛이 미묘하게 돌았다.

박문철 경감은 휘가 차를 마실 때까지 기다렸다.

"솔직히 말해도 됩니까?"

"듣고 싶네요."

"저는 아직도 서수완 회장의 죽음이 자살로 결론 난 것을 납득하지 못하고 있습니다."

"서 회장 아드님의 증언을 믿으시는 건가요?"

"글쎄요. 그것보단 루오휘 씨에게 호기심이 생겨서요."

"…"

"일하면서 많은 범죄자들을 만납니다. 유형을 따지자면 억울형, 분노형, 발뺌형 등 많은데 그중에 드물지만 흔히 말하는 사이코패스들을 만날 때도 있습니다. 차라리 화를 내는 인간은 다루기가 쉬워요. 당신 비서처럼. 허 비서 같은 인물은 알기 쉽죠. 그런데 헷갈리게 하는 인물은 도무지 힘들지요."

휘가 찻잔 너머로 박 경감을 보았다. "헷갈리는 사람이에요." 하던 유이의 말이 떠올랐다.

"루오휘 씨처럼 평온한 사람은 힘듭니다. 그래서 처음에는 루오휘 씨가 당연히 범인일 줄 알았어요. 그런데…."

박 경감이 말끝을 흐렸다.

"지금은 좀 헷갈립니다."

153

"어떤 부분이?"

휘는 정말로 듣고 싶었다. 헷갈린다는 게 뭘까. 유이나 박 경감같이 감이 좋은 사람들이 느끼는 그 미묘한 어긋남이란 무엇일까.

"우리 경찰들 사이에선 '내장에서부터 느껴진다.'고 표현하죠. 루오휘 씨는 이렇게 마주 보면서 눈빛이나 행동을 파악해도 아무것도 느껴지지 않아요. 마치 백지처럼 깨끗하죠."

박 경감은 향이 좋은 이 차를, 한 잔에 몇만 원, 몇십만 원할지 모르는 차를 마실지 말지 고민하며 찻잔을 이리저리 돌렸다.

"제가 대학 때 범죄심리학 논문을 준비하면서 사람은 정말 선한가, 악인은 환경에 의한 건가, 처음부터 악인으로 태어날 수 있는가를 많이 고민했습니다. 그런데 현장에서 일하면서 가끔은, 요즘 유행하는 말 있죠? 사이코패스라고. 무분별하게 남용하는 부분이 있지만, 그런 인간들을 직접 만날 때도 있습니다. 목덜미가 서늘하더군요. 정말로 사람의 감정을 고통으로밖에 캐치하지 못하더군요. 그런 인간들을 만나면 악인은 타고나는 건 아닌가, 그런 생각도 듭니다."

휘는 옅게 미소 띤 얼굴로 "그렇군요."라고만 말했다.

찬찬히 휘의 얼굴을 뜯어보던 박 경감은 갑자기 긴장한 얼굴을 풀고 "뭐, 그렇다는 겁니다."라고 말하고는 자리에서 일어날 준비를 했다.

한 모금도 마시지 않은 박 경감의 찻잔은 차갑게 식어 있었다.

"저는 다음에도 뵙고 싶습니다. 빈말이 아닙니다."

루오 그룹 총수의 아들과 다시 만날 일이 있을까. 루오휘가 인사치레로 이런 말을 할 사람이 아니란 걸 알았다.

박 경감은 긍정도 부정도 아닌 표정을 하고는 나왔다.

🌿

유이는 카페에서 서준우 작가와 차를 마시고 있었다.

"저는 작가님의 첫 번째 작품을 가장 좋아해요."

"사실은, 그 작품이 저의 첫 작품이 아닙니다. 첫 작품은… 중학교 때 습작한 게 첫 작품이에요. 읽어 보고 싶으세요?"

"네, 그럼요!"

"언제 기회가 된다면 보여드릴게요. 유이 씨에게만."

"정말요?"

"네. 그런데 이분은 언제까지 서 계시는 걸까요?"

루오휘가 두 사람 사이에 서서 서준우 작가를 멍한 눈으로 노려보고 있었다. 어떻게 멍한 눈으로 사람을 노려볼 수 있는지. 그게 더 무섭다고 생각한 유이는 한숨을 쉬었다. 어쩔 수 없이 남자를 소개해야 했다.

"저희 회사 루오휘 사장님이세요."

"네. 저도 소문은 들어서 알고 있습니다. 꼭 만나 뵙고 싶었는데 이렇게 뵙네요. 괜찮으시면 앉으시죠."

휘는 남자의 말을 깔끔하게 무시하고 유이에게 말을 걸었다.

"할 말이 있어요."

"저 지금 바빠요. 작가님이랑 얘기하는 중이잖아요."

휘가 서준우를 노려보았다. 그런 휘가 서준우는 재미있는 눈치였다.

휘는 유이의 명령만 듣는 강아지처럼 서 있다가 유이가 앉으라고 하자 얼른 두 사람 사이에 앉았다.

세 사람 사이에 어색한 침묵이 흘렀다. 침묵을 깬 건 서준우였다.

"루오휘 씨 꼭 뵙고 싶었습니다. 저는 서준….."

서준우의 말이 끝나기도 전에 휘는 말을 끊어 버렸다.

"유이 씨에게 할 말이 있어요."

"무슨 말인데요?"

유이는 휘가 먼저 사과를 하려나 내심 기대했다. 그런데 남자 입에서 다른 말이 튀어나왔다.

"결혼이 너무 이르면 동거부터 하는 것도 괜찮을 것 같아요."

유이는 먹고 있던 아이스 아메리카노를 그대로 뿜을 뻔했다. 동거라니. 아직 연애도 해 본 적 없는 여자한테 동거라니. 이 남자가 지금 무슨 말을 하려는 건가.

"미소 씨한테 들었어요. 아, 참 미소 씨와는 친구 하기로 했어요. 재미있는 분이더라고요. 친구한테 잘하는 남자가 매력 있다면서요? 이것도 미소 씨한테 들은 얘기에요. 요즘 로맨스 소설 추세가 동거부터 하는 거라네요. 우리도 못 할 것 없죠."

"지, 지금 무슨 말씀을 하시는 거예요? 그리고 제가 왜 사장님이랑 같이 살아요?"

"왜라니. 운명이니까요."

"아까부터 운명, 운명하시는데 무슨 근거로 그러세요?"

"얼굴에 두부를 맞은 남자가 옆집에 살 확률, 그 이웃과 같은 회사에 다닐 확률. 어렸을 때 모래성을 쌓고 놀던 동네 친구를 다시 만날 확률, 같은 엘리베이터에 단둘이 갇힐 확률. 이 정도 클리셰면 마지막에는 애 셋 정도는 낳아야죠. 지금 당장 애를 만들어도 늦어요."

"저는 사장님이랑 애 안 낳을 거예요."

"딩크족으로 사는 것도 전 좋아요."

우리가 어릴 때 모래성을 쌓고 놀았다고? 도무지 떠오르지 않는다. 도대체 몇 년 전 일일까.

"푸핫."

가만히 듣고 있던 서준우가 폭소를 터트렸다.

"아, 죄송. 듣다 보니 저도 모르게."

"넌 누구야?"

"'넌 누구야?'라니요. 제 팬과의 만남을 방해한 건 루오휘 씨가 먼저인데요."

"팬?"

휘가 인상을 찌푸렸다. 그제야 서 작가를 찬찬히 뜯어보았다. 곱상한 외모에 동그란 안경을 낀 얼굴. 뭐가 웃기는지 휘를 보며 이죽이죽 웃었다. 마음에 들지 않았다.

서준우가 끼어들었다.

"그런 식으로 따지면 저도 운명인데요. 우연히 선 본 자리에서 뒷자리에 앉았던 남자를 자동차 사고로 다시 만날 확률. 거기에 그 남자가 평소 팬이었던 작가다. 이 정도 클리셰면 저에게도 기회가 있는 거죠?"

정말 굿이라도 해야 하는 걸까. 클리셰 범벅인 소설의 여주인공은 사양하고 싶다고 말하려는데, 서로를 바라보는 두 남자의 눈빛이 제법 살벌했다.

화제를 돌릴 겸 유이는 서준우에게 말을 걸었다. 휘는 유이가 서준우를 상대하는 게 마음에 안 드는지 노골적으로 싫은 티를 팍팍 냈다.

"서준우 작가님 사인 받으려고 온 건데 귀찮게 해 드려서 죄송해요."

"아니에요. 유이 씨가 사과할 일이 아니잖아요."

"아 참! 책을 사물함에 두고 왔네요. 사인을 꼭 받고 싶었는데."

"여기서 기다릴게요."

"저, 그래도 될지…."

"괜찮아요. 저 시간 많아요."

유이는 "감사합니다, 감사합니다." 연신 꾸벅 인사를 하고는 휘에게 같이 나오라는 눈짓을 보냈지만, 그는 아랑곳없이 앉아 있었다. 유이는 한숨을 쉬고는 책을 가지러 다시 회사로 들어갔다.

휘는 에스프레소를 한 잔 더 시켜 한 모금 마셨다. 첫 모금의 쌉쌀한 맛이 기분 좋게 입 안을 감돌았다.

"쓴맛을 좋아하시나 봐요?"

휘는 더 찬찬히 남자를 뜯어봤다. 휘의 눈빛은 유이가 자리에 없자 사냥감이 사라져 진정된 맹수 같았다. 서준우가 느끼기에 그 눈은 내 얼굴 너머 영혼까지 뜯어먹는 것 같았다.

침을 꿀꺽 삼킨 서준우는 용기를 내서 휘에게 말을 걸었다. 휘와 단둘이 남게 된 이 시간을 헛되이 보내고 싶지 않았다.

"어디서 들었는데 사이코패스 성향일수록 쓴맛을 좋아한다고 하더군요. 그런 연구 결과가 있대요. 어떻게 생각하세요?"

159

"…."

"전 쓴맛은 별로더라고요. 달달한 커피가 제 입맛엔 맞아요."

"…."

휘가 반응이 없자 무료해진 서준우는 낚싯바늘에 무엇을 걸지 고민하듯 이리저리 루오휘의 내색을 살폈다.

유이가 책을 들고 나타났다. 서준우는 책의 첫 장에 정성스레 사인을 해 주며 휘에게 말을 걸었다.

"유이 씨랑 무슨 얘기를 했는지 궁금하지 않으세요?"

아, 빙고.

휘가 찻잔을 내려놓고 서준우를 넌지시 노려보았다.

"우린 소설책 얘기를 하고 있었습니다. 루오휘 총수님은 추리 소설을 좋아하세요?"

"추리 소설 안 읽습니다. 등장인물 4명이면 그중에 범인이 있는데 너무 쉬운 거 아닌지. 흥미가 떨어지더군요."

서준우의 얼굴에 실망한 기색이 역력했다. 무리도 아니었다. 바로 앞에 작가가 있는데 그런 말을 하다니. 눈앞에서 난 당신 책 싫다고 말하는 것과 똑같지 않은가. 유이의 뚱한 얼굴을 눈치챘는지 못 챘는지 휘는 눈을 내리깔고 차만 마시고 있었다.

"그럼 제 책은 안 읽으셨겠구나…."

"서 작가님, 저는 작가님 책 다 읽고 있어요. 작가님 책은 정말 다 좋아해요!"

유이가 서 작가의 기분을 풀어 줄 요량으로 말했다. 준우는 표정 변화가 없던 휘에게서 유이의 '좋아한다.'는 말에 미간을 살짝 찌푸리는 걸 포착했다.

"그런데 서준우 작가님이 이번에 마지막 책을 내고 은퇴하신다니, 안타까워요."

"책 나오면 제일 먼저 유이 씨에게 드릴게요."

"어머, 정말요? 감사해요."

"루오휘 씨에게도 드리겠습니다. 꼭."

준우는 생각했다. 내 인생의 마지막 작품은 희대의 역작이 될 거라고. 갑자기 피식 웃는 준우의 표정 변화를 휘는 놓치지 않았다.

'뭐 하는 놈이지?'

15장
기억

이놈의 회전문. 또 회전문에 갇혀서 두 바퀴째 도는 중이다. 유이는 왜 꼭 옆에 자동문이 있는데 매번 회전문에 기어들어가 스스로 갇히는 걸까. 누가 손을 잡고 같이 빠져나가 주지 않았다면 계속 돌았을지 모른다.

유이의 얼굴에 드리운 그림자를 따라 고개를 드니, 루오휘가 있었다.

"무슨 생각을 그렇게 하세요?"

"회전문 말고 자동문으로 갈 걸 그랬다. 그런 생각을 했어요."

당황해서 아무 말이나 막 나왔다.

"말했었죠? 유이 씨 재미있는 사람이라고."

소리 없이 웃는다. 잘생긴 사람이 그렇게 웃는 건 반칙이라고. 다시 반할 것 같다.

"장난치지 마세요."

"뭐가요?"

"고백부터 다 장난이잖아요. 왜 그러신지 모르겠지만… 저 같이 소심한 사람은 잘못했다간 진심으로 받아들여요."

"진심이에요. 유이 씨를 좋아해요."

남자의 고백에 팔이 저려 왔다.

"좋아해요. 내 감정이 어떤지 일일이 늘어놓고 싶지 않아요. 좋아한다고 깨달았으면 그걸로 됐어요. 나는 한번 정하면 왔다 갔다 하지 않는 남자예요. 연애 좀 하다가 헤어지고 이런 거 유이 씨와는 안 해요. 유이 씨가 다른 남자 만나도 종착역은 나예요."

"…"

정말 폭풍우같이 휩쓰는 남자. 기분 나쁘다고 할 때는 언제고.

나 이유이. 거꾸로 해도 이유이. 한번 굳세게 마음먹었으면 끝까지 한다. 다른 말로 하면 삐치면 오래 간다는 말이다. 유이는 다시금 남자의 잘못을 상기시켜 줬다. 순서가 잘못됐다.

"정말 좋아한다면 사장님은 사과부터 하셨어야 해요. 저보고 왜 그렇게 순진하게 사냐고. 기분 나쁘다고 말한 것부터 사

163

과하고 고백하셨어야죠. 순서가 잘못됐어요."

잘했어. 똑 부러지게 말했어. 남자에게 휘둘리지 않을 거야.

자신을 대견해하는데, 남자의 얼굴이 난감하거나 미안해하는 얼굴이 아니라 금방이라도 울 것 같은 표정이라고 느꼈다면 오해였을까.

아까부터 몸을 심하게 비틀거리며 걷던 남자가 자꾸 이쪽으로 오는 것 같았다. 유이는 비틀거리는 남자에게 시선을 옮겼다. 아무래도 이상하다. 왜 이쪽으로 오지?

"내가 기분 나쁘다고 한 건 그건…."

"더 할 말 없으면 저 갈게요."

유이는 냉정하게 발걸음을 돌렸다.

장난감을 사 달라고 떼쓰던 아이를 두고 온 것처럼 발길이 떨어지지 않았다. 온 신경이 뒤에 남겨진 남자에게 쏠렸다.

남자가 다시 잡아 주기를. 내 발을 돌려 남자의 변명을 들어 보기를 마음은 원하는데 호기롭게 돌아선 발이 그걸 방해했다.

"가지 마요."

유이의 뒤편에서 남자가 외쳤다. 유이는 남자가 정말 아이 같다고 생각했다.

여기서 남자를 받아주면 영원히 루오훠라는 남자라는 미로 속에서 헤어 나올 수 없을 것 같은 예감이 들었다.

"좋아해요."

164

유이의 발걸음이 멈췄다.

"유이를 좋아해요!"

남자가 등 뒤에서 큰 소리로 외쳤다. 차가운 바람이 유이의 볼을 스쳤다. 몇 가닥 머리카락이 입과 입술에 닿았다 떨어졌다. 천천히 뒤를 돌아보았다. 그가 걸어왔다. 차가운 바람과 함께 그가 내게 걸어왔다. 이 남자를 어떡해야 할까.

그런데 뒤따라오는 사람은 누구지?

휘는 걸음을 멈추고 유이의 시선을 따라 움직였다. 비틀거리며 걷던 행인의 손에서 칼이 보였고 휘를 향해 달려들었다.

행인이 달려들자, 휘는 유이를 밀치고 칼을 쥔 남자의 손목을 있는 힘을 다해 힘껏 붙잡았다.

"거짓말하지 마. 왜 우리 아버지가 자살이야. 네가 죽였잖아!"

"이봐요. 당신 대체!"

휘의 어깨에서 피가 흘러내렸다. 휘는 칼을 든 남자의 손목을 기를 쓰고 잡고 있었다.

"내가 봤어. 그날 밤에 내가 봤다고!"

휘는 구둣발로 남자의 가슴을 걷어찼다. 남자는 바닥에 얼굴을 처박은 채 몸을 웅크렸다. 휘는 발로 나이프를 쥔 손을 짓밟았다.

"아악!"

손등이 짓밟힌 남자는 소리를 질렀고 칼이 손에서 떨어져 나갔다. 휘가 거칠게 칼을 멀리 걷어찼다.

여기저기서 비명소리가 들렸다. 경호원이 달려와 남자를 제압했다. 휘는 피가 나는 어깨를 손으로 감싸고 주저앉았다.

유이는 휘에게 달려오는 사람들에 휩싸여 그에게서 멀어져 갔다.

✿

유이는 악몽을 꿨다.

고등학교 시절이었다. 유경과 유이는 교실 뒤편에서 물병 던지기 게임을 했다. 물을 반쯤 담은 물병을 한 바퀴 돌려세우면 이기고, 옆으로 넘어지면 지는 게임이었다.

꿈속에서 물병을 던지던 유이에게 유경이 물었다.

"넌 광활한 미지의 우주가 무서워, 심연의 바다가 무서워?"

"글쎄. 심연의 바다가 더 무서울 거 같은데."

바다가 무섭다고 했다. 아무리 깊이 파고들어도 어둠밖에 보이지 않는 바다. 본 적 없는 심해어가 헤엄치는 바다가 유이는 더 무서웠다.

"바다의 깊이를 재 보려면 물병을 던져 보면 알 수 있어. 어디까지 내려가는지 귀를 기울여 봐."

둘은 물병을 수직으로 던졌다. 그리고 바닥에 떨어지는 소리를 기다렸다. 그런데 아무리 기다려도 물병이 떨어지는 소리가 들리지 않았다. 한참을 기다렸지만 들리지 않았다. 그런데 유이가 물병을 던진 곳은 바다가 아니라 깊은 우물이었다는 걸 깨달았다.

유경이 등 뒤에 손을 댔다. 등에 댄 유경의 손이 너무나 축축해 순간 소름이 돋았다. 유경이 그 축축한 손으로 등을 밀어 버렸다.

유이는 소리를 지르며 일어났다. 등이 땀으로 흠뻑 젖어 있었다.

"휘."

이제야 기억이 났다. 우린 어릴 적에 만난 적이 있었다.

어릴 적 나의 고양이를 죽인 오빠였다.

눈을 뜨니 한 여자가 눈물이 그렁그렁 맺힌 눈으로 휘를 바라보고 있었다. "너무 걱정돼서."

유이는 볼 위를 흐르는 눈물을 닦아냈다. 습격을 당할 때 유이도 있었지. 유이가 얼마나 놀랐을지 이 순간 유이가 더 걱정됐다.

"칼이 스쳤을 뿐이에요. 허 비서가 난리 쳐서 여기 있는 거지, 병원에 입원할 정도는 아니에요. 걱정하지 마요."

"하지만…."

왜 이 여자가 울면 가슴이 시려 올까. 이 여자의 눈물을 닦아 주고 싶었다.

"늦었지만 기분 나쁘다고 한 말 사과할게요. 내 뜻은 그게 아니었어요. 뭐라고 할까. 유이 씨가 남의 일까지 떠맡는 게 싫었어요."

"저희 할아버지도 오지랖이 넓으셨어요. 가족력인지 우리 가족이 다 그런 편이었죠. 할아버지가 가장 심하셨는데 몸이 안 좋으신 데도 동네 어려운 사람을 도와주시려고 하면 가끔은 싫었어요. 자기 몸도 안 챙기고 고생하는 걸 옆에서 보면 기분이 안 좋았거든요. 그런 느낌과 비슷한 건가요?"

휘는 사람들이 느끼는 감정이란 게 어떤 건지 가늠이 안 됐다. 휘는 유이의 물음에 솔직하게 대답했다.

"잘 모르겠어요."

"저도… TV에 불쌍한 사람들이 나오면 급하게 채널을 돌리던 때가 있었어요. 내가 모든 사람을 도와줄 수 없다는 무력감에 기분이 안 좋아서 차라리 외면하고 싶었거든요. 그런 기분과 비슷한 건가요?"

"내가 느끼는 감정은 유이가 느끼는 그것과 다를 겁니다. 사

168

이코패스… 들어 본 적 있어요?"

유이는 고개를 끄덕였다. 성격적 인격 장애. 흔한 말로 사이코패스.

"나는 11살 때 사이코패스 판정을 받았어요. 나는 사람이 죽는 걸 봐도 아무렇지 않을 정도로 감정이 없는 사람이에요. 사람의 감정을 느끼는 데 어려움이 있어요. 태어나서 한 번도 불쌍하다는 생각을 해 본 적이 없어요. 그런데 유이 씨가 처음이에요. 내가 남을 측은하게 여긴 건. 이상한 기분이었어요. 나로서는… 그렇게밖에 표현이 안 됩니다. 유이 씨가 부당한 일을 당하고 유이 씨가 아프면 나도 아팠어요. 미안해요. 나는 그걸 기분이 나쁘다는 말로밖에 표현이 안 됐어요."

둘 사이에 침묵이 흘렀다. 유이는 남자의 고백이 안타까우면서도 그를 전부 이해할 수 있을지 의문이었다. 그런데 그 남자는 불쌍함을 느낀 건 유이가 처음이라고 말했다. 유이가 아프면 그도 아프다고 말한다.

TV에서는 해외로 입양 보낸 아이가 다시 부모를 찾는 내용의 프로그램이 방송되고 있었다. 휘가 말했다.

"그래도 부모가 찾아 준 것만으로 구원받았을지도. 다시 만난 가족 상봉의 반가움 뒤에 숨은 이야기가 있다고 해도, 뒷이야기가 아무리 추악하다 해도. 다시 찾아준 것만으로도 구원받았을지도."

169

유이는 TV에서 눈을 돌려 남자를 보았다.

헷갈리는 남자. 아이처럼 흙을 묻히고 무구한 웃음을 짓던 남자. 감정의 1그램도 내비치지 않는 얼굴로 비수를 꽂던 남자. 놀이터에서 끝내 부모가 이름을 불러 주지 않았던 오빠와 나. 내 고양이를 죽인 오빠.

어떤 게 진짜 모습이든, 그중에 하나는 갖고 싶었다. 비록 잔인한 모습의 남자일지라도.

"저 기억났어요. 장휘 오빠, 맞죠?"

"이제야 기억나요?"

휘가 즐거운 듯 웃었다.

"이름이 특이했는데 왜 잊어버렸는지 모르겠어요."

"그때는 루오휘가 아니라 장휘였으니까. 나도 기억하는 데 오래 걸렸어요. 그것만 기억나요? 우리의 강렬했던 재회는 기억나지 않아요?"

"어떤 일을 말씀하시는 건지?"

유이는 정말 아무것도 떠오르지 않는 듯 기억을 차츰차츰 되짚어 봤다. 어떤 걸 말하는 걸까. 사기당한 날 집 앞에서 마주쳤던 기억을 말하는 걸까. 아니면 엘리베이터 안에 갇혔던 일? 강렬하기는 했다. 그런데 뜬금없이 휘가 순두부 얘기를 꺼냈다.

"구내식당에서 나온 순두부 요리, 유이 씨가 만든 거예요?"

170

"네. 제가 직접 다 만들었어요."

"그 두부를 먹지 않았다면 떠오르지 못했을 거예요. 뭐랄까. 상당히 그리운 맛이었거든요. 여러 가지로."

남자는 뭐가 재미있는지 계속해서 실없이 웃고는 했다.

"맛있었어요. 교도소 앞에서 얼굴에 맞았던 두부도, 구내식당에서 먹었던 순두부도."

잠깐! 이게 무슨 말인지 해석하는 데 시간이 걸렸다. 남자가 유이를 보고 웃는 모습을 보니 점점 그때의 기억이 떠올랐다.

비 오는 날 교도소 앞. 사기꾼에게 날렸던 두부가 빗나가 다른 사람이 맞았었다. 그 남자가 바로…!

"기억났어요?"

"그, 그때는 정말 죄송했어요."

"아직도 미안하게 생각해요?"

"네. 당연하죠!"

"그럼 내 소원 하나 들어 줘요."

"무슨… 소원이요?"

"우리 데이트해요."

서준우와 유이는 회사 근처 생태공원 벤치에 앉아 있었다. 서준우의 무릎에는 고양이 치즈가 배를 까고 누워 있었다. 치즈는 서준우 작가가 만지려고 하면 가만있으면서 유이가 만지려고 하면 송곳니를 드러냈다.

"신기하네요. 치즈가 이렇게 사람을 잘 따르는 건 처음 봐요."

"치즈가 이 녀석 이름이에요?"

"제가 부르는 이름이에요. 금비, 금동이… 얘는 이름도 많아요."

"너 인기쟁이였구나. 나만 좋아하는 줄 알았더니."

서준우가 치즈의 몸을 쓰다듬었다. 치즈는 기분이 좋은지

등을 바닥에 대고 배를 보이며 애교를 부렸다.

"지난번에는 죄송했어요. 루오휘 씨가 무례하게 굴어서."

"유이 씨가 사과할 일은 아니잖아요."

"그래도."

"그런데 루오휘 씨랑 사귀는 사이인가요?"

"제가요? 아니요!"

"좋아하세요?"

"네?"

"루오휘 씨를… 유이 씨는 좋아하는 거죠?"

"…."

유이는 고개를 푹 숙였다. 한동안 말이 없던 유이는 시간을 두고 말했다.

"그 사람을 생각하면, 팔이 저려요."

"팔에 소름이 돋아요?"

"소름이 돋는 것과는 다른 기분이에요. 저릿하게. 팔의 피부가 붕 뜨는 기분이랄까. 로맨스 소설에 나오는 문구처럼 볼이 빨개진다거나 심장이 두근거리면 로맨틱할 텐데 이상하게, 양팔이 저려요. 친구는 그냥 제가 노동을 많이 해서 팔이 저린 것뿐이래요."

"흐음, 팔이 저린다…. 이건 좀 심각하네요."

뭐가 심각하다는 걸까. 고개를 돌리는 유이에게 서준우는 안주머니에서 신문 기사를 스크랩한 종이를 꺼내 유이에게 건넸다. 거기에는 서수완 회장의 죽음과 루오 그룹 가문 안주인 미쉘 공 부인의 의문의 자동차 사고 기사가 실려 있었다.

"루오휘 씨 주위에는 의문의 죽음이 정말 많아요. 이것들이 전부 연관이 없을까요? 제가 들은 몇 가지 소문으로는 아니라고 말하고 있어요."

"무슨 말씀을 하시는 건지 저는 잘 모르겠어요."

"여기 보이죠."

서준우는 서수완 작가의 기사를 손가락으로 가리켰다.

"여기 서 회장의 아드님을 최근에 만난 적이 있어요. 그분이 목격자예요. 그날, 서수완 회장이 죽던 날 루오휘 총수가 집에서 나오는 걸 봤다고요."

살인 사건이라니. 가슴이 서늘해졌다. 갑자기 루오휘의 말이 떠올랐다.

"나는 11살 때 성격적 인격 장애라는 판정을 받았어요. 나는 사람이 죽는 걸 봐도 아무렇지 않을 정도로 감정이 없는 사람이에요."

"떠들썩했는데요. 루오 그룹 총수의 아들이 살인 사건에 연루되었다고요. 피해자가 마지막으로 만난 사람이 루오휘였으니까요. 아, 루오 그룹이 손을 썼는지 금방 떠들썩하다 말았지만 말입니다. 이 사건을 자세히 아는 이유는 제가 피해자 아드

174

님의 국선 변호사였거든요. 저도 처음에는 단순 자살인 줄 알았어요."

"그런데요?"

"그 피해자 아드님이 재미있는 얘길 하는 겁니다. 아버지가 죽던 날 그 집에서 나오는 루오휘를 봤다고요."

"…."

"제가 서은호 군의 변호사라서가 아닙니다. 아니, 변호사라서 사건을 면밀히 살펴볼 수 있기 때문에 이런 결론이 나왔습니다. 저는 서준우 회장을 죽인 범인이 루오휘라고 확신합니다. 유이 씨가 조심했으면, 유이 씨에게 아무 탈이 없기를 바라며 말하는 겁니다."

유이의 머릿속이 뒤죽박죽이었다. 서준우 작가가 지금 무슨 말을 하는 건지, 살인 사건은 또 뭐고 그 용의자가 휘라는 건 또 무슨 말인지. 머릿속이 혼란스러운데 서준우는 계속 말을 했다.

"저는 유이 씨가 걱정이에요. 봤죠? 그 사람 몸에 칼을 꽂은 사람이 바로 서수완 회장의 아들이에요."

"설마!"

"아버지 복수를 하기 위해 그런 짓을 한 모양인데 어리석은 행동이죠. 그렇지만 자기 아버지를 죽인 범인이 멀쩡히 길거리를 돌아다닌다고 생각하면 머리가 돌아 버린 것도 이해가 안 되는 건 아니에요."

유이는 믿을 수 없었다. 실제로 휘가 칼을 맞는 광경을 본 것보다 서준우 작가의 이야기가 더 믿을 수 없었다.

유이는 할 말이 떠오르지 않았다. 이상하게 반박하고 싶은데 말이 나오지 않았다.

"그러니까…."

서준우의 손길이 유이의 하얀 목덜미로 향했다.

"그런 위험한 남자보다는 제가…."

유이가 그의 손길을 눈치채기도 전에, 커다란 손이 그의 손길을 막았다.

"유이 씨를 만질 때는 저한테 허락을 받으시겠습니까."

루오휘가 무서운 얼굴로 서준우와 유이, 두 사람 뒤에 서 있었다.

"왜 허락을 받아야 하죠?"

"질문이 아니라 명령입니다."

"유이 씨가 물건인가요?"

서준우의 반박에도 휘는 아랑곳하지 않고 유이의 손목을 잡아끌었다. 남자가 너무 손목을 꽉 잡아서 아파 왔다.

"그거 조심해야 해요. 여자 손목 잡는 거, 멋있는 줄 아는 데 아니거든요."

휘는 잡고 있던 유이의 손목을 놓았다.

176

"미안. 나도 모르게."

"루오휘 씨, 여긴 웬일이세요? 뭐, 유이 씨한테 GPS라도 달아 놨나요? 유이 씨가 가는 곳마다 따라오네요."

"여긴 내 공원이야. 직원들을 위해서 만든 공원인데 고양이만 사용하는 줄 알았더니 초대받지 않은 손님이 올 줄이야."

"초대받지 않은 손님이라…. 아, 참. 유이 씨를 제 자선 파티에 초대한 건 아시나요? 루오휘 씨도 꼭 오세요."

휘는 누가 가져갈세라 유이를 잡아끌었다. 휘는 뒤도 돌아보지 않고 유이를 데려갔다. 서준우는 재미있어 죽겠다는 얼굴이었다.

'넌 꼭 오게 될 거야. 내가 준비한 만찬을 너도 앉아서 즐기게 될 거야.'

⚜

"기분 나쁘다고 한 말에 아직도 화났어요?"

너무 바짝 다가온 남자의 얼굴에 당황한 유이는 침을 꿀꺽 삼켰다. 잘생긴 얼굴을 무기로 매번 이렇게 넘어간다면 반칙이다.

"글쎄요. 남자한테 그런 말 들은 건 처음이라."

"저도 여자한테 두부 맞아 본 건 처음이라."

남자가 그냥 넘어갈 리 없었다. 아무리 실수였다고 하지만 처음 본 남자 얼굴에 두부를 날리다니.

"그, 그게⋯."

"데이트 약속 잊은 건 아니죠?"

"안 잊었어요."

"데이트해요. 지금 당장."

남자가 싱긋 웃었다. 유이는 남자의 미소가 풋사과의 싱그러움을 닮았다고 생각했다. 저 싱그러운 미소를 계속 볼 수 있었으면. 유이의 팔이 또다시 저려 왔다. 귀까지 열이 올랐다.

"어디 아파요?"

휘가 유이의 붉어진 볼에 손등을 대고 열을 쟀다.

"아프지 않아요."

아파요. 당신 때문에 아파요. 그렇게 계속 날 부드럽게 봐 주세요. 날카롭게 가슴에 비수를 꽂던 당신은 진짜가 아니었다고 말해 주세요. 나를 만날 때는 그렇게 웃어 주세요.

내 소원도 들어준다면 그렇게 빌고 싶었다.

유이는 차 창문을 열었다. 기분 좋은 바람이 불어왔다. 덩달아 휘의 기분도 좋아졌다.

휘는 마음속에 있던 말을 꺼냈다.

"결혼 얘기부터 꺼내서 부담 줬다면 미안해요. 변명하자면 유이 씨가 너무 좋아서 정신을 못 차렸어요. 놓치면 안 된다는

178

생각에 결혼 얘기부터 꺼냈어요. 내 여자 친구였으면 좋겠지만, 너무 성급하다는 거 아니까 좀 더 만나 보는 게 어때요? 잘해 줄게요."

"저를 왜 좋아하세요?"

"운명이니까요."

"…."

그것만으로는 부족했다. 더 확신을 주길 원했다. 나는 안 된다고 해 놓고 나를 슬프게 만들더니 이제는 운명이라고 말한다. 나를 사랑해서가 아니라 필요해서라면. 그건 그것대로 슬플 것 같았다. 그냥 좋아서, 안 보면 미치겠고 그 사람의 웃는 모습을 자주 보고 싶어서. 내가 그를 그렇게 좋아하는 것처럼 그도 나를 그렇게 생각할까.

"불쌍함을 느낀 건 제가 처음이라서 사랑에 빠졌다고 했잖아요. 그건 동정 아닌가요?"

유이는 이전부터 물어보고 싶었던 질문을 던졌다. 그리고 두려웠다. 사랑이 아니라 동정이라고 남자가 말할까 봐. 그저 있는 그대로 사랑해 주길 원했다.

"유이 씨 예뻐서 좋아해요. 몰랐어요? 유이 씨 예쁜 거."

"거짓말하지 말고요."

"진짜인데. 엄청 예쁜데. 왜 모르지."

휘는 정말 알 수가 없다는 듯 고개를 갸웃거렸다.

"유이 씨, 예뻐요."

예뻐요…. 녹음이라도 해 놓고 반복해서 듣고 싶었다.

남자의 말에 천당과 지옥을 오갔다. 기분 나쁘다는 말에 하염없이 마음이 꺼져 들었고, 예쁘다는 말에 하늘을 날 듯했다. 유이는 이런 자신이 낯설었다.

"그리고 그냥 좋아요. 좋은데 이유가 있나요. 이미 난 유이 씨를 좋아하고 있었어요. 깨닫는 계기가 필요했던 것뿐이고. 그리고 나는 누굴 동정해서 사랑할 정도로 착하지는 못해요. 이유이니까 좋아요. 이유이는 이유이. 거꾸로 해도 이유이잖아요."

남자가 고개를 돌려 유이를 보며 미소 지었다.

"만나 보는 건 좋아요."

유이의 대답에 휘는 조심스럽게 유이의 손을 잡았다. 유이는 가슴이 쿵쾅쿵쾅 뛰어서 눈앞이 아득해졌다.

미로공원에 들어갔다. 도착지에서 종을 울리면 미로 찾기가 끝나는 곳이었다. 그곳 팻말에는 1시간이 넘도록 종을 못 울릴 확률은 5퍼센트라고 쓰여 있었다.

어떤 미로는 폭이 좁아서 어쩔 수 없이 둘은 팔을 부딪치며 걸을 수밖에 없었다. 휘의 팔이 닿을 때마다 유이는 가슴이 떨려서 팔이 저렸다. 휘가 큰 손으로 유이의 손을 잡았을 때는 온몸이 붕 떴다가 가라앉는 기분이었다.

미로가 꼬불꼬불해서 눈앞의 시선이 꺾여 막혔다. 그토록 넓은 미로 공간에서 눈앞에 볼 수 있는 공간이라고는 고작 4평 정도였다. 그 4평짜리 공간에서 둘의 발소리가 튕겨서 반사되어 들려왔다.

유이는 그 소리가 자기 심장 박동 소리인지 발소리인지 헷갈렸다. 남자와 단둘이 밀폐된 공간에 갇혀 있다니, 생각보다 가슴이 두근거렸다.

이러다 설마 1시간이 넘도록 못 빠져나오는 5퍼센트 안에 드는 건 아니겠지? 쉽게 생각했던 미로 찾기는 생각보다 복잡했다.

"우리 5퍼센트에 드는 건 아니겠죠?"

"전 여기서 나가고 싶지 않은걸요."

휘의 대답에 유이의 심장이 더 빨리 뛰었다. 휘는 스마트폰의 플래시를 아래로 내리고 유이에게 점점 다가왔다. 두 사람 사이가 점점 좁아졌다. 어디서 까르르 웃음소리가 들렸다.

갑자기 아이들 2명이 까르르 웃으며 튀어나왔다.

그 아이들은 친절하게도 "여긴 막힌 골목이에요!"라고 가르쳐 주며 예의 발랄한 웃음을 터트리고는 사라졌다.

아이들이 갑자기 튀어나오는 바람에 유이가 중심을 잃고 휘청댔다. 얼른 휘가 유이의 허리를 손으로 받쳤다.

미로를 찾다 보면 종소리가 들려 종소리 방향으로 귀를 기울이게 된다. 둘은 가만히 종소리가 울리는 방향으로 귀를 기울였다. 지금은 오른쪽 저 멀리에서 종소리가 들려 왔다.

하지만 종소리가 들리는 쪽으로 유이는 움직일 수 없었다. 허리를 잡은 휘의 손이 너무나 단단했다. 벗어날 수가 없었다. 남자와 너무 가까이 있다고 느낀 순간, 휘가 손가락으로 고개를 돌리는 유이의 턱을 자기 쪽으로 올렸다.

눈과 눈이 마주치고 차가운 볼과 볼이 스쳤다. 휘는 유이의 볼에서부터 입술까지 입을 맞췄다.

유이는 천천히 눈을 감았다. 그의 뜨거운 손이 차가운 바람에 꽁꽁 언 볼을 감쌌다. '이 남자는 이렇게 추운 곳에서도 이렇게 뜨겁구나.' 그런 생각이 짧은 순간에 들었다. 그의 입술은 더 뜨거웠고 아이스크림보다 달콤했다.

부드러운 감촉이 입 안 혀를 감싸고 떨어질 줄 몰랐다. 더 세게, 더 깊게 남자를 받아들이고 싶었다. 그 마음을 아는지 더 깊이 들어왔고 언제 끝나는지 모르게 시간이 지나가고 있었다.

둘은 18분 만에 미로에서 빠져나올 수 있었다. 10퍼센트 확률 안에 들었다. 종착지에는 종이 있었고, 휘와 유이는 같이 종을 울렸다.

맑은 종소리가 미로공원에 퍼졌다.

17장

작은 새

휘는 버려졌던 날을 생생히 기억한다. 전날 밤 안방에서 가끔 들리는 말소리에서 이런 말들이 흘러나왔다.

아직 어린애일 뿐이잖아. 정상이 아니야. 우리는 감당할 수 없어. 나는 쟤랑 못 산다. 나중에 크면 무슨 짓을 할지 몰라. 사람도 죽일 애야. 나와 둘 중에 선택해.

결국 엄마는 남자를 선택했다. 준이라는 남자는 엄마 옆을 떠나지 않은 유일한 남자였기에. 아빠도 떠났는데, 이 남자마저 놓치면 마지막일지도 모르니까. 휘는 버려진 뒤 그렇게 엄마를 이해하려고 애썼지만 잘되지 않았다. 아빠에 이어 엄마에게도 버려졌다는 사실만이 가슴 깊이 남았다. 휘에게는 아무도 남지 않았다.

휘는 세상에 버려진 아이들이 많다는 걸 알게 되었다. 나만의 불행이 아니었다. 부모의 이혼으로, 어머니에게 아버지에게 버려지는 아이들이 많았다. 그 아이들이 모두 자기처럼 집착하지 않는다는 걸 알았다.

휘는 울타리에 들어온 몇 안 되는 사람을 과도하게 사랑했다.

엄마는 휘를 어느 친척 집에 맡겼는데 부부는 밤마다 휘를 두고 이런저런 이야기를 나눴다.

"그 여자가 그랬단 말이야. 루오수쉰의 아들이라고. 제 아버지한테 보내 달라고 부탁했다고."

"그 여자가 거짓말하는 거 아니야?"

루오수쉰. 처음 들어 보는 이름이었다. 아버지라니. 나는 아버지가 없는데. 분명 버리고 갔다고 했는데. 눈꺼풀이 껌벅껌벅 감겼다. 잠결에 이런 말이 들려왔다.

"밑져야 본전이지. 만일 맞는다면 우린 로또라고."

그런 말들이 휘의 귀에까지 들려왔지만, 엄마 생각밖에 나지 않았다. 자면서도 콩순이 인형을 껴안으며 엄마 생각을 했다. 내가 엄마에게는 짐이었을까. 고단한 엄마 인생에 나라는 존재가 큰 짐이었을까. 생각하면 가슴이 답답했다.

그래도 아버지는 날 버렸어도 엄마는 날 버리지 않았어. 그 생각만이 휘를 지탱해 주었는데. 아빠처럼 날 버리지 않고 지금까지 키워 줬는데. 그런 생각을 하며 엄마가 자길 버리지 않았을 거라고, 다시 찾아와 줄 거라고, 준이라는 남자를 버리고 자식인 나에게 올 거라고 밤마다 믿었다. 하지만 하루 이틀이 지나고 일주일, 몇 달이 지나자 그 기대를 저버렸다.

그리고 이상한 사람들이 휘를 찾아왔다. 그들은 휘의 머리카락을 100개 넘게 뽑아갔다. 그들은 머리카락을 쥐어뜯어 갔다. 한국 병원은 못 믿겠다고 미국, 중국으로 끌고 가 검사를 받게 했다.

머리에 구멍이 숭숭 날 정도로 머리카락을 뽑아가 검사를 하고도 확신이 필요했는지 이번에는 직접 휘를 병원으로 데려갔다. 훗날 그곳이 친자 확인을 하는 병원이라는 걸 알게 됐다.

그들의 의구심을 충족할 만한 결과물을 줬는지, 어느 순간 휘는 루오수쉰의 하나밖에 없는 아들이 되어 있었다.

✿

무수한 작품 속에서 말하듯 사이코패스들이 살인을 하면 기분이 좋아진다는 것은 어쩌면 잘못된 표현일지 모른다고 생각했다.

186

살인을 해서 기분이 좋은 것보다는 기분 나쁜 감정이 사라진다는 게 더 올바른 표현 같았다. 손에서 빠져나가는 연약한 고양이의 부드러움을, 그 생명의 흐느적거림을, 기분 나쁨을 없애 준다는 게 정확한 표현 같았다.

'기분이 좋아진다.'가 아니라 단지 기분 나쁨이 일순간 사라지는 것이었다.

휘는 세계 최대 그룹의 외동아들이 되었지만, 삶은 크게 달라지지 않았다. 신데렐라의 삶과는 거리가 멀었다.

알아들을 수 없는 중국말 속에서 아버지라는 사람의 얼굴은 보기도 힘들었고, 루오수쉰의 아내 공 부인은 휘를 경멸했다.

휘는 몹시 외로웠다. 너는 루오 회장의 하나뿐인 아들이니 이제부터 모두 다 네 것이라고 말해도 어색하기만 했다.

넓은 집과 값비싼 가구, 장식품들이 있었지만 내 것이 아닌 기분이었다. 만지면 혼날 것만 같아서 그 넓은 집에서도 몸을 움츠리며 걸어 다녔다.

여기는 날마다 새의 지저귐으로 아침을 열었다.

휘는 어젯밤에 고무줄과 나뭇가지로 만든 새총을 들어 창문으로 쏘았다. 새들이 앉아 있는 나뭇가지들이 흔들렸다. 작은 새들이 이리저리 날아다니는 것이 꽤 재미있었다.

한 마리가 맞아 바닥에 쓰러져 있었다. 그 모습을 보니 짜증 났던 기분이 조금 가라앉았다.

저렇게 작은 새의 몸에서 어떻게 그토록 시끄러운 소리가 나오는지 궁금해졌다. 휘는 돌멩이를 쥐어 새를 향해 던졌다. 푸드덕 한바탕 소란스럽게 굴더니 새들이 모두 날아갔다. 다시 한번 던졌다. 한 마리가 뚝 떨어졌다.

휘는 다리를 다친 새를 집어 세게 움켜쥐었다 폈다를 반복했다. 잼잼을 하듯 손가락을 폈다 쥐었다 반복하니 시끄럽게 울던 새가 울음을 멈췄다.

죽인 새가 한 마리, 두 마리씩 늘어나자 또다시 병원으로 끌려갔다. 그곳에는 이상한 테스트가 휘를 기다리고 있었다.

엉성한 질문지의 물음에 코웃음이 나왔다.

-당신은 동물을 죽이고 싶은 적이 있습니까?

-어린아이를 겁탈하고 싶은 충동을 느낀 적이 있습니까?

-우리 사회는 아직도 따뜻한 사람이 더 많다고 생각합니까?

푸흡.

휘는 입을 가리고 웃음을 터트렸다.

여기서 이들이 원하는 대답을 어떻게 해 줘야 시끄럽지 않을까 고민이 되었다. 수많은 질문. 그래, 저 아이는 이상한 아이가 맞았다고 증명이라도 받고 싶은 건가.

두 가지 연극이 있었다. 상처받은 아이로 정신에 문제가 있는 것처럼 행동해 얻어낼 걸 얻어낼까, 정상적인 답변을 할까.

휘는 단지 전자가 귀찮을 것 같아서 정상적으로 보일만 한 답에 체크했다. 불쌍한 사람을 보면 동질감을 느끼고, 이 세상에 사랑은 있다고 믿는다는 항목에 체크했다. 휘는 비웃었다. 쳇. 멍청한 질문뿐이다. 이런 질문에 걸리는 사이코패스가 있다면 머리가 나쁘거나 '나 사이코패스 맞다!'고 관심받으려는 인간이겠지.

테스트 결과, 외상 후 스트레스로 인한 우울증 및 행동 변화라는 판명을 받았다. 병원에 갔다 온 뒤 사람들은 휘를 더 안쓰럽게 바라보았다.

휘는 속으로 만세를 불렀다. 그래, 나는 엄마에게 버려져 상처를 입어 특이행동을 한 불쌍한 아이일 뿐이라고. 휘는 사람을 속이는 게 제일 쉬워 보였다.

새를 죽이는 게 뭐가 잘못된 건지 모르겠지만, 이제는 이해하는 척했다. 동물의 고통을, 사람들의 눈물을, 이해하는 척했다.

그러나 모두를 속일 수는 없었다. 아버지만은 속이지 못했다. 아버지는 허시훈이라는 비서를 휘 옆에 24시간 붙여 놓았다.

휘는 처음에는 시훈이라는 인물이 싫었지만, 차츰 적응해 갔다. 시훈의 감시하에 꼬박꼬박 약을 먹었고 동물을 죽이는

189

걸 그만두었다. 정말이지, 아버지는 무서운 분이었다.

휘를 정말 질리게 하는 건 아버지의 생일선물이었다.

매년 8월 8일 생일에 새, 고슴도치, 햄스터같이 작은 동물을 선물로 사 주셨다. 그걸 받은 휘는 아버지가 휘의 손에 동물을 올려놓고 죽이는지 안 죽이는지 시험하는 기분이 들었다. 휘는 그 동물들을 죽이고 싶은 충동을 억제하면서 잘 키워 내는 숙제를 떠맡았다.

그건 정말 사람 미치게 만드는 일이었다.

❧

유이는 자전거 안장에 앉으려는 순간 급히 뒤를 돌아봤다. 아무도 없었다. 이 집에 이사 온 후로 자꾸만 누군가의 시선이 느껴졌다. 유이는 괜한 걱정이라고 생각하면서도 가슴 한편이 찜찜했다. 아마 눈앞에서 휘가 칼에 맞는 모습을 보았기 때문에 신경이 예민해진 것이라고 생각했다. 유이는 찜찜한 마음을 뒤로한 채 자전거 페달을 밟았다.

누군가가 유이를 불렀다.

"이유이 씨…? 이유이 씨 맞죠?"

뒤를 돌아보니 중년 여성이 서 있었다.

그분은 휘의 어머니였다. 휘와는 닮은 듯 닮지 않았는데 미인이라는 것만은 알 수 있었다.

"그저 멀리서 지켜볼 생각이었어요. 찾아오면 루오 그룹 총수의 후계자가 된 아들 덕을 보려고 접근한다고 생각할까 봐."

"루오휘 씨가 사시는 곳은 어떻게 아셨어요?"

"그게 기사를 보고…. 휘가 다쳤다는 기사를 보고 무작정 회사를 찾아갔어요. 쉽게 얼굴을 볼 수 없었어요. 잘사는지 얼굴만 보고 싶었는데. 사는 집을 알고 싶었지만, 아는 사람이 아무도 없고 그러다 회사 직원들이 하는 얘기를 들었어요. 휘가 영양사랑 동거한다고."

"동, 동거요?"

"동거하는 거 아니라는 거 알아요. 미안하지만, 아가씨를 미행했어요. 미안해요. 이렇게라도 안 하면 휘를 만날 방법이 딱히 떠오르지 않아서. 한국에 왔다는 기사만 읽었지, 도통 찾아갈 엄두가 안 나서…. 유이 씨가 나 좀 도와주면 안 될까?"

"제가요?"

"휘에게 전할 말이 있어서 그래요. 널 버린 게 아니라고. 미안했다고 말해야 하는데…."

휘의 어머니는 거기까지 말을 하고는 눈물을 훔쳤다.

"루오 가문에 가면 휘의 병을 고칠 수 있지 않을까 싶어서 그랬던 거예요. 일부러 휘를 버리려고 한 게 아니라…."

어머니는 참았던 눈물이 터지는지 눈물을 왈칵 쏟아냈다.

유이는 어찌할 바를 몰랐다. 함부로 개입할 일은 아닌 것 같아서 이러지도 저러지도 못하고 있는데, 카페 문을 열고 휘가 환하게 웃으며 다가왔다. 그러고는 상대방을 본 휘가 걸음을 멈췄다.

휘는 만두 가게에 앉아 종이컵에 담긴 미지근한 물을 홀짝 마셨다. 이미 어머니가 어디 계시는지 알고 있었다. 인천에서 준복이라는 남자와 만두 가게를 한다는 말을 들었다.

휘가 어릴 때 준이라고 불렀던 남자는 본래 이름이 준복이었다. 그는 엄마 곁을 쉽게 떠났던 다른 남자들과는 달리 지금까지 함께 있는 모양이었다. 엄마가 선택한 인생이 아주 쪽박은 아니었다는, 그래서 다행이라는 생각이 들었다.

찾아가려면 쉽게 찾아갈 수 있었지만, 휘는 그러지 않았다. 마음속 깊은 곳에는 내가 먼저 찾지 않아도 어머니가 먼저 찾아와 주길 기대하고 있었는지도.

"이거 네가 좋아하던 인형이야. 근데 이제 인형 가지고 놀 나이는 지났구나."

휘는 콩순이 인형을 물끄러미 바라보았다. 누우면 눈을 감고, 일으켜 세우면 눈을 다시 뜨는 콩순이 인형. 그 인형을 애지중지 들고 다니던 때가 있었다.

"어머니가 날 먼저 찾아와 주었고, 행복하게 사시는 모습을 보았으니 이제 됐습니다. 오늘이 마지막이자 처음이군요. 다시 찾아오지 않아도 됩니다."

어머니의 눈에 눈물이 맺혔다. 그리고 알겠다는 뜻인지 고개를 크게 끄덕였다.

"돈이 필요하시다면…."

"그것 때문에 널 찾은 게 아니야! 돈 때문에 널…."

"네. 알아요."

알고 있다. 그의 어머니가 허 비서를 통해 몇 번이나 돈을 빌렸는지. 그리고 준복이라는 남자가 선을 넘자 아버지가 어떻게 하셨는지. 그의 절뚝거리는 다리를 보면 알 수 있었다.

휘는 고개를 푹 숙이고 죄인처럼 앉아 있는 그의 어머니에게 말했다.

"계좌번호 불러 주세요."

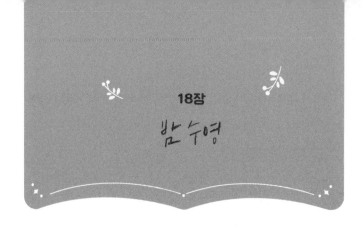

18장

밤 수영

휘는 하염없이 콩순이 인형만 바라보았다. 그런 휘가 왜인지 안쓰러워 유이는 안아 주고 싶다고 생각했다.

"괜찮아요?"

"어머니가 잘사는 거 알았으니까. 이젠 됐어요."

"정말 괜찮아요?"

"네. 괜찮아요. 나는 어머니가 자식을 버리고 도망간 여자가 아니라, 행복을 선택한 여성이었으면 좋겠어요. 어머니가 행복하게 사시면 그걸로 됐어요."

"원망하지는 않아요?"

원망. 휘는 약한 자신을 원망했다. 나약한 엄마를 지키지 못한 나, 경제적 허덕임에서 엄마를 지켜 줄 수 없었던 나. 휘는

194

한 번도 어머니를 원망한 적이 없었다.

"여자 혼자 남자아이 키우는 게 힘들었을 거예요. 거기다 난
병까지 걸려 있었으니까…."

"거짓말."

"…."

유이는 알 수 있었다. 다른 사람은 몰라도 유이는 알았다.
엄마가 없다는 게, 혼자 외로이 잠이 든다는 게 어떤 건지 누
구보다 잘 알았다.

"안 괜찮으면서."

휘는 울컥한 마음에 눈시울이 붉어졌다. 유이는 그런 남자
를 이번에는 먼저 안았다. 휘는 그동안 참았던 눈물을 흘렸다.
유이의 품에서 맘껏 울었다.

유이의 옷 단추를 푸는 휘의 손이 아래로 내려갈수록 심장
은 더 빠르게 뛰었다. 휘는 유이의 감은 눈꺼풀 위에 입을 맞
췄다. 유이의 속눈썹이 미세하게 파르르 떨려 왔다. 상의를 벗
은 휘의 몸에 안기자 단단한 가슴팍이 느껴졌다. 휘의 넓은 어
깨에 머리를 기대자, 휘가 고개를 숙여 입술을 맞췄다.

말캉한 혀가 입 안을 휘저었다. 휘는 거기서 그치지 않고 아
랫입술을 살짝 깨물었다가 다시 부드러운 키스로 어루만졌다.

"남자 앞에서 너무 순진하게 무방비한 거 아니에요? 내가
나쁜 맘이라도 먹으면 어쩌려고."

"휘가 그런 사람이 아니란 걸 믿으니까."

"난 좋은 남자가 아닌데. 까딱하다가 쥐도 새도 모르게 잡아먹힐 수 있어요."

"어떻게요? 한입에 꿀꺽?"

"보아뱀처럼 그대로 한입에 삼키고 속에서 녹아내릴 때까지 기다리죠."

"그건 무서운데요."

휘는 유이의 이마에 흘러내려 온 머리카락을 쓸어 올렸다.

"머리 다 풀렸네. 난 이게 더 좋지만."

"난 내 꼬불꼬불한 머리카락이 싫어요. 갈색 눈동자도 싫고."

"이렇게 예쁜데."

휘는 손가락을 유이의 머리카락 속에 넣고 쓸어 넘겼다. 유이의 꼬불꼬불한 머리카락 끝을 잡고 입을 맞췄다.

"유이의 마음속에 조금이라도 망설임이 있다면 하지 않을게."

유이의 손을 들어 손등에 입을 맞췄다.

"유이가 소중해. 조급해하지 않아도 돼."

"휘가 싫은 건 아니에요. 단지 너무 긴장돼서…"

"응."

"그 말 다시 해 줘요."

"어떤 말?"

"예쁘다는 말."

"예뻐. 이렇게 누가 봐도 세상에서 제일 예쁜데 어떻게 본인은 모를 수 있지? 눈 하나도, 입술도, 다 예뻐. 난 이렇게 유이를 보고 있는 순간에도 널 보고 싶어 미치겠어. 몇천 번이라도, 질리도록 말할 수 있어. 예뻐."

휘의 넓은 어깨와 탄탄한 몸에 유이는 넋을 잃고 말았다. 휘는 유이의 손등을 자기 볼에 갖다 대고는 손등에도 입을 맞췄다.

"긴장하지 마요."

휘의 말에 조금 안심이 되었다.

그의 부드러운 손길이 닿자 긴장했던 몸이 조금씩 느슨해졌다.

유이는 남자의 어깨를 껴안았다. 휘와 하나 되는 이 기분을 오래 느끼고 싶어 유이는 눈을 감았다.

휘의 팔베개를 베고 누웠다. 휘는 유이의 빨갛게 상기된 볼을 어루만졌다.

"어렸을 때, 어땠어요? 혼자 외롭지 않았어요?"

"저한테는 할아버지가 있었으니까. 그렇게 외롭지는 않았어요. 하지만…."

아주 어릴 때 질이 좀 나쁜 아이들이 유이의 머리카락을 잡

197

아당기며 개털이라고 놀려 댔다. 그때 유이는 어린 마음에 누군가가 도와주기를 기다렸다.

하지만 아무도 없었다. 나는 엄마도 없고 아빠는 집에 없는 날이 더 많고, 할아버지는 두부 만드시느라 항상 바쁘셨으니까….

옆집에 사는 민경이는 이런 일이 있으면 엄마가 달려와서 민경이 편을 들어주는데 나는 왜 내 편을 들어주는 사람이 하나도 없을까. 머리카락이 뽑힌 채 울면서 혼자 집으로 돌아오면서 생각했다. 그 뒤로 유이가 제일 싫어하는 말은 '개털'이되었다.

"개털! 개털 좀 봐라. 너 혼혈이야? 생긴 게 왜 그래? 혼혈 잡종이야? 말라깽이 개털!"

유이는 손으로 눈물을 훔쳤다.

"울지 말아요. 유이가 울면 내 가슴이 더 아파요."

휘는 우는 유이를 꽉 껴안았다. 우는 유이를 껴안은 건 본능이었다. 팔이 먼저 움직여 유이를 붙들었다.

울지 마. 울지 마.

유이가 울면 가슴이 찢어질 것 같았다. 심장이 찢어진다는 게 무엇인지 알 것 같았다. 비유인 줄 알았던 표현이 진짜였구나. 진짜 뛰고 있는 심장이 한 사람의 눈물로 찢어질 듯 아파질 수 있구나.

이 사람을 평생 껴안고 살아야겠다고 다짐했다.

❧

유이가 아침에 일어나 보니 꽃바구니와 편지 한 장이 놓여 있었다.

당신은 내 옆에서 곤히 잠을 자고 있습니다. 잠이 든 당신 모습을 오랫동안 바라보다가 편지를 써요.

새근새근 잠이 든 모습은 아무리 들여다보아도 질리지 않네요.

눈꺼풀 속에 감춰진 눈동자에 눈을 맞추며 당신 이마에 입을 맞춰요.

지금 이 세계에는 아무도 존재하지 않고 오로지 우리만 존재하는 것 같습니다.

이렇게 많은 사람 중에, 수십억 명의 인구 중에, 한 사람을 사랑하고 그 사람에게 사랑받는 건 얼마나 아름다운 일인가요.

제가 사랑에 빠진 사람들이 흔히 하는 착각에 빠져 버린 걸지 몰라도 저는 이 순간 세상에서 제일 특별한 사람입니다.

내 심장. 당신은 내가 감정을 느끼는 유일한 인물.

내게도 심장이 있다고 알려 주는 존재.

심장이 없으면 살 수 없듯 나는 앞으로 당신이 없으면 살지 못할 겁니다.

당신이 내 옆에 있어서 얼마나 행복한지 몰라요.

잘 자요, 내 사랑. 좋은 꿈 꾸길.

유이는 편지를 품에 꼭 껴안고 지그시 눈을 감았다. 그 문장들이, 사랑이라는 단어가 편지에서 튀어나와 가슴에 닿기라도 하듯, 오랫동안 편지를 가슴에 품었다.

수영한 지 오래되었다는 유이의 말 한마디에 즉흥적으로 오게 된 여행이었다.

풀빌라 내부는 라탄과 우드 소재의 가구들로 둘러싸여 있었다. 개인 수영장의 물 온도는 따뜻했고, 수영장에 비치는 하늘은 맑았다.

유이는 선베드에 누워 해가 뉘엿뉘엿 저물어 가는 노을을 감상했다.

휘는 바닐라 아이스크림을 한 스푼 떠서 컵에 넣었다. 아이스크림 위에 커피를 부으니 바닐라 아이스크림이 사르르 녹았다. 휘가 만든 아포가토를 한 입 마시자 아이스크림의 차가움과 커피의 따뜻함이 동시에 느껴졌다.

휘는 남은 바닐라 아이스크림을 스푼으로 떠서 먹었다. 그모습을 보던 유이는 동작을 멈췄다.

스푼을 혀와 입술로 훑는 모습이 너무 섹시해서 저도 모르게 넋 놓고 바라보게 되었다. 급기야 바닐라 아이스크림을 붉은 혀로 훑는 모습에 순간, 숨이 막혔다.

미쳤어. 혀까지 잘생기다니….

바닐라 아이스크림을 먹는 게 이렇게 관능적일 일인가.

"무슨 일 있어요?"

"응?"

"너무 멍하니 있어서."

"아무것도 아니에요. 맛있네요, 커피."

커피를 홀짝 마셨다. 지금은 커피가 차가운지 뜨거운지, 커피 맛도 느껴지지 않았다.

밤 수영을 하는 건 처음이었다. 수영장 앞쪽으로 넓은 잔디밭과 푸른 숲이 펼쳐져 있어서 아무도 없는 숲속 밤하늘 아래에서 수영하는 기분이었다.

'32, 33, 34….'

속으로 숫자를 세던 유이는 참지 못하고 물 밖으로 나왔다. 물 밖으로 나오니 휘가 웃고 있었다.

"뭐야! 하나, 둘, 셋 하면 같이 잠수하기로 했으면서."

"놀리는 게 재미있어서 그만."

유이는 복수로 휘의 얼굴에 물을 뿌렸다. 휘는 물을 먹어도 뭐가 좋은지 연신 생글생글 웃었다. 그 웃음을 보던 유이도 덩달아 기분이 좋아졌다.

신기했다. 몇 달 전만 해도 모르는 사이였는데 이렇게까지 친밀해지다니. 그의 표정 하나에 웃게 되고, 그의 말 한마디에 천국과 지옥을 오가게 된다.

"신기해요."

"뭐가요?"

"몇 달 전만 해도 우린 옆집 이웃일 뿐이었는데 이렇게 가까워지다니. 우리가 이렇게 될 줄 누가 알았을까요?"

"난 처음부터 알았는데."

"거짓말. 그런 사람이 기분 나쁘다고 해요?"

"이거 평생 가겠는데."

"말했죠? 저 뒤끝 있다고. 그랬던 남자가 갑자기 결혼하자고 하니 얼마나 당황했겠어요."

"그 청혼 난 진심이었어. 지금 이 순간도 누가 채가기 전에 당장 결혼하고 싶어요. 다만 속도를 조절하는 것뿐."

휘는 유이의 허리를 끌어당겼다.

"안 그럼 내가, 미쳐버릴까 봐."

"어떻게 청혼하려고 했는데요?"

휘는 가만히 그녀의 갈색 눈동자에 시선을 맞춰 왔다.

"나는 유이를 아내로 맞아 늘 곁에서 감싸 주고 기쁠 때나, 슬플 때나, 부유할 때나, 가난할 때나, 아플 때나, 건강할 때나, 사랑하고 아껴 주며 평생 함께하고 싶습니다. 저의 청혼을 받아 주시겠습니까?"

빛에 놀란 고양이의 눈동자처럼 유이의 동공이 커졌다. 눈을 맞춰 오는 휘의 눈동자에 빠져들 것만 같다.

"이렇게 청혼하려고 했죠."

"좋아요."

유이는 다시 한번 말했다.

"좋아해요."

유이의 얼굴에 내려온 젖은 머리카락을 한 손으로 넘겨 주었다.

유이의 갈색 눈동자를 덮은 속눈썹에는 작은 물방울들이 맺혀 있었다. 그녀의 눈을 보며 생각했다. 나는 이 사람의 눈물을 보고 그녀를 보게 되었지만, 앞으로는 웃게만 해 주고 싶다고.

유이는 눈을 감았다. 휘는 유이의 이마에 입을 맞추고 눈두덩에 입을 맞추었다. 그러고 나서 휘의 입술은 아래로 내려갔다. 점점 아래로…. 그런데 입맞춤이 입술에서 멈췄다. 유이는 살짝 눈을 떴다.

"아까 아이스크림 먹는 모습 보고 나한테 반했었죠?"

"아, 아니에요!"

"근데 왜 입 벌리고 봤어요?"

"누, 누가 입 벌리고 봤다고 그래요!"

유이의 얼굴은 숨을 참고 잠수했을 때보다 더 붉어졌다. 민망해진 유이는 다시 한번 물을 휘의 얼굴에 뿌렸다. 휘는 뭐가 좋은지 소리 내어 웃었다.

휘 옆에는 서준우가 이때까지 낸 소설책과 에세이, 인터뷰 책자가 쌓여 있었다. 휘는 마지막으로 〈정사각형에 바친다〉라는 책을 끝까지 읽고는 책을 소리 나게 덮었다.

"끝. 다 읽었어."

저 책들을 밤새워 하루 만에 다 읽었다. 이유는 뻔했다. 이유이 때문이겠지.

"내가 부탁한 건? 서준우에 대한 정보."

"서준우. 그동안 성별도 밝히지 않고 작가로 활동하다가 최근에 커밍아웃한 변호사이자 추리 소설가. 그리고 서진 그룹의 장남이야. 이번에 자선 파티를 한다고 우리 쪽에 초대장도 보냈어."

서류에 사인하던 만년필이 멈췄다.

휘가 우물에 빠진 건 서진 그룹 무남독녀의 세 번째 결혼식에서였다. 휘를 우물에 3일 동안 갇히게 만든 장본인들이 바로 서진 그룹 딸의 차남과 그 친구들이었다. 주도자는 차남이었고, 그 친구들 대부분이 공 부인의 친척 아이들이었다. 아이들의 괴롭힘에는 공 부인의 묵인도 한몫했었다.

시훈이 덧붙였다.

"우물 사건 때 있었던 아이야."

그 일이라면 기억에서 지운 사건이었다. 당시 13살이었던 휘가 우물에 빠졌던 기억은 앞, 뒤가 흐릿해서 기억이 나지 않았다. 깊은 어둠과 비릿했던 느낌만 기억날 뿐이었다.

"정말 그게 다야?"

"어. 그게 다야."

"알았어. 시훈을 믿어."

휘를 오랫동안 보았지만, 이런 휘는 처음이었다. 쓸데없이 초조해하고 항상 냉정한 휘가 눈에 띄게 들떠 있었다. 일이 최우선이던 휘가 연락이 안 되질 않나, 그게 사랑의 감정이라고 가르쳐 주기는 했지만 좀 미덥지 못했다. 그러니 다 가르쳐 줄 순 없었다.

"경영진 회의가 잡혔어. 지금 싱가포르로 떠나야 해."

"내가 연애를 못하는 이유의 7할은 시훈 때문이라고 생각해."

"무슨 섭섭한 소리. 난 네 연애를 언제나 응원한다고. 루오 가문의 총수를 찾는 사람이 너무 많은 건 어쩔 수 없잖아."

휘는 시훈을 흘겨봤다. 시훈은 어깨를 으쓱했다.

"난 아무 짓도 안 했다. 네 여자 뺏은 적도 없고."

휘가 의심의 눈초리로 '흐음.' 떠보고는 말았다.

19장
고양이 장례식

　망나니 같은 두 형의 등쌀에 고생한 아버지는 몇 년 사이에 늙으셨다. 아버지의 마른 몸과 굽은 등을 보자 마음이 안 좋았다. 아버지는 지지난달에 녹내장 수술도 하셨지.

　휘를 처음 만났을 때를 회상했다. 어린아이답지 않은 무심한 얼굴로 인형을 손에 꼭 쥐고 있었다. 어린아이가 인형을 꼭 안고 자는 모습이 지금도 눈에 선했다.

　면접에서 붙었다는 소식을 전했을 때, 아버지는 뛸 듯이 기뻐하셨지만 시훈은 그저 그랬다. 아버지는 루오 가문에 뼈를 묻으라고 하셨지만 시훈은 마뜩찮았다. 나보고 어린 왕자님의 뒤치다꺼리나 하라니. 신이 난 아버지와는 다르게 시훈은 심란했다.

207

"네 형들은 똑똑한 머리를 타고났어도 사업한다고 난리 치다가 망하기밖에 더 했냐."

아버지는 루오 가문의 비호를 받으며 사는 게 현명한 거라고 거듭 말씀하셨다.

"이런 가문의 영광이 어디 있느냐."

내가 이러려고 대학을 나온 게 아닌데. 용의 꼬리보다는 뱀의 머리가 되고 싶었다. 하지만 아버지의 등쌀에 못 이겨 루오 가문으로 출근했다.

"내 이름은 허시훈. 허 비서라고 부르는 게 어색하면 편하게 이름을 불러도 좋아."

"나보다 나이 많은 사람을 이름으로 부르면 안 된다고 했어요."

"괜찮아. 난 휘의 비서지만 친구이기도 해. 여기서 한국말 통하는 건 너와 나밖에 없잖니. 나도 네가 편하단다."

휘는 힐긋 시훈을 바라보고는 다시 부끄러운지 고개를 숙였다.

시훈은 속으로 생각했다.

'이런 어린애가 뭐가 무서워서….'

뒷말은 생각하지 않았다.

그의 어머니가 그를 버린 이유도, 공 부인이 아이를 두려워하는 이유도, 휘의 아버지 루오수원이 그를 고용한 이유도.

"한국 사람이에요?"

"음…. 증조할아버지가 중국에서 한국으로 오신 분이고, 어머니는 한국 분이셔. 어머니는 내가 아주 어릴 때 돌아가셨어. 한국에서 태어나고 자라서 중국어보다는 한국어가 더 편해. 궁금한 게 있으면 다 물어봐도 좋아."

"내 가정교사예요?"

"난 네 비서야."

"전 나이도 어린데 비서가 있어요?"

"넌 그냥 아이가 아니라 루오수쉰의 하나밖에 없는 아들이니까."

휘의 표정이 어두웠다.

"다들 나만 보면 그 말을 해요."

"…."

그때까지만 해도 휘를 충분히 이해하지 못했다. 첫 만남부터 강렬하게 매료되기는 했지만 내가 이 아이를, 내 일생을 다 바칠 만큼 좋아하게 될 줄은 생각지 못했다.

조금만 더 일찍 알았더라면, 휘의 마음속 어둠을 볼 수 있었을 텐데.

"이젠 새를 죽이는 일은 그만두었다지?"

"응."

건조한 말투로 휘가 대답했다.

"뭘 보고 있니?"

"피라미드."

휘가 조금 전까지 읽은 책을 힐긋 보았다. 먹이사슬에 관한 이야기였다. 아이는 손가락으로 먹이사슬 표를 손가락으로 짚었다. 맨 밑에는 식물, 그 위로 곤충. 맨 위에는 독수리 그림이 있었다.

"사람들이 내가 대단한 그룹에 운 좋게 들어온 거래."

휘는 뾰족한 피라미드 모양의 정점을 손가락으로 가리켰다.

"내가 루오 가문에 정점에 서면 엄마를 다시 만날 수 있을 까?"

"…."

"내가 힘이 있으면 엄마도 내 옆에 있을 수 있잖아. 아니야?"

휘는 순진한 눈으로 물어 왔다.

시훈은 마음이 쓰라렸다.

"지금이라도 만나고 싶다면 아버지 몰래 만나게 해 줄 수 있어, 휘."

내 말에 기뻐할 줄 알았던 휘의 표정은 이내 어두워졌다.

"필요 없어."라고 말하고 휘는 돌아섰다.

그때부터였다. 휘를 애정을 가지고 보게 된 건.

휘는 다리를 꼬고 앉아 한 손에는 비닐장갑을 끼고 주먹밥을 뭉치고 남은 한 손으로는 머그잔을 들고 차를 마셨다. 저 모습을 보고 순간 섹시하다고 느꼈다면 내가 제정신이 아닌 거겠지. 티 내지는 않았어도 나도 정말 휘에게 단단히 빠졌구나.

갑자기 서준우 작가가 한 말을 떠올렸다. 그에게 칼을 꽂은 남자는 아직도 아버지를 죽인 범인이 휘라는 걸 확신한다고. 휘는 위험한 남자라고.

유이의 머릿속에는 사이코패스, 밀실 살인, 길에서 칼을 맞던 남자와 바닥에 떨어진 핏자국이 떠올랐다.

"아얏!"

딴생각을 하며 칼질을 했더니 역시나 탈이 났다. 칼끝이 검지를 살짝 스쳤을 뿐인데도 피가 났다. 그 모습을 본 휘가 달려들었다.

손가락을 베인 유이의 손을 붙들고 어쩔 줄 몰라 했다. 안절부절못하며 베인 손가락을 두 손으로 잡고 후후 불며 자신이 벤 것처럼 아픈 얼굴을 했다. 막상 유이는 긁힌 것보다는 조금 깊게 베인 정도라 대수롭지 않게 여겼다.

"피가 날 때는 손을 심장보다 높게 들라고 했어요. 아, 아닌가? 심장 위에 얹으라고 했던가."

휘는 손을 머리 위에 얹었다가 다시 가슴께에 올렸다가 허둥지둥했다. 유이는 그 모습이 웃겨 아픈 것도 잊고 웃었다.

"그건 심하게 다쳐서 피가 철철 넘칠 때 하는 응급처치 아니에요? 난 그 정도로 다치지 않았어요."

그런 피 한 방울에도 어쩔 줄 몰라 하는 휘가 사람을 죽였을 거라고 믿을 수 없었다. 사람의 내면은 주사위처럼 여러 면이 존재하니까 내가 모르는 다른 휘가 그런 일을 했을까? 머릿속에 떠오르는 모든 물음표를 걷고 직접 묻고 싶었다.

'정말 당신이 사람을 죽였나요?'

아니야. 난 그 말을 들었을 때 휘의 편을 들어 줘야 했어. 아니라고. 내가 아는 휘는 타인의 작은 상처에도 본인이 더 괴로워하는 사람이라고. 상냥하고 밝게 웃는 사람이라고. 이런 사람이 사람을 죽였을 리가 없다고. 모든 사람이 휘를 손가락질해도 나만은 그를 변호했어야 했다.

"미안해요."

"뭐가요?"

"편들어 주지 못해서."

"누가 뒤에서 내 욕했어요?"

휘가 싱긋 웃었다.

"괜찮아요. 욕먹는 건 익숙해요."

"나만은 그러면 안 되는데."

"유이… 당신처럼 착한 사람이 내 운명이라서 얼마나 다행인지 몰라요."

유이의 다친 손을 가져다 자신의 볼에 갖다 댔다. 그 모습은 얼굴을 비비며 애교를 부리는 고양이 같았다.

"다른 사람들이 다 날 져버려도 괜찮아요. 아니, 유이가 날 져버려도 괜찮아요. 하지만 내 곁을 떠나지만 말아요. 난 그걸로 충분해."

"그래도…."

휘는 점점 다가와 유이의 입술에 입을 맞췄다. 짧은 키스 뒤에 입을 뗀 휘는 유이의 잔잔히 떨리는 속눈썹을 손가락 끝으로 매만졌다. 그리고 두 손으로 유이의 얼굴을 감싸고 이번에는 깊게, 아주 깊게 입을 맞췄다.

"사랑해요."

유이는 휘의 입술이 떨어지자마자 달콤한 한숨처럼 사랑한다는 말을 내뱉었다. 휘의 코끝이 찡해 왔다.

"지금 나는 세상에서 가장 행복한 사람이에요. 유이…."

휘는 사랑하는 사람의 이름을 불렀다.

"처음 본 순간부터 사랑했어요."

이번에는 유이가 휘의 입술에 먼저 키스했다. 휘는 기꺼이 다가온 유이를 품에 안고 오랫동안 입을 맞췄다.

휘의 키스가 너무나 깊게 들어와 온몸을 녹였다.

213

엄마 품에 얼굴을 묻고 추위를 녹이는 아기 고양이처럼 유이의 목덜미를 파고들었다. 유이의 쇄골에 휘가 입을 맞추며 목에서 입술로, 볼로, 자잘한 키스가 끊임없이 이어졌다. 휘의 뜨거운 입술이 문신처럼 온몸에 새겨졌다.

격렬한 유희 끝에 허기가 몰아닥쳤다. 휘는 마저 뭉치던 주먹밥을 한입 크기로 뭉쳐 예쁜 접시에 가지런히 놓았다. 그 옆에서 턱을 괴고 보던 유이 입으로 방금 뭉친 주먹밥 한 알을 넣어 줬다.

자신의 몸을 헤집던 손가락이 주먹밥을 뭉쳐 입에 넣어 준다고 생각하니 다시금 몸이 달아올랐다.

"야한 생각했죠?"

"아닌데요!"

"근데 왜 주먹밥 먹다가 얼굴이 빨개져요."

휘는 속마음을 다 안다는 듯 놀리며 주먹밥을 하나 또 뭉쳐 유이 입에 넣었다.

"그러는 휘야 말로 왜 자꾸 웃어요?"

"좋아서."

"뭐가 그렇게 좋아요?"

"내가 사랑하는 사람이 날 좋아하는 건 기적 같은 일이니까."

"내가 사랑하는지는 어떻게 알아요?"

"날 안 좋아할 리가 없어. 날 안 좋아하는데 그런 눈으로 날 바라볼 순 없어."

휘를 바라볼 때 어떻게 바라본다는 건지, 유이는 알고 싶었다. 자신의 표정을 볼 수 없는 게 한이었다. 분명 넋이 나간 표정을 짓고 바라보고 있었겠지. 그런 생각을 하니 유이는 헛기침이 나왔다. 입 안 가득 넣은 주먹밥이 튀어나올 것 같았다.

행복한 날들이 계속 이어질 것 같았다. 휘의 말대로 내가 사랑하는 사람이 나를 사랑하는 일은 기적 같은 일이니까. 그 기적 같은 일이 내게 일어나고 있으니까. 그 모습을 보기 전까지는.

치즈가 죽었다.

치즈의 몸은 축 늘어져 있었다. 치즈는 누가 쥐약을 넣고 뭉쳐 놓은 밥을 먹고 죽은 듯했다. 유이는 다른 고양이가 또 먹을까 싶어 쥐약이 섞인 작은 주먹밥을 모두 쓰레기통에 버렸다. 유이는 어릴 때 키우던 고양이가 생각났다. 배가 갈라져 끔

찍한 모습으로 죽었던 고양이. 그리고 내 고양이를 죽인 오빠. 그 사람은 지금 내가 사랑하는 사람.

"후회돼요. 제가 처음부터 밥을 주지 않았다면, 사람 손을 타지 않았다면. 그럼 사람이 주는 사료를 먹지도 않고 죽지도 않았을 텐데. 처음 밥을 줄 때 고민했었어요. 데려가서 키울 것도 아닌데 밥을 주면 어쩔 거냐고. 그래도 쓰레기를 뒤지게 하는 것보다는 사료를 주는 게 낫다고 생각했는데."

"유이 씨 때문이 아니에요."

"하지만…."

"살아 있는 생명은 언젠가는 죽어요. 운이 나빴을 뿐이에요."

휘의 말이 맞다. 살아 있는 건 언젠가는 죽는다. 그런데 그 당연한 말이, 지금 이 순간 왜 이렇게 섭섭하게 들리는지 모르겠다. 고양이의 죽음 앞에서도 냉정한 휘가 조금은 낯설었다.

휘는 죽은 고양이의 목덜미를 끌어올려 쓰레기통으로 성큼성큼 들고 갔다. 유이는 저도 모르게 소리를 질렀다.

"아악!"

"죽은 건데 안 버려요?"

"그게 아니라…."

"길거리에 놔두면 청소하는 분들이 치워야 하잖아요."

"그래도…."

"그럼 동물 병원에 데려갈까요? 거기서 시체도 처리해 주겠죠."

유이의 눈가가 빨갛게 달아올랐다. 유이의 갑작스러운 눈물에 휘는 당황했다.

"유이!"

"흑흑."

"왜 우는 거예요? 다른 사람은 몰라도 유이가 울면 나도 마음이 아파 와요. 제발 울지 마. 내가 잘못한 게 있으면 고칠게요. 유이가 하자는 대로 다 할게요. 그러니까 울지 마."

유이는 자기도 우는 이유를 몰랐다. 다만 생명의 죽음 앞에서도 흔들림이 없는 남자가, 너무나 간단히 해결책을 제시하는 남자가 괜히 미웠다. 그러나 그건 휘의 잘못이 아니라는 것도 잘 알았다. 그래서 더 눈물이 났다.

"유이, 내가 잘못한 게 있으면 말해요. 울지 말아요."

"장례를 치러 주고 싶어요."

"그렇게 해요. 유이가 원하는 대로."

"같이 가 줘요."

"응."

휘는 밖으로 나온 치즈의 혀를 입 안으로 밀어 넣었다. 유이는 수건을 가져와 딱딱하게 굳어 가는 치즈의 몸을 감싸 상자에 넣었다.

치즈는 꽃무덤 속에 ㄷ자로 누워 있었다.

휘는 죽은 고양이를 봐도 아무 느낌이 들지 않았다. 옆에서 흐느끼는 유이가 걱정될 뿐. 아마 나는 평생 이해할 수 없겠지.

입 안이 씁쓸했다. 안 좋은 예감이 들었다.

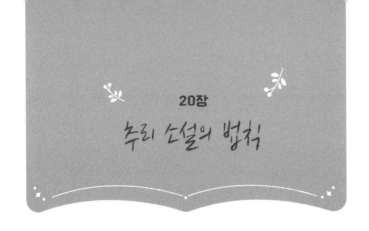

20장

추리 소설의 법칙

    서준우에게 첫 작품을 받은 유이는 제목을 보았다. 〈H에 관하여〉라는 제목의 짧은 소설이었다.

    "진짜 읽어 보고 싶었어요."

    "사실 습작 수준의 글이라 창피한데 유이 씨 부탁이니까 안 들어줄 수 없죠."

    "감사합니다!"

    서준우는 고양이 장례식을 치러 줬다는 말에 유이가 민망할 정도로 놀라움을 표시했다.

    "장례식이요? 고양이 장례식을 치러 줬다고요?"

    "네."

    "고양이 장례식도 치러 주는 업체가 있어요? 혹시 또 사기당한 거 아니에요?"

남자가 너무 놀란 눈으로 재차 되묻자 유이는 주눅이 들었다.

"저는 또 유이 씨가 사기당한 거 아닌가 싶어서요. 기분 나빴다면 미안해요."

어떤 사람에게는 그게 유난처럼 보일 수도 있겠구나. 그런 생각을 씁쓸히 하고 있는데, 카페 문을 열고 한 여자와 휘가 들어왔다.

"유이 씨, 괜찮아요?"

"뭐가요?"

"지금 휘와 함께 들어오는 여자, 휘 약혼녀 한세희예요. 둘이 같이 있는 모습을 봐도 괜찮아요?"

"…."

유이도 알고 있었다. 혜원 그룹의 차녀 한세희.

모델 활동도 하고 있는 그녀를 종종 잡지에서 보았다. 우아하고 도도한 이미지와는 다르게 털털하고 사회활동도 열심히 하는 그녀를 워너비로 꼽는 여자들도 많았다. 친구 이미소도 그중 하나였다. 미소를 통해 심심치 않게 그녀의 소식을 들었다. 물론 휘의 약혼녀였다는 사실도. 약혼이 성사되기 전에 무슨 이유였는지 모르지만 파혼을 했다는 이야기도.

"최근 약혼 얘기가 다시 나온다는 증권가 소문이 있었어요.

지라시인 줄 알았는데 지금 보니 진짜인가 보네요."

서준우는 휘와 한세희가 앉아 있는 테이블을 보며 말했다.

"루오휘 씨에게 들은 이야기 없어요? 아님, 허 비서님한테라도."

"못 들었어요."

유이는 휘에게 어떤 이야기도 듣지 못했지만 휘를 믿었다. 휘가 전 약혼녀를 만났다면 무슨 이유가 있어서일 것이다.

❧

휘는 전 약혼녀와 마주 앉았다. 양가 부모 사이에서 다시 약혼 얘기가 나오는 모양이었다. 아무래도 아버지가 유이의 존재를 알게 된 것 같았다.

분명 차인 건 휘였다. 휘는 마지막에 그녀가 했던 말을 떠올렸다.

"당신 같은 냉혈한하고는 결혼하고 싶지 않아. 내가 죽어도 장례식장에서 눈물 한 방울 안 흘릴 사람이야."

그런 사람과는 결혼하고 싶지 않다는 게 이유였다. 당시 휘는 파혼을 담담하게 받아들였다. 휘는 아버지의 뜻대로 약혼해도 상관없었고, 파혼해도 상관없었다. 하지만 지금은 아니었다. 모두 유이를 만나기 전 이야기였다.

"내 얘기 안 듣고 있지?"

세희가 흘겨봤다. 휘의 신경은 온통 서준우와 유이에게 가 있었다.

"듣고 있어."

"나도 알고 있어."

"뭘?"

"저 사람이지? 이유이. 당신이 쫓아다닌다는 여자."

"그럼 얘기가 빨라지겠네. 약혼은 없던 걸로 하지."

"뭐야, 진짜인가 보네. 난 냉혈한 루오휘가 사랑에 빠졌다기에 거짓말인 줄 알았지. 근데 괜찮겠어?"

휘는 물음표가 뜬 얼굴을 들었다.

"당신 병."

휘는 입술에 갖다 댔던 커피를 다시 내려놓았다.

"우리 혜원 그룹의 정보력을 무시하지 마. 근데 그걸 다 알고도 결혼하겠다는 거야."

"난 좋아하는 사람이 있어."

"이 약혼 얘기 다시 나온 이유, 알지? 당신 아버님이 반대하실 거야."

"아버지가 반대하셔도 상관없어."

"우리 큰언니가 부모님이 반대한 결혼을 했는데 최근에 이혼으로 떠들썩해. 부끄럽지만 너도 알 거야. 온 언론에서 떠들어댔으니까. 평범한 부부라면 이혼하면 끝인데, 우리 같은 사람들이 이혼할 때는 서로 치부를 하나씩 언론에 공개하게 되더라. 언니가 단식투쟁까지 하면서 쟁취한 결혼이었는데, 결론은 이혼과 언론플레이로 끝나고 있어. 우리 큰언니의 결혼 사진에는 부모님을 이겼다는 승리의 미소가 가득했지. 그런데 그것도 다 부질없었다는 거야."

"난 달라."

"뭐야, 진짜 단단히 빠졌나 보네. 알았어."

세희는 순순히 물러났다.

"나도 뭐, 마음 없는 남자 물고 늘어지면서 결혼할 생각은 없으니까."

"고마워. 이해해 줘서."

"근데 알고 싶네. 그 냉혹하기 짝이 없는 남자를 웃게 만든 여자가 어떤 여자인지. 서진 그룹의 장남과 함께 앉아 있는 여자 말이야."

"서준우를 알아?"

"알지. 한국 재계는 좁아. 모를 수가 없지. 그런데 괜찮겠어? 일반인하고 사는 거."

"…"

"전날엔 일본에 있다가 다음 날엔 중국이나 미국에 있거나…. 이런 삶을 일반인이 이해할 수 있을까? 나같이 익숙하지 않으면 이해 못 할 생활패턴이지. 처음에는 이해해도 나중에는 외로워지는 게 여자야. 난 단련돼서 괜찮지만."

"그래도 결혼은 사랑하는 사람이랑 하고 싶어."

"로맨티시스트인 줄은 몰랐는데."

"일생에 한 번 있는 사람이거든. 그런 사람은 쉽게 만날 수 없어."

"그렇게까지 말하다니 아, 진짜 됐어. 도대체 어떤 여자야?"

"예쁘고 착하고 은근히 강단 있고 좋은 여자지. 근데 너무 착해서 늑대들한테 먹이가 되기 쉽지."

휘의 서늘한 눈이 유이와 서준우가 앉은 테이블로 향했다.

🌿

내가 왜 휘의 전 약혼녀와 나란히 앉아서 오페라를 보고 있는 걸까?

유이는 좀 전에 카페에서 있었던 일을 회상했다. 아무 말도 없이 작가님이 휘가 앉아 있는 곳으로 갔고, 서로 잘 아는 사이인 듯한 서준우와 한세희가 합석을 요구했다. 한세희는 유이가 궁금해서 합석에 응한 듯싶지만, 유이는 오페라까지 넷이서 보게 될 줄은 몰랐다.

분명 작가님이 보여 준 소설의 답례로 단둘이 오페라를 보기로 했는데 그 얘기를 들은 휘가 가만있을 리 없었고, 같이 있던 세희도 함께 가게 되었다.

휘의 약혼녀와 나란히 앉아 있는 상황이 거북했지만, 신경 쓰는 사람은 유이 빼고는 없어 보였다. 모두 오페라 공연에 몰두해 있었다.

오페라는 2시간짜리 공연으로 1부, 2부가 나뉘어 있었다. 1부 공연이 끝나자 중간 휴식 시간이 찾아왔다.

유이는 먼저 살갑게 다가오는 세희와 함께 간단한 요깃거리를 먹으러 갔고, 휘와 서준우는 연회장에서 기다리고 있었다.

서점가에 나와 있는 서준우의 작품은 모두 읽어 보았다. 제일 눈에 들어온 작품은 얼마 전에 내놓은 〈정사각형에 바친다〉라는 책이었다. 내용은 이랬다.

완벽한 밀실의 정사각형 방에서 살인 사건이 일어난다. 자살인지, 타살인지 의심스러운 상황에서 경찰이 자살로 확정지으려고 하지만, 새로운 목격자가 나타난다는 이야기.

"서준우 작가님의 책을 읽어 봤습니다. 유이가 좋아할 만하더군요. 재미있었어요."

"제 소설을 읽어 보셨단 말인가요?"

서준우가 입가에 미소를 띠었다.

"루오휘 씨가 제 소설을 읽어 보셨다니 영광인데요."

"서준우 님의 책은 모두 읽어 봤습니다. 너저분한 수식을 배제한 날렵한 서술. 첫 장을 펼치면 끝까지 질주하게 만드는 흡입력 있는 작품이었습니다."

"루오휘 씨가 이렇게 칭찬해 주시니 누구한테 들었던 찬사보다 기분 좋네요."

연신 방긋방긋 웃는 서준우와 다르게 휘의 표정은 읽을 수가 없다.

휘는 안내원에게 커피 한 잔을 주문했다.

"그런데 제가 다음에 쓰려는 소설이 궁금하지 않으십니까?"

"안 궁금한데."

서준우는 멋대로 이야기를 시작했다.

"다음 이야기는 말이죠. 남자가 주인공입니다. 한 아이가 있습니다. 이름도 몰랐던 아버지가 알고 보니 재벌이었다, 현대판 신데렐라 같은 이야기이지 않습니까? 평범한 아이에서 하루아침에 재벌가의 아들이 되고, 엄청난 신분 상승을 하죠. 그런 일은 현실에서 일어나지 않는데 말입니다."

"그렇습니까?"

휘는 언제나 매력적인 미소를 지으며 서준우의 이야기를 받아쳤다.

"뭐, 내용은 진부할 수 있지만 여기서부터 재미있어집니다. 하루아침에 위치가 뒤바뀐 아이가 자신이 사이코패스라는 걸 깨달으며 이야기가 진행되죠. 어때요? 재미있을 것 같나요?"

"재미있을 것 같네요."

휘는 웃었다. 여전히 매력적인 웃음이었다.

그 미소는 네가 뭘 알고 있든 털끝 하나 영향을 미치지 못한다는, 너는 루오 가문이 손 한번 휘익 저으면 몸을 가누지 못하는 날파리 중의 하나라고 말하고 있었다. 내가 네 시시껄렁한 이야기를 잠자코 들어 주는 건 오로지 유이 때문이고, 유이 앞에서 네가 사라지기만 한다면 그 파리 목숨도 살려 주겠다는 포식자의 관용 섞인 미소였다.

"그러니까."

그따위 소설 이야기는 됐고.

"파티에 유이를 꼭 데려가겠다는 말이지요?"

"유이, 유이, 유이… 루오휘 씨는 유이 이야기밖에 안 하시는군요."

휘의 표정은 유이가 아니라면 내가 너랑 더 무슨 이야기를 하겠냐는 표정이었다.

"아, 이거 상처받겠어요."

휘는 냉소를 띤 채 눈동자는 서준우의 얼굴을 천천히 훑었다.

"제가 서수완 회장의 아들, 서은호 군의 변호사라는 걸 알고 계셨습니까?"

"몰랐습니다."

227

"세상 참 좁아요. 루오휘 씨와 접점이 많네요."

"당신이 의도적으로 접근한 건 아니고?"

"유이 씨 정도의 여자라면 의도적으로 접근할 가치가 있죠."

침묵. 사위가 적막했다. 휘는 서준우를 떠볼 생각으로 말을 이었다.

"이럴 때, 이게 소설이라면 말입니다. 연적으로 등장하는 인물이 제일 의심 가는 거 아닙니까? 어떻습니까, 이런 전개는?"

"재미있는 전개네요. 추리 소설에서 갑자기 로맨스 소설로 바뀌는 건가요? 그것도 괜찮네요. 사실, 저는 장르를 구분하고 쓰지는 않습니다. 사람들이 추리 소설이라 말할 뿐이죠. 로맨스 소설이든 추리 소설이든 재미가 먼저지요."

"그렇습니까? 그런데 왜 커밍아웃을 하고 절필을 선언하신 겁니까? 듣자 하니 변호사 일도 그만두신다고 하던데요."

"궁금하십니까?"

"뭐, 어느 정도는."

"추리 소설의 법칙을 아십니까?"

서준우가 눈을 반짝였다. 지금 휘와 대화하는 게 얼마나 기쁜지 모르겠다는 표정을 훤히 드러내는 얼굴이었다.

"반다인의 20법칙 등 여러 가지 법칙이 있지만, 한 가지 분명한 것은, 범인에게는 '살인의 이유'가 있어야 한다는 것입니다. 추리 소설의 범인이 그저 아무 이유 없이 살인을 저지르면

228

안 됩니다. '추리'를 할 수 없으니까요. 다른 장르도 그렇지만 왜 악역이 됐는지, 왜 살인을 저질렀는지 독자가 이해할 수 있는 타당한 근거를 만들어야 합니다. 개연성이 있어야 하니까 살인범에게 '이유'를 만들어 주는 거죠."

서준우는 두 손을 깍지 꼈다.

"그런데 어느 순간부터 그 모든 게 싫어진 겁니다. 가해자에게 이유를 만들어 주기 싫어졌습니다. 그 뒤로 다음 작품이 안 써져요."

"정말 그 이유로 글을 못 쓰시는 겁니까?"

"왜 믿지 못하시는 겁니까? 그냥 문득 이런 생각이 드는 겁니다. 악인은 사회와 환경에 의해 만들어지는 걸까, 원래 타고나는 걸까. '살인'을 저지를 정도의 사람은 주어진 환경 때문이었을까, 원래 악인이었을까. 제 생각을 말하면 악인은 만들어지는 게 아니고 '발견'되는 거라고 봅니다."

"성선설, 성악설을 말하는 겁니까. 서준우 작가님은 성악설을 믿으시나 봅니다."

"영원한 과제죠. 사람은 변한다, 사람은 변하지 않는다. 기본적으로 사람은 선하다, 악하다, 아니면 상황에 따라 다르다. 사람은 환경에 지배를 받는다, 유전자가 9퍼센트 이상 결정되어 있다, 아니다. 끊임없는 논쟁이죠."

"추리 소설이면 다른 장르보다 선, 악 구분이 명백할 텐데 그래도 그렇습니까?"

"앞서 말씀드렸듯이 저는 장르를 구분하고 소설을 쓰지는 않습니다."

서준우는 안내원에게 2부 공연까지 얼마나 시간이 남았는지 묻고 커피 리필을 부탁했다.

"그나저나, 루오휘 씨와 이런 깊은 대화를 나눌 수 있어서 즐겁습니다. 꼭 어린 시절로 돌아가는 듯하네요."

루오휘의 얼굴에 알 수 없는 표정이 떠올랐다. 어쩌면, 서준우의 타깃이 유이가 아니라 자신일지 모른다는.

"널 어떡해야 할까?"

21장

카나리아

그날은 아침에 시훈이 만들어 준 빠스를 먹은 것부터 기억
이 난다. 휘는 끈적끈적하게 달라붙는 빠스 한 조각을 입에 가
득 넣고 손가락에 묻은 꿀을 핥았다. 몇 시간 뒤에 이게 마지
막 식사가 될지 모르고 밖으로 나갔다.

그리고 못된 아이들의 장난에 의해 우물에 갇혔다.

우물에 갇힌 지 3일이 지나서야 휘는 발견됐다. 휘는 우물
에 빠졌을 때 하루 동안 그곳에 자기를 빠뜨린 아이들을 저주
했다. 다시 하루가 지났을 때는 누구라도 자기를 찾아 줄 사람
을 기다리다가 사흘째에는 의식을 잃었다.

우물에서 빠져나오고 의식이 돌아왔을 때 시훈이 말했다.
시훈은 차가워진 휘의 몸을 자신의 품에 꽉 안았다. 시훈의 따

231

뜻한 품에 안기고 나서야 부들부들 떨던 몸이 진정됐다.

"휘, 모두 잊어버려. 머릿속에 망각의 방 하나를 만드는 거야. 거기에 모두 집어넣고 잊어버리는 거야."

"응. 알았어."

"뒷일은 내게 다 맡겨."

"응. 시훈을 믿어."

휘는 시훈를 처음 봤을 때 자신과 아버지와 같은 냄새를 맡았다. 그건 첫인상에서 바로 느꼈다. 자신과 다른 점이 있다면 그에게는 사람들이 흔히 말하는 선함이 있었다. 휘는 그걸 다른 말로 열정이라고 불렀다. 그는 나보다 열정이 있었다.

시훈과 이야기를 나누다가 그와 휘의 결정적인 차이는 그의 아버지 때문일 거라고 생각했다. 그는 아버지 이야기를 할 때는 눈을 누그러뜨렸으니까. 다시금 느끼는 것이지만, 아버지가 시훈을 내 옆에 붙여놓은 건 잘한 일이었다.

시훈, 다시 한번 내 가슴에 열린 호리병을 닫아 줘. 호리병의 악마가 깨어나지 않게. 호리병의 악마가 문을 열어 달라고 쾅쾅거려.

또다시 몸 안에서 나는 소리 때문에 잠이 들지 못했던 그때로 돌아가지 않게 해 줘. 피가 도는 소리가, 심장이 뛰는 소리가 가슴을 찢고 나오지 않도록 도와줘.

"괜찮을 거야, 휘."

시훈은 휘의 가슴에 손을 얹었다. 꿈결에 목소리를 들었다.

"나는 널 해치지 않아. 언제까지 널 지켜 줄 거야."

열에 들뜬 휘는 잠이 들었다.

휘는 호리병의 악마를 생각했다. 그런데 결말이 어떻게 끝났더라? 해피엔딩으로 끝났겠지. 근데 누구의 해피엔딩이지? 어부의 해피엔딩, 아니면 악마의 해피엔딩이었을까?

시훈이 말했다.

"널 위해서라면 숲을 온통 불태워서 새들을 다 날아가게 만들어도 괜찮아."

정말일까? 정말 내 말이라면 숲을 다 태워 버릴 수도 있는 걸까?

"안심해. 휘, 너는 손가락 하나 까딱하지 않아도 돼."

휘는 아직도 사경을 헤매는지 혼자 알 수 없는 말을 웅얼거리다 잠이 들었다. 시훈은 휘가 깊은 잠에 빠질 때까지 기다렸다.

🌿

우물에서 나온 지 이틀이 지났다. 이틀 동안 잠만 잔 휘는 처음으로 흰죽을 먹었다. 시훈은 휘가 죽을 다 먹을 때까지 곁에서 기다렸다. 시훈은 휘가 죽을 한 숟갈 뜰 때마다 쇠고기

장조림이나 백김치를 얹어 주었다.

"혼자 먹을 수 있어."

"알아. 그래도 해 주고 싶어."

"…."

"우리 아버지가 나 아플 때마다 이렇게 흰죽을 쒀서 반찬
하나씩 얹어 주었어."

"흉내 내는 거야?"

"바보. 애정이야."

휘의 눈시울이 붉어졌다. 휘는 고개를 푹 숙이고는 말없이
흰죽을 먹었다.

"왜 혼자 우물에 들어갔어? 애들 말로는 너 스스로 들어갔
다던데."

"거기에… 엄마가 준 콩순이 인형이 떨어져 있어서."

뻔했다. 못된 녀석들이 휘의 인형을 우물에 일부러 빠뜨렸
겠지. 그걸 알면서도 휘는 우물 속으로 들어갔고.

"어떡하지. 콩순이 인형이 너무 더러워졌는데."

콩순이 인형은 얼굴이 찌그러지고 팔 한쪽이 떨어나 나가
있었다. 똑같은 걸 구해다 줘도 제 엄마가 사 준 콩순이 인형
이 아니라서 싫어할까 염려했는데 휘의 대답에 시훈은 가슴이
뭉클해졌다.

"이제 인형 없어도 괜찮아. 내게는 시훈이 있으니까."

234

"휘…."

어린아이답게 금방 극복한 휘는 조금 전 눈물을 찔끔 흘리던 모습은 사라지고 씩씩하게 밥숟갈을 들어 흰죽을 먹었다. 그 모습에 이번에는 시훈의 눈시울이 빨개졌다.

"휘, 앞으로 그런 일이 있을 때는 나한테 먼저 말하는 거야. 약속할 수 있지?"

"응."

두 사람은 새끼손가락을 걸었다. 새끼손가락을 건 채 휘가 고개를 숙이며 얼굴을 붉혔다.

"나, 사실 빠스 안 좋아해. 나 단 거 싫어하거든. 근데 시훈이 마음 상할까 봐 좋아한다고 거짓말했어. 미안해."

"그럼 진작 말했어야지. 난 빠스만 만들 줄 아는 게 아니야. 요리에는 자신 있어. 네가 원하는 건 뭐든 만들어 줄게."

"그럼 쿠키가 먹고 싶어. 땅콩 가루가 들어간 쿠키."

"가져다줄게."

시훈은 의미심장하게 말했다. 그러고는 작디작은 휘의 손을 잡았다. 금방이라도 으스러질 것 같은 팔뚝이 안쓰러웠다.

아무리 휘보고 위험한 아이라고 해도 시훈의 눈에는 어린 아이로밖에 보이지 않았다. 부모에게 버림받고 온갖 폭력에 노출되어 살아온 아이일 뿐.

휘, 네가 가는 길 앞에 티끌 하나 남기지 않겠어. 내가 다 치워 버릴 거야.

⚜

아들은 장수풍뎅이 날개에 테이프를 붙여 날아가지 못하게 해 놓고 가지고 놀고 있었다. 날지 못하는 장수풍뎅이를 이리저리 가지고 노는 아들은 희미하게 웃고 있었다.

루오수쉰은 아들의 눈빛 속에서 깊은 허무를 느꼈다. 도저히 어린아이에게 있을 수 없는 눈이었다. 순간, 내 자식이지만 매료되었다. 휘를 보자마자 알았다. 내 뒤를 이어 가문을 이어 줄 재목으로 자라날 것을.

루오수쉰의 생각처럼 휘는 잘 자라 주었다. 어쩌면 수쉰 회장의 생각 이상으로.

"사람까지 죽이지는 않았겠지? 솔직하게 말해 줄래."

아무리 봐도 아이에게 할 질문은 아니었다. 하지만 루오수쉰 자기 안에도 있던 그 무언가가 아이와 대면하고 있었다.

아이가 물끄러미 쳐다보다가 고개를 돌렸다.

"죽이려고 했는데 그냥 놓아줬어요."

"잘했구나."

사람을 끝내 죽이지 않은 게 잘했다는 건지, 솔직하게 말해 줘서 칭찬한 건지 아이는 헷갈렸다. 루오수쉰이 덧붙인 말을 보면 아마 후자였으리라.

"똑똑하구나."

휘의 표정이 처음으로 바뀌었다. 루오수쉰은 그 표정을 잊을 수 없었다. 그때 아이의 표정은 슬퍼 보였고, 루오수쉰은 처음으로 아이에게 불쌍함을 느꼈다.

अर्

아버지가 선물한 카나리아는 길이 잘 들었는지 새장에서 꺼내도 도망가지 않고 주인 곁을 맴돌았다. 휘가 손바닥에 먹이를 두자 손 위로 날아왔다. 손바닥에 부리가 닿을 때마다 간지러워서 휘는 피식 웃어댔다.

"내게 아들은 너 하나밖에 없다. 루오 그룹의 모든 게 다 네 것인데 고작 벤처 기업을 하러 한국까지 온 이유가 있느냐? 혹시 어머니 때문이더냐?"

"…."

아들은 말이 없었다. 루오수쉰이 말을 이었다. 아들에게는 상처가 될 수도 있는 말이었다.

"너희 어머니는 널 버렸다."

"그전에 아버지도 절 버리셨습니다."

"날 원망하느냐?"

"저는 어머니, 아버지 그 누구도 원망하지 않습니다."

"약혼 이야기가 다시 오간다는 건 알고 있느냐?"

"시훈에게 들었습니다."

"그래, 생각 좀 해 보았느냐?"

"다른 여자는 필요 없습니다."

아들이 고개를 들어 눈을 맞춰 왔다. 루오수쉰은 그 시선을 외면하며 말했다.

"결혼이 사랑만으로는 이뤄지지 않지. 감정보다는 이해관계라는 걸 너도 잘 알지 않느냐? 네가 손해 보는 일은 아닐 거다."

이익과 손해라는 측면에서 봤을 때 확실히 이번 혼사는 손해 보는 일은 아니었다. 하지만.

"이유이란 여자가 아니면 안 됩니다."

"꼭 그 여자여야만 하느냐?"

"네. 아버지."

"여자란 여기 새장에 있는 새와 같다. 그저 새장 안에서 보호해 주고 맘껏 예뻐해 주면 된다."

"제 어머니는 어떤 새였습니까?"

새의 물통을 갈아 주던 루오수쉰의 손이 멈췄다. 사실 너희 어머니는 젊은 시절 여행 갔다가 잠깐 만난 유희 거리에 불과했다고, 너라는 존재가 있는지도 몰랐다고 말할 수 없었다.

"너의 어머니는 새장에 가둘 수 없는 사람이었지."

"사람이 새와 함께 사는 방법에는 꼭 새장에 새를 가두는 방법만 있는 게 아닙니다."

"……."

루오수쉰은 아들에게 아무 말도 하지 않았다. 돌이켜보면 아들에게 제대로 무언가 해 준 적이 없었다. 풍족한 생활을 하도록 돈은 지원해 줬을지 모르지만, 아비 노릇을 제대로 한 기억은 없었다.

딱 하나 잘한 일은 휘 옆에 시훈을 붙여 준 것이었다. 이제와 아비 노릇을 한다고 비난받을지도 모르지만, 아들의 결혼만큼은 자신과 같은 실패를 겪게 하고 싶지 않았다. 휘가 좋아하는 여자를 만나 보고 싶었다.

"어머니를 만났다고 들었다."

"네."

"골치 아픈 일은 없느냐?"

"없었습니다."

"그래."

"아버지. 하지 마십시오. 부탁드립니다."

휘는 연신 아들의 눈치를 살피던 어머니와 준복이라는 남자의 절뚝거리는 다리를 떠올렸다.

아들과 눈이 마주쳤다. 루오수쉰 회장은 답을 하지 않고 아들을 내보냈다.

우물에 빠진 사람을 구하는 게 측은지심이라고 했다. 휘는 아마 평생 느끼지 못 할 감정일 거라 여겼다. 하지만 시훈이 우물에 빠진 그를 구해 준 건 평생 잊지 못할 터였다.

그때 시훈이 구해 주지 않았다면, 그래서 호리병의 악마가 가슴을 찢고 튀어나왔다면….

아직도 호리병 악마의 속삭임이 들렸다. 그때 시훈이 구한 건 목숨만이 아니었다. 영혼까지 구제한 것이다.

"카나리아는 일산화탄소에 가장 민감한 새로 조금이라도 노출되면 금방 죽어 버린다고 해. 그래서 오래전에 광부들은 카나리아를 갱도로 데리고 가서 카나리아의 울음소리가 멈추면 탄광을 탈출해서 생명을 보존할 수 있었지."

갑자기 왜 카나리아 이야기를 하는 건지.

"세상에는 카나리아 같은 사람들이 있어. 유이 같은 사람들. 예민하고, 섬세하게 고통을 가장 먼저 느끼는 작은 새들."

휘는 손에 쥔 새에 힘을 주었다. 새 울음소리가 시끄럽게 사무실에 울렸다.

"아주 나약한 사람들."

"휘."

시훈의 날카로운 곁눈질이 휘를 훑었다.

"아버지는 내가 새들을 죽이자 하지 말라는 말은 하지 않으시고 개를 선물하셨어. 그다음에는 고양이, 또 그다음에는 다시 새…. 점점 크기가 작은 동물들을 내게 선물하셨지. 난 알았어. 아버지가 나를 시험하고 있다는 걸. 개가 쥐약을 먹고 죽고, 고양이가 목이 졸려 죽고, 새가 아무 이유 없이 죽어도 아버지는 멈추지 않았어. 내가 그 짓을 멈추지 않을 때까지…."

루오수쉰 회장과 만나고 온 휘의 손에 딜렁딜렁 새장이 들려 있었다. 휘의 표정이 좋지 않았다.

"휘, 새가 아파하니까 놓아줘."

"어?"

휘는 무지한 눈동자를 들어 시훈의 얼굴을 보았다. 휘의 손아귀에서 새는 괴로운지 파닥파닥했다. 휘는 새의 버둥거림을 자각하지 못하는 눈치였다. 대상의 아픔을 느낄 휘가 아니었다. 그런 휘가 유이라는 여자에게 아픔을 느낀다니.

시훈은 말을 바꿨다.

"새가 죽으면 청소하는 분들이 치우기 번거로우니까 새를 놓아줘."

"아, 그렇구나."

휘는 순하게 웃으며 손에 쥔 카나리아를 풀어 주었다.

22장

시훈의 선택

유이는 루오수쉰 회장의 부름을 받고 루오 그룹으로 향했
다. 루오 그룹의 본사는 유이가 일하는 곳과는 비교도 안 되는
으리으리한 건물이었다.

집무실로 이어지는 복도로 들어가기 위해서는 보안 게이트
를 거쳐야 했다. 집무실 복도로 들어서자 거기서부터 바닥과
벽의 마감재가 달라졌다. 루오수쉰은 집무실 곁에 딸린 소회
의실에서 기다리고 있었다.

루오수쉰은 직접 차를 따라 유이에게 건네주었다.

뜨거운 차향이 코끝을 건드렸다. 일흔을 바라보는 루오수쉰
의 눈빛은 아직도 형형했고, 사람을 대하는 태도는 점잖고 기
품이 있었다. 손수 차를 따라 주기도 하고, 유이에게 집무실 공

기가 어떠냐고 기온을 재차 확인했다.

"나는 남쪽 지방 사람이라 그런지 한국의 겨울이 못 견디게 춥더군요. 실내 공기가 너무 덥지 않습니까?"

"괜찮습니다."

"너무 더우면 말해요."

"신경 써 주셔서 감사합니다."

"자, 차 식기 전에 들어요."

루오수쉰의 배려에 유이는 긴장을 풀 수 있었다. 휘가 예의 바르고 태도가 반듯한 건 그의 아버지를 닮은 듯했다. 그러나 그밖에 닮은 점은 별로 없었다. 눈매 외에는. 깊고 고요한 눈동자에 돌멩이 하나 던져도 파동 하나 일지 않을 정도로 고요한 눈이었다.

"휘가 실례를 범하지는 않았는지요? 아들이 은근히 서툰 구석이 있거든요."

"아뇨. 없었습니다."

"다행이네요."

정확한 한국어 발음으로 루오수쉰이 말했다.

"휘와 결혼 약속을 했다고요?"

"네."

루오수쉰은 천장을 한 번 쳐다보고는 한숨을 쉬었다.

"우리 아들은 남들과 좀 다릅니다. 병이 있어요."

"알고 있습니다.

"아무래도 이야기를 들은 모양이군요."

휘가 자신의 병을 이야기할 정도면 결혼 이야기가 허튼소리는 아닌 모양이었다. 그래, 휘가 허튼소리를 할 아이는 아니었지. 어릴 때나 지금이나.

"결론부터 말하자면, 저는 반대입니다. 루오 그룹의 안사람자리가 그리 만만하지 않아요. 유이 양은 휘 옆에 어울리지 않아요."

유이는 사실 알고 있었다. 휘와 자신을 비교하면 누구라도반대할 것이다. 휘는 루오 그룹 총수가 될 사람이지만, 자신은영양사라는 직업조차 경력이 전무했다. 게다가 부모와 형제자매도 없는 혈혈단신인데 누가 며느리로 좋아할까.

"유이 양에게 불만이 있는 건 아닙니다."

"그러시면⋯."

"난 유이 양처럼 순진무구한 사람들을 알아요. 마치 하얀 천같은 사람이죠. 누구든지 다 받아들이고, 어떤 색에도 물들죠.휘의 병을 안다고 했지만 정말 이해하나요? 아뇨. 유이 양처럼맑은 사람은 휘를 평생 이해하지 못하고 살겠죠. 그리고 그건장담컨대 불행할 겁니다."

"저는 휘를 누구보다 좋아해요. 제가 문제가 아니라 휘의 병이 걱정되시는 거라면 저는 자신 있다고 말씀드리고 싶어요."

"우리 아들은 겉으로는 모든 사물에 냉정해 보이지만, 정말 자신이 좋아하는 것에는 비정상적일 정도로 집착을 보이죠. 남을 해치면서까지 말이죠."

"…."

"어릴 때 아들이 아끼는 인형이 있었어요. 그걸 엄마 대신이라고 생각한 건지 어린아이가 애지중지했지요. 그런데 어느 날 친구가 그 인형의 오른팔을 부러뜨렸어요. 그리고 일주일 뒤에 들었지요. 어느 괴한이 아들의 친구를 미끄럼틀에서 밀어 버려서 팔이 부러졌다고. 그것도 정확히 오른팔 팔꿈치까지 부러졌다고 말입니다. 그 순간 난 우리 아들을 떠올렸어요. 믿을 수 없겠지만."

"휘가 했다고 생각하시나요?"

"저는 유이 씨가 아들이 애지중지 안고 다니던 인형이 될까 봐 두려운 겁니다. 아들이 어떻게 변할지 누구보다 잘 알기 때문입니다."

시훈은 구내식당에서 숟가락과 젓가락을 열심히 닦고 있는 유이라는 여자를 멀리서 지켜보았다. 그러고는 한숨을 쉬었다. 저렇게 힘든 일을 하지 않고 루오 가문의 돈만 써도 평생

편하게 살 텐데. 그게 아니더라도 더 쉽고 괜찮은 직업을 마련해 줄 수도 있는데. 말이 영양사지 뜨거운 불 앞에서 요리하고 위험한 칼질을 계속해야 하는 직업이지 않은가.

그뿐만이 아니다. 유이를 바라보는 사람들의 시선에는 질투와 호기심이 섞여 좋지 않은 소문이 퍼졌다.

늦은 점심을 먹던 직원 둘이 유이에게도 들리게 흉을 보았다.

"저렇게 못생기고 삐삐 마른 여자가 루오휘 사장의 취향인가 봐."

"루오휘 사장이랑 결혼한다는 것도 저 여자의 망상 아니야? 난 믿을 수가 없어."

"천애 고아라며. 결혼할 수나 있겠어. 망상이지."

끼이익 소리를 내며 유이는 의자에서 일어났다. 그러고는 제 앞에서 들으라며 흉을 보는 사람들에게 가서 마카롱을 건넸다.

"마카롱 좋아하세요?"

"아, 아니 저…."

"제가 직접 만든 건데 맛이 어떤지 봐 주실래요?"

좀 전까지 흉을 보던 사람들이 마지못해 마카롱을 하나씩 들고는 머뭇머뭇 일어섰다. 그들이 나가자 유이는 그들이 흘린 식탁을 닦고 의자를 정리했다.

246

"그렇게 참아도 돼요?"

놀라서 뒤를 돌아보자 허 비서가 팔짱을 끼고 서 있었다.

"저 사람들 입장도 이해는 돼요. 휘 옆에 어울리지 않는다는 거 틀린 말은 아니잖아요."

여자의 표정이 어두웠다. 시훈은 괜한 말을 꺼낸 것 같아 미안하다가도 이왕 이렇게 된 거 그동안 하고 싶었던 말을 꺼냈다.

시훈이 휘의 생각에 동의하는 건 바보같이 순진한 여자라는 것이었다. 요즘 같은 세상에 순진하다는 게 좋은 것만은 아니었다.

"사회생활에 너무 내 탓 하고 내 잘못을 찾으면 항상 약자가 되고 싸움에서 져요. 세상에는 명백하게 잘못했는데도 뻔뻔한 인간들이 많으니까."

"허 비서님을 보면 처음 휘를 알았을 때가 떠올라요. 닮은 점이 있어요. 두 사람 이야기만 들으면 두 분 다 세상은 먹히는 자와 포식자만 있는 약육강식의 세계 같아요."

허 비서는 찬찬히 유이를 뜯어봤다.

바보같이 순진한 여자라고 생각했는데 은근 사람을 꿰뚫어 보는 날카로움이 있었다. 그래서 휘의 마음에 들었을지도. 휘가 왜 좋아하는지도 조금은 알 것 같았다.

그래, 휘를 위해서라면. 그 결과가 휘의 손안에서 죽어가는 카나리아가 될지라도.

"유이 씨가 휘의 어머니를 만났다고 들었어요. 휘의 병도 알고 있다고요. 그럼 그 병 때문에 어머니라는 사람이 자식을 버린 것도 알겠네요."

유이는 고개를 끄덕였다. 휘의 어머니를 만난 것도, 휘의 병을 알고 있는 것도 사실이었고, 왜 장휘에서 루오휘가 되었는지도 휘에게 들어 알고 있었다.

"어떻게 생각해요? 작은 생명체도 거리낌 없이 제 손으로 죽이는 휘가 잔인할까요? 휘를 작은 악마 취급하더니 정작 아이를 버리고 떠난 부모가 잔인할까요?"

"……"

"내 걱정은 하나에요. 유이 씨 학벌도, 직업도 상관없지만, 난 유이 씨가 휘의 어머니처럼 휘를 못 견디고 떠날까 봐 걱정이에요."

"그럴 일은 없어요."

"그랬으면 좋겠네요. 안 그러면 휘가 많이 아플 테니까."

"허 비서님은 휘를 정말 아끼시는군요."

"……"

아직 결정하지 않았다. 휘 옆에 이 여자가 어울릴지 아니면 치워 버려야 할지. 루오수쉰께서는 시훈의 판단을 믿겠다고 하셨다. 가까이에서 지켜본 허 비서가 더 정확하지 않겠냐는 루오수쉰 어른의 말씀이었다.

"어때요? 좀 더 쉬운 일자리를 알아봐 줄 수 있는데. 아니면 신부 수업이라도 다니는 건?"

"저는 제 직업이 마음에 들어요."

"휘가 주는 돈만 쓰고 다녀도 편할 텐데요."

"휘는 좀 뜬금없이 결혼 이야기를 꺼낸다거나 사람을 당황하게 만드는 구석이 있지만, 제 직업이 힘들지 않냐고, 마음에 드냐고만 물어봤어요. 제가 마음에 든다고 말했을 때 휘는 고개를 끄덕였을 뿐이었어요. 만일 휘가 허 비서님처럼 말했으면 만나지 않았을 거예요."

시훈은 유이의 연한 눈동자를 지그시 바라보았다. 시훈은 한숨을 쉬었다.

"루오수쉰 회장님이 무슨 얘기를 했든 너무 신경 쓰지 말아요. 회장님이 그래 보여도 아들을 많이 생각하는 분이세요. 그리고 나는 휘와 유이 씨가 잘 어울린다고 생각합니다. 휘 옆에 유이 씨가 계속 있어 줬으면 좋겠어요."

뜻밖의 얘기였다. 허 비서도 휘의 아버지처럼 헤어지라고 말할 줄 알았다. 허 비서가 자기를 못마땅해한다고 생각했다.

그러나 반대하는 휘의 아버지보다 시훈의 말이 무겁게 느껴졌다면 유이가 잘못 느낀 걸까.

루오수쉔은 허 비서를 불러들였다. 허 비서는 기다리고 있었다는 듯 루오수쉔에게 달려왔다.

루오수쉔은 아들과 처음 만났던 때를 떠올렸다.

그날을 절대 잊을 수 없었다. 그 공허하고 차가운 눈을. 도저히 10살 아이의 눈이라고는 생각되지 않았다.

하루는 유모가 와서 말했다. 휘가 자꾸 이상한 질문을 한다고. 그래서 직접 휘에게 물어봤다. 그때 휘는 이렇게 말했다.

"아버지, 왜 사람을 죽이면 안 되는 거예요?"

입장을 바꿔 놓고 누가 널 때리면 아프니까 너도 사람을 때리거나 죽이면 안 된다고 말하자 못 알아듣는 눈치였다. 휘는 그게 무슨 말이냐는 얼굴로 순진무구하게 바라보았다. 만화영화를 봐도 되냐고 물어보는 순진한 어린아이의 눈과 다름없는 얼굴로 살인을 왜 하면 안 되냐고 물었다.

그때 알았다. 휘에게는 그렇게 설명하면 안 되겠구나. 그리고 다시 설명했다. 살인은 리스크가 크니까 하면 안 된다고.

"경찰에게 잡히면 교도소에 가야 하잖니. 그러면 네 인생이 손해 보는 거니까 하면 안 된다."

"그럼 잡히지 않으면 해도 돼요?"

휘의 눈빛에서 조그맣게 생기가 돌았다.

"잡히지 않으면 죽여도 돼요?"

"이 세상에 완전 범죄란 없단다. 만일 성공했다고 해도 언제 발각될지 모르니 완전범죄라고 할 수 없지. 저울에 올려놓고 보면 등가교환이 되지 않는 일이니 웬만하면 살인은 안 하는 게 좋다."

"그렇구나."

아들은 납득한 얼굴로 고개를 끄덕였다. 그저 살인은 네게 손해니까 하지 말라는 말은 이해한 눈치였다.

아들은 벌써 질문 따위는 잊은 채 꽃에 날아드는 벌의 움직임을 눈으로 좇고 있었다.

허 비서는 가만히 차를 따르며 루오수쉰이 하는 말을 들었다. 허 비서가 만든 차를 한 모금 마시고는 흡족한 미소를 지었다.

"음, 차 맛이 좋구나. 근데 휘가 어머니를 만났다고 들었다. 복잡한 일은 없었느냐?"

"네. 없었습니다."

"그래, 네가 잘 해결했겠지."

추잡한 이야기들은 휘가 몰라야 한다. 그녀의 남편이 끊임없이 돈을 요구했다는 것도, 그 남자가 받은 돈에 만족하지 못하고 휘를 직접 찾아가려고 하자 그의 다리를 부러뜨린 것도 휘는 몰라야 했다. 그저 사랑하는 엄마가 다시 자기를 찾아와

251

주었다는 것만으로 위안받는 11살 아이로 남아 있어야 했다.

그의 다리를 부러뜨려도 죄책감 같은 건 없었다. '처음부터 이렇게 할 걸. 그러면 문제가 더 쉬웠을 텐데….' 하는 후회 정도는 있었다. 다시는 아동 폭력범 부모에게 나의 휘를 줄 수 없었다.

"그래, 유이라는 여자를 너는 어떻게 생각하느냐?"

"좋은 여자입니다. 그리고…."

시훈의 표정이 단호했다.

"휘에게는 그 여자가 필요합니다."

"그래? 네가 그렇게 말한다면 좀 더 지켜봐야겠구나. 휘에게 그 애가 필요할지 아닐지는 네 선택에 따르련다."

시훈은 고개를 숙였다.

휘는 태양이었다. 시훈은 그렇게 생각했다. 태양을 절대로 똑바로 바라보지 못하는 것처럼, 휘는 감정을 직시하지 못할 뿐이었다. 직시하지 못한다면 거울을 통해 비춰보면 되는 것이다. 유이가 휘에게는 거울 같은 존재였다. 휘를 위해서는 유이가 필요했다. 오직 휘를 위해서.

유이가 다치는 건 상관없었다. 휘가 상처 입지만 않으면 된다. 휘의 손에서 모가지를 꺾여 죽는 새가 될지라도.

23장
와인과 연극

"시훈 비서님은 어떤 분이세요?"

휘는 한마디로 로맨티시스트라고 대답했다.

"로맨티시스트. 나와 비슷한 듯 다르지. 정열적이고 매력적이고."

알 것 같은 기분이 들었다. 비슷하면서 다른 느낌. 유이가 받은 인상도 비슷했다.

두 사람의 첫인상에서 지레 겁을 먹은 건 우연이 아니었다. 둘 다 얼굴은 뛰어나게 잘생겼지만, 사람을 긴장하게 만드는 면이 있었다. 휘가 서늘한 불꽃이라면 시훈은 열정적인 불꽃이었다. 속마음을 안 보이는 휘가 어떨 때는 더 무섭지만 말이다. 불꽃도 파란불이 온도가 더 높지 않은가.

시훈은 휘보다는 감정을 잘 드러냈다. 그 감정이 유이가 느끼기에는 별로였고, 휘의 짝으로 탐탁지 않아 한다는 걸 알 수 있었지만.

"시훈이 여자한테 얼마나 잘하는지 모를걸요. 여자 친구랑 통화하는 거 옆에서 들으면 완전히 녹아요."

그건 감이 안 잡혔다. 허 비서가 여자 앞에서 아양을 떠는 모습을 상상하기 힘들었다.

"그나저나 오늘 왜 이렇게 기분이 안 좋아요?"

휘는 유이의 머리카락 끝을 매만지며 물었다.

"혹시 아버지 만났어요?"

"아니요."

왠지 루오수쉰을 만난 것을 들키고 싶지 않았다. 그의 아버지가 자기를 탐탁지 않아 한다는 걸 들키고 싶지 않았다.

"그냥 일하면서 스트레스 좀 받았어요. 이젠 괜찮아요. 금방 극복했거든요."

"극복?"

"응. 바로 극복. 마카롱 하나면 돼요. 나에게 스트레스를 주는 사람을 만나도 '아, 저 인간들이 탄수화물이 부족해서 그러는구나.' 이렇게 생각하면 인간에 대한 이해가 넓어지거든요."

휘는 기분 좋게 웃으며 "그래요?"라고 되물었다.

"그럼요! 한번 해 보세요. 힘들 때마다 나에게는 아직 마카롱이 있다! 그러니 견딜 수 있다고요."

"괜찮은 방법 같은데요."

"사실은 고등학교 때 유경이라는 친구가 전수한 스트레스 해소법이에요."

"저번에 말한 적이 있죠? 유경이라는 친구."

"…."

유이는 말이 없어졌다. 입술을 다문 유이를 휘는 조용히 기다려 줬다.

"유경이에 대해서는 나중에… 천천히 말할게요."

"유이가 말하고 싶을 때 말해요."

유이의 보드랍고 말캉한 팔뚝을 매만졌다. 그의 품이 너무 따뜻해서 자꾸만 아기 새처럼 파고들고 싶었다.

휘의 약혼녀를 보고 더 움츠러든 건 사실이었다. 휘에게 어울리는 여자는 한세희 같은 여자일 것이다. 아름다운 외모는 물론 오페라 극장에서도 먼저 말을 걸어주고 살갑게 대해 주는 모습을 보고 휘 옆에는 이런 품위 있는 여자가 어울리지 않을까 잠깐 생각했다. 자신은 어딘지 모르게 우울하고 소심하고 볼품없었다. 부모 하나 없는 혈혈단신보다는 재벌가의 그녀가 누가 봐도 훨씬 나아 보였다.

유이는 휘의 아버지가 한 말을 떠올렸다. 휘에게는 어울리지 않는다고.

255

"나, 휘가 좋아요."

"알고 있어요."

"그래서 휘에게 어울리는 여자가 될 거예요."

"이미 저한테는 과분한 사람이에요."

휘는 검지로 유이의 아랫입술 선을 따라 훑었다. 예쁘고 보드라운 입술이 달싹인다. 가볍게 입을 맞추고는 눈을 떴다. 금방 떨어졌던 입술을 제자리 찾듯 다시 포갰다.

휘가 한국에 다시 왔을 때 제일 놀랐던 건 사람들이 '사랑한다.'는 말을 너무 자주 한다는 점이었다. 사람들은 전화를 끊으면서 '안녕.'처럼 '사랑한다.'는 말을 인사처럼 내뱉었다. 살면서 이렇게 사랑한다는 말을 자주 들은 적이 있었던가.

어떤 유쾌한 사람들은 중국인이라고 밝히면 아는 중국어가 있다며 다짜고짜 '워아이니.'라고 말해 휘를 웃게 하기도, 당황하게 하기도 했다.

그래서 더 골똘히 생각하게 됐는지 모른다. 상대방을 사랑한다는 건 무엇일까. 나는 정말 유이를 사랑하는가?

한국어를 배울 때 매력적이었던 건 같은 문장이라도 조사하나로 속뜻이 바뀐다는 점이었다. 너를 사랑해, 너도 사랑해,

너만 사랑해, 너마저 사랑해…. 사랑한다는 말도 의미가 달라졌다.

헤겔은 사랑이란 나를 승인하고, 상대를 승인하며, 상대방의 눈동자 속에 있는 나를 승인하는 것이라고 했다.

나를 사랑하고 상대방을 사랑하고 인정하는 것은 당연하다. 더 나아가 타인을 통해 나를 받아들이는 것까지 헤겔은 사랑이라고 했다. 서로 사랑하는 것을 넘어 너를 통해 나를 받아들이는 과정이 더욱더 어려울지 모른다.

유이에게 어설프게 먼저 사랑한다고 말했다. 안 그러면 누군가에게 뺏기기라도 할까 봐 조바심을 내는 어린아이처럼 떼를 쓰며 사랑한다고, 맑은 하늘에 소나기처럼 퍼부어댔다.

유이를 통해 느끼는 생경한 감정이 신기했다. 유이는 어쩌면 자신이 괴물은 아니라는 그런 희박한 희망을 주는 존재일지 모른다. 타인이 웃으면 나도 행복해진다는 걸, 사랑하는 이가 눈물을 흘리면 가슴이 아려온다는 걸 느끼게 해 주는 유일한 존재였다.

유이가 햇살을 등지고 이쪽을 향해 손을 흔들며 걸어왔다. 나는 정말 유이를 사랑하는가? 휘는 그 질문에 대답할 수 있었다. 나는 저 사람을 사랑한다고. 저 미소를 사랑하고, 그녀로 인해 변하는 모든 것들을 사랑한다고.

"많이 기다렸어요?"

"아니. 좀 전에 왔어요."

"거짓말. 오래 기다렸죠? 귀가 이렇게 빨개졌는데."

유이는 두 손을 비볐다가 휘의 귀에 댔다. 유이의 따뜻한 손이 휘의 차가운 귀에 닿았다.

"기다리게 해서 미안하니깐 이거 선물이요."

눈을 동그랗게 뜨는 휘를 향해 유이는 가방에서 A4 용지만한 종이 한 장을 건넸다.

"선물. 이거 손보느라고 늦었어요. 미안해요."

종이에는 휘의 얼굴이 연필로 그려져 있었다. 그림 속 휘는 눈도, 입술도 환하게 웃고 있었다. 내가 이렇게 웃을 수 있구나…. 세희가 한 말이 떠올랐다. 얼마 전 세희는 완전한 파혼을 전하며 당신이 그런 표정을 지을 줄도 아는지 몰랐다고 말했다.

그런 표정이 어떤 표정이었는지 휘는 궁금했다. 휘는 사람의 표정을 읽는 게 힘들었다. 괴로워하는 표정인지 무표정인지 금방 알아차리기 힘들었다. 그리고 그걸 익히는 데 꽤 많은 시간을 들였다.

거울을 보며 슬픈 표정, 기쁜 표정을 연습하기도 했다. 장례식에서 지을 표정, 결혼식에서 지을 표정을 매번 거울을 보며 연습했다. 그런데 그녀의 눈에 비친 나는 아무런 경계심도 없이 이렇게 무방비하게 웃고 있었다.

선물을 받은 휘는 잠시 말이 없었다.

"…."

"선물이 마음에 안 드세요? 저는 그냥, 휘는 매일 좋은 선물을 주는데 뭐라도 주고 싶었어요. 그런데 비싼 선물은 이미 많이 받았을 것 같고… 시간을 들인 선물을 주고 싶어서 어릴 때 미술학원 다녔던 게 생각났어요. 그래서…."

"정말 마음에 들어요."

"진짜요?"

"근데 내 얼굴보다 백만 배는 잘생긴 것 같지만. 유이 눈에는 내가 이렇게 잘생겼어요? 말해 봐요. 나 많이 좋아하죠?"

"가, 갑자기 그렇게 정공법으로 물어보면…."

얼굴을 붉히는 유이가 더 재미있어서 휘는 그만 소리 내서 웃고 말았다.

❧

휘는 박문철 경감과 함께였다. 아마 박 경감은 모를 것이다. 휘가 내준 차를 마실지 말지 고민한 이후부터 그는 이미 휘에게 넘어왔다는 걸.

휘는 와인병을 들고 말했다.

"소믈리에게 좋은 와인 한 병을 추천받았어요. 한 병이 한국 돈으로 약 1억 원이 조금 넘지요. 한 여덟 잔 정도 나올까요."

휘는 직접 뚜껑을 따서 잔에 따랐다. 검붉은 빛깔의 와인이 또르르 소리를 내며 떨어졌다.

박 경감은 머릿속으로 계산을 했다. 1억에 8잔이면 한 잔에 천만 원이 넘는 금액이었다. 박 경감은 휘의 권유에 와인을 한 모금 마셨다. 입 안 가득 와인 향이 퍼졌다.

예전에 아버지에게 물은 적이 있다. 먹으면 사라지는 음식보다 실물을 주는 게 더 의미 있지 않냐고. 값비싼 와인보다 물건을 볼 때 선물한 사람을 더 잘 기억할 수 있지 않겠냐고.

아버지는 오히려 고가의 선물은 경계심이나 오해를 불러일으켜 상대방을 부담스럽게 만든다고 좋은 방법이 아니라고 하셨다. 그런 면에서 와인이야말로 적절한 선물이라고 말씀하셨다. 한 끼에 천만 원 이상 먹게 만들기는 어려워도 한 잔 목 넘김에 상대방을 내 편으로 만들 수 있으니까. 아주 탁월한 전략이자 인사관리라고.

"그렇게 아무한테나 주면 와인이 남지 않겠는데요."

"아무한테나 주지는 않고, 믿을 만한 사람에게만 줍니다. 어때요? 한 잔 더 하시겠어요?"

휘는 와인 병을 내밀었다. 박 경감은 조용히 와인 잔을 내밀었다.

"부탁 하나 드려도 될까요?"

"제가 할 수 있는 일이라면 뭐든지 좋습니다."

"경찰직을 그만두시는 분에게 이런 부탁을 따로 드리는 게 죄송합니다만."

"아이고, 아닙니다. 루오휘 총수님의 일이라면 발 벗고 나서 야죠."

"변호사이자 작가. 서진 그룹의 장남 서준우 작가에 대해 조사 좀 해 주셨으면 합니다."

"루오 그룹의 정보력이 더 정확하고 빠를 텐데요."

"사정이 좀 있어서요. 부탁드립니다, 경감님. 아! 이제는 경 감님이 아니시죠."

"한동안은 백수죠. 하하."

"마무리는 잘 되어 가십니까?"

"네. 고맙다는 말씀을 드리고 싶습니다. 저는 확실히 현장 보다는 학자가 어울리는 사람이었습니다. 안 그래도 관두려고 했는데 루오 가문의 후원 덕분에 일이 앞당겨졌습니다. 감사 하게 생각하고 있습니다."

"박 경감님이 능력이 좋으신 거죠."

"허허. 감사합니다."

"영국에서의 생활이 평안하시기를."

와인 잔을 들어 축하 인사를 건넸다.

서준우 작가가 여는 자선 파티는 생각보다 규모가 컸다. 재계 인사는 물론 정치인과 영화배우들도 눈에 띄었다.

피렌체를 그대로 갖다 놓은 듯한 석고상과 인테리어는 그의 어머니의 취향이라고 했다. 어머니 얘기를 할 때 서준우의 표정은 좋지 않았다. 유이는 일전에 서진 그룹의 장남이라고 했던 기억을 떠올렸다. 재계 10위권에 드는 서진 그룹 장남이 기업을 잇지 않고 작가가 된 이유에는 그만한 사정이 있을 것이다.

서준우는 트럼프 카드 사이로 유이를 지켜봤다. 오늘은 좀처럼 패가 붙지 않았다. 카드놀이는 그만두고 물담배를 피웠다. 그러고는 물담배를 피우다 말고 키득키득 웃었다. 얼마 남지 않았다. 쇼가 시작되기까지.

옆자리의 여자가 가슴을 팔에 바짝 붙이며 팔짱을 꼈다.

"뭐가 그렇게 재미있어?"

"나는 말이야…."

서준우는 물담배를 계속 빨면서 시선은 유이에게 던졌다.

"젓가락처럼 빼빼 마른 여자 다리를 보잖아. 그럼 확 차서 부러뜨리고 싶어."

"우와, 나쁘다." 하며 여자는 킥킥 웃어댔다.

"본능인 걸 어쩌겠어. 정말 못 참겠단 말이야."

"한동안 안 보이더니 재미있는 걸 찾았나 봐."

"어. 근데 이제 슬슬 연극도 그만두려고. 뜻하지 않은 사람을 만났거든."

24장
검은 그림자

유이는 화려한 드레스와 아르마니 정장으로 둘러싸인 파티에는 적응이 안 됐지만, 파티에서 끊임없이 나오는 음식에는 눈을 빼앗겼다.

"우와, 송로버섯이 이렇게 많이! 여기 간처럼 생긴 건 뭐야?"

등 뒤에서 킥킥 웃음소리가 들렸다.

"쟤 뭐야. 촌스럽게."

그래. 떠들어라. 나는 먹으련다.

아랑곳없이 음식을 담는데 접시 위로 그림자가 졌다. 186센티미터나 되는 큰 키의 휘가 서 있었다.

"이거 맛있어요? 먹고 싶은 만큼 더 먹어요."

푸아그라를 집게로 집어 유이의 접시에 다 담고는 요리사에게 더 만들라는 주문까지 했다.

"다른 것도 먹을래요?"

뒷말하던 무리가 휘의 등장으로 슬금슬금 사라졌다. 모두의 시선이 휘에게 쏠렸다. 휘를 중심으로 동그랗게 원을 만들었다. 사람들은 휘에게 말을 걸 타이밍을 탐색하며 하이에나처럼 휘에게 달려들었다.

휘는 들러붙는 사람들을 피해 비상용 계단으로 갔다. 담배한 개비를 꺼내 피웠다. 머리가 자주 아파서 담배를 끊었는데 오늘처럼 사람들에게 시달린 날에는 담배 한 개비가 절실했다.

담배를 반쯤 피웠을 때 서준우가 비상용 계단으로 올라오고 있었다.

"여기 계셨네요."

"사람 없는 곳을 찾다 보니깐."

"하긴 사람들이 루오휘 총수만 찾으니까요. 저도 불 좀 빌릴 수 있을까요?"

휘가 못마땅한 얼굴로 안주머니에서 라이터를 꺼냈다. 서준우는 입에 문 담배에 불을 붙였다.

준우는 난간에 팔꿈치를 얹고 기댔다.

"우리 초면 아닌 거 알아요?"

"…."

"기억 안 나요?"

"내가 왜 널 기억해야 하지?"

"와, 섭섭해라. 나 일부러 루오휘 씨가 알아차리게 먼저 말도 안 꺼냈는데. 우리 어릴 때 만난 적 있어요. 바로 우리 엄마 결혼식 때."

"그래요?"

휘는 시큰둥하게 대답하고는 휴대용 재떨이에 담배를 비벼 끄며 돌아섰다. 상대도 해 주지 않는 휘를 보며 서준우의 표정이 어두워졌다.

"유이 씨는…."

서준우의 입에서 유이의 이름이 나오자 휘가 고개를 돌렸다. 서준우는 미소 지었다.

"유이 씨 정말 귀엽지 않아요? 제 팬 중에 그렇게 귀여운 분이 있다니. 커밍아웃하길 잘했다는 생각이 들어요."

딱. 휴대용 재떨이 닫는 소리가 들렸다.

"저도 사람인지라 누가 제 책을 좋아한다고 하면 마음이 흔들리는 건 어쩔 수 없더군요. 제가 커밍아웃을 한 다음에는 여기저기서 선생님 책 좋다고 말하는 사람들을 만납니다. 그런데 예의상 말하는 것과 진심으로 말하는 것이 눈에 보이거든요. 유이 씨처럼 저렇게 아무런 미사여구도 없이 순수하게, 순진한 눈으로 선생님이 좋다고 말하면 누구라도 두근거리지 않

266

겠어요? 물론 제 작품이 좋다는 말이겠지만, 마음이 흔들리는
건 어쩔 수가 없더군요."

"…"

"루오휘 씨는 이유이 씨와 사귀는 사이인가요?"

휘는 안주머니에서 새로운 담배 한 개비를 꺼내 입에 물고
불은 붙이지 않았다.

"아니라면, 유이 씨를 제가 채 가도 되죠?"

순간, 준우의 얼굴 위로 검은 그림자가 드리워졌다. 커다
란 손이 준우의 얼굴 위로 날아갔다. 손가락 사이로 보이는
휘의 얼굴이 밀랍 인형처럼 차가워 준우는 저도 모르게 숨을
삼켰다.

"휘, 어디 있었어! 찾았잖아."

타인의 목소리에 휘가 손을 거두었다. 시훈이 창문을 열고
휘를 부르고 있었다.

휘는 여전히 무표정한 얼굴로 서준우를 몇 초 동안 응시하
다가 돌아섰다. 준우는 그만 그 자리에서 풀썩 주저앉고 말았
다. 다리의 떨림이 멈추지 않는다.

'농담이 아냐. 날 진짜 여기서 떨어뜨리려고 했어!'

조금만 더 늦게 시훈이 불렀다면 분명히 날…. 준우는 아래
를 내려다보았다. 아파트 14층 정도의 높이. 여기서 떨어지면
발목이 삐끗하는 정도로 끝나지 않는다. 확실하게 죽는다. 주

위에는 개미 새끼 한 마리 보이지 않는다. 목격자 따위는 없다.

휘의 뜨거운 손이 스쳤던 목을 쓰다듬었다. 오소소 소름이 돋았다. 죽는다. 조금만 늦었어도 죽었다. 공포감이 밀려왔다.

"크흑, 큭큭큭."

가래가 끓는 듯한 웃음이 새어 나왔다. 준우는 크게 웃기 시작했다.

휘는 손목시계를 보았다. 불을 붙이지 않은 담배를 입에 그대로 문 채였다.

30분. 시훈과 연락을 끊은 지 30분 만에 휘를 찾아냈다. 휘는 괜히 재킷 안을 열었다.

"30분."

"무슨 소리야."

"내가 없어진 지 30분 만에 찾아냈어."

"난 걱정돼서 찾아다녔을 뿐이야."

"내 몸 어딘가에 위치 추적기를 달아놓은 건 아니지?"

"마음 같아서는 그러고 싶어."

분명히 달아놨어. 단추, 신발 밑창, 휴대폰? 분명히 어딘가에 GPS를 달았을 거다. 꼭 찾고야 말겠다.

휘는 시훈의 이름을 나지막하게 불렀다.

"시훈···."

"걱정하지 마. 위치 추적기 따위 안 달았다니깐."

시훈은 모른 척 먼저 앞을 걸었다. 휘는 한숨을 쉬며 그 뒤를 따랐다.

꽃

서준우는 박 경감을 보고는 빠르게 지나쳤다.

휘는 혼자 있는 박 경감에게 다가갔다.

"파티는 즐거우세요?"

"이런 입식 파티는 저와는 안 맞네요. 서 있는 것도 뻘쭘하고,"

"저도 뭐, 그리 좋아하지는 않습니다."

휘가 부드럽게 미소 지었다. 하지만 휘의 머릿속은 이미 다른 생각으로 꽉 차 있었다.

"제가 부탁한 일은?"

"여기 있습니다."

박문철 경감이 종이봉투 하나를 건넸다. 거기에는 사건 파일 하나가 있었다.

"서준우 작가와 연관된 사건인가요?"

"네. 그렇습니다. 성폭행 사건이었어요. 그런데 판결이 성폭행이 아니라 성매매라고 결론 나서 시끄러웠던 사건이었죠. 피해자가 남자 집에 제 발로 찾아갔다는 점. 돈을 억지로 피해자에게 넣어 줬는데 그걸 화대로 인정했거든요."

"어떻게 그런…."

"말도 안 되죠. 그 사건 담당 형사가 저였습니다. 찜찜한 게 한두 가지가 아니었죠. 납득 못 할 판결이 찜찜했던 건 물론이고 좀 신경 쓰이는 부분이 있었거든요. 사건을 주도한 배후 인물이 누구인가 하는 점이었습니다. 판결의 취약성을 교묘히 이용해서 유리하게 진술한 것을 보면 피해자 중에 당시 법대생이었던 한 명이 리드한 게 아닌가 생각하고 있습니다. 물론 저의 추측이지만."

휘의 눈이 번뜩였다.

"박 경감님이 추측하는 인물이 혹시?

"네. 서진 그룹의 장남 서준우입니다."

"서준우…."

"확실한 건 서준우는 가까이할 인물은 아니라는 점이죠."

"예. 절대 가까이할 인물은 아니죠."

휘는 음절 하나하나에 힘을 주며 말했다. 그 말투에는 분노까지 서려 있었다.

서준우는 박 경감을 피해 파티장 밖으로 나왔다. 그런데 멀리서부터 노골적으로 허시훈 비서가 다가왔다.

"파티는 즐거우세요, 허 비서님?"

허 비서는 대꾸조차 없었다.

"그런데 허 비서님은 휘가 어디에 있든 찾으시네요."

시훈은 서준우의 명치에 주먹을 날렸다.

"어억! 다짜고짜 이게 뭐 하는 짓이야!"

"내가 너 어떤 놈인지 다 아는데 참아 주고 있는 거야."

"으윽!"

"휘 옆에 다시는 달라붙지 마."

"그거 알아요? 허 비서님도 정상은 아니라는 거?"

허 비서는 한쪽 입꼬리를 비틀었다. 그게 다였다. 그렇게 서준우를 비웃고는 휙 사라졌다.

서준우는 아직도 허 비서에게 가격당한 배를 움켜쥐었다. 정말 있는 힘껏 때린 모양이었다. 계획을 앞당겨야겠다. 박 경감뿐 아니라 허 비서도 문제였다.

난 빨리 보고 싶어. 사랑하는 사람의 일그러지는 얼굴을.

그래, 휘. 난 네 고통이 좋아. 네가 아파할수록 떠오르는 확신이 있어. 네가 고통스러울수록 내가 널 정말 사랑한다는 걸 알게 돼.

휘, 내가 깨운 악마는 잘 있니? 넌 아니라고 하지만 한 번 깨운 악마는 다시 잠들지 못해.

아직 모르겠다고? 기다려. 내가 확인시켜 줄게.

파티장에서 유이를 찾던 휘는 분수대 앞에 앉아 있는 유이를 발견했다. 그러고는 말없이 유이 옆에 앉았다.

유이가 휘의 어깨에 머리를 기대 왔다.

"어디 있었어요? 한참 찾았는데."

"잠깐 생각할 게 있어서."

휘에게서 담배 향이 느껴졌다.

"담배 피우는 줄 몰랐어요."

"끊었는데 도저히 안 피울 수가 없었어."

"무슨 일 있었어요?"

휘의 표정이 얼음 조각처럼 차가웠다.

"유이가 걱정할 일은 하나도 없어요."

모두 이른 시일 내에 내 손에서 끝내 버릴 거다. 휘는 유이의 손에 깍지를 꼈다. 깍지 낀 손안에 무언가가 있었다. 유이가 손을 펼치니 핑크색 다이아몬드가 달린 목걸이가 있었다.

퍼스널쇼퍼가 골라 준 선물 중에는 확 끌리는 게 없었다. 보석, 구두, 가방, 옷…. 그중에서 유이가 좋아할 만한 게 보이지 않았다.

"어려워."

"뭐가 말이야?"

"유이에게 줄 선물."

요즘 심각하게 미간을 좁히고 패션 잡지만 뒤적이던 게 이것 때문이었나. 시훈은 한숨을 쉬었다.

"그냥 퍼스널쇼퍼가 골라 준 물건 중에 고르는 게 어때?"

"예전에 시훈 말대로 했더니 더 상황이 악화됐어. 시훈 말 안 들을 거야."

"너처럼 막무가내로 하니까 그렇지."

"그럼 손편지라도 쓰라는 말이야?"

"선물에도 스토리텔링이 있어야 해. 그렇게 막무가내로 주지 말고."

"어떻게?"

"내게 제일 감동을 준 여자 친구 선물은…."

"여자 친구'들' 중 한 명이었겠지."

"아무튼 그 여자 친구가 나만을 위해서 하루 종일 요리를 해 준 적이 있어. 가장 기억에 남는 생일 선물이야."

"그런 거에 감동해?"

"그럼 감동하지. 음식이 맛이 없었다고 해도 감동이지."

"맛없었구나."

"중요한 건 누군가가 나를 위해 시간을 썼다는 거야. 맛보다 정성이지."

"그 여자와도 3개월 만에 헤어진 거야?"

"그 여자와는 한 달 반을 더 만났어."

"잠깐, 내가 여자가 아니라서 다행이라고 생각했어. 그랬다 가는 시훈이 나도 꼬셔 놓고 차 버렸을 거 아냐."

"넌 안 버려. 내가 어떻게 널 버려."

시훈은 휘의 목덜미를 쓰다듬었다.

❧

시훈과의 대화가 생각났다. 시훈처럼 요리에는 자신이 없었 다. 이럴 줄 알았으면 경영학 수업 들을 때 남는 시간에 쿠킹 클래스라도 들을걸.

정성이 들어간 선물이라니. 아무리 생각해도 떠오르지 않 았다. 그냥 자신이 제일 잘하는 걸 하기로 했다. 센스는 없어도 돈은 많았으니까.

핑크색 다이아몬드를 구하러 직접 홍콩 경매장에 갔다. 치열한 경매 끝에 낙찰받은 물건이었다. 유이가 좋아할 걸 생각하니 저절로 미소가 지어진다.

"너무 아름다워요. 근데 너무 비싼 거 아니에요?"

"유이가 좋아하면 됐어요."

휘는 목걸이를 직접 걸어 줬다. 목걸이는 유이가 입은 드레스와도 잘 어울렸다. 유이의 하얀 목덜미에 입을 맞추고 뒤에서 껴안았다.

유이를 품에 안으니 서준우 때문에 화가 났던 감정이 진정됐다. 유이를 빼앗는 사람은 그 누구라도 용서할 수 없었다. 휘는 아랫입술을 꽉 깨물었다.

그 녀석의 이름을 부르면 휘파람 소리가 났다.

내가 그를 만난 건 어머니의 세 번째 결혼을 준비하던 11살 때의 일이다. 11살의 내 인생은 무료하고 심심한 일상의 연속이었다. 주위의 인간들은 모두 얼간이로 보였다. 그들의 눈빛은 하나같이 음흉하거나 아무 생각이 없어 보였다.

내게는 엄마가 두 번째 결혼에서 낳은 5살 아래 남동생이 있었다. 그리고 지금 엄마의 뱃속에는 둘째 동생이 들어 있다. 엄마의 첫 번째 남편, 즉 나의 아버지는 이 집안의 데릴사위로 들어왔다가 내가 3살도 되기 전에 이혼하고 집을 나갔다고 한다. 뭐, 뻔했다. 우리 집안에 적응 못해서 버려졌거나, 잘리기 전에 떨어져 나갔을 거다.

276

아버지와 마지막으로 나눈 대화가 기억났다. 아버지는 자신을 시정마라고 했다. 경마장에는 암말을 흥분시키는 역할을 하는 일명 애무하는 말이라고 하는 시정마가 있다고 했다. 시정마는 종마가 될 수 없는데, 시정마와 종마를 나누는 건 혈통이라고 했다. 좋은 혈통을 타고나면 비싼 몸값의 종마가 되고, 출생이 잡종이면 시정마로 살다 생을 마감한다고. 하기야 그 시정마도 아무나 하는 건 아니었다. 암말의 공격을 받으면서도 몇 시간씩 애무를 시도하는 스태미나를 갖춘 말만이 시정마가 될 수 있다며, 아버지는 쓸쓸하게 웃었다.

그게 자식에게 마지막으로 할 말인가. 아무튼, 자식한테 쓸데없는 말이나 하는 인간이었다.

자기연민으로 가득 찬 인물. 좋은 머리 하나로 아무것도 없는 집안에서 굴지의 기업에 장가왔으면서도 열등감을 못 버리고 발악하다가 혼자 자멸한 인물. 내가 정의한 아버지란 인물은 이랬다.

나는 그 말을 듣는 순간 그 좋은 머리를 갖고도 아버지가 왜 떠났는지 알게 되었다. 아버지는 너무 감상적이었다. 그래서 그는 정점에 서지를 못했다. 나였다면 달랐을 것이다.

내가 인간들을 관찰하게 된 것은 나의 '병' 때문이기도 했다. 어느 순간 난 알아버렸다. 나는 감정을 못 느끼는 인간이라는 걸. 특히 불쌍하다는 감정을 느끼는 건 상당히 어려웠다. 내가 오직 느끼는 감정은, 약한 것들을 보면 기분이 나빠진다는 것이었다. 그것들이 으스러질 때 내는 신음만이 상대에게서 느끼는 유일한 감정이었다.

내가 소설에 빠진 이유도 나의 병과 관련이 있었다. 나는 소설 속의 심리묘사를 공부하듯 읽었고, 살해 장면이 나올 때면 흥분해서 반복해 읽었다. 내가 다른 사람들과 다르다는 걸 인지하는 데에는 그리 긴 시간이 걸리지 않았다. 왜냐하면 내 주위 인간들은 하나같이 바보 같은 인간들이었으니까. 나는 한 가지 고민이 있었다. 내가 깊게 고민하는 것은 그것뿐이었다. 내가 멍청한 인간들과 다르다는 걸 증명해 줄 카리스마가 자기에게 있는지 궁금했다.

내가 생각하는 카리스마는 타인을 통제할 수 있는 권한을 선천적으로 타고나는 걸 말했다. 내게 카리스마가 있는지는 불투명했다. 상대방을 내 손아귀에서 통제하고 누르고 푸는 힘…. 언젠가 동생의 애완동물 페럿의 모가지를 손쉽게 꺾어버렸던 것처럼. 그렇게 타인을 내 손으로 통제하는 것.

실험체로 바보 같은 남동생을 타깃으로 삼았다. 속으로 첫 번째 실험체의 사명을 다해 주길 바랐다.

278

'반응'이라는 걸 살피는 건 재미있는 일이었다. 파블로프의 개처럼 명령과 복종을 시키려고 작정했다.

"따라오지 마."

그러나 내가 눈을 부라리며 명령해도 남동생은 헤실헤실 웃기만 했다. 효과가 없었는지 남동생은 나만 보면 더 졸졸 따라다녔다. 내가 그렇게 무시하고 면박을 줘도 말이다.

인정해야겠다. 나에게는 선천적으로 타고난 '카리스마'가 없었다. 내 외모를 보아도 창백할 만큼 새하얀 피부에 알이 두꺼운 안경과 홀쭉한 볼. 너무 곱상한 얼굴은 카리스마와는 전혀 상관이 없었다. 내가 명령을 하면 바보 같은 남동생은 히죽히죽 웃기만 했으니. 그놈 눈 속에는 나에 대한 두려움이나 무서움 따위는 없고, 나와 놀아 달라는 재촉밖에 없었다.

"멍청한 자식."

동생을 따돌리고 혼자 걸었다. 그래도 실망하기에는 일렀다. 내게는 종이와 펜이 있으니까. 선천적으로 타고난 카리스마는 없을지라도 나는 내 안의 인물들을 창조할 수는 있었다. 나는 완전한 악의 캐릭터를 내 손으로 창조하고 싶었다. 그러려면 참고할 만한 인물이 있어야 했다.

내가 매력적으로 느낀 책 속의 인물은 〈이방인〉의 뫼르소, 〈위대한 개츠비〉의 개츠비, 〈호밀밭의 파수꾼〉의 홀든 정도였다. 그중에서 〈이방인〉의 뫼르소란 인물이 그나마 나의 이상에

적합했지만 충분하지는 않았다.

'뭔가가 부족해.'

하지만 내 작은 머리통으로는 그 부족함을 채우기에 역부족이었다.

하나의 생각이 나를 이끌었는데 '완벽한 악이란 무엇인가' 하는 것이었다. 악은 악 그 자체로 완전무결해야 했다. 중간에 어릴 때의 상처 때문이라든지, 복수심, 열등감, 보복, 살인 같은 동기는 없어야 했다. 그러나 그런 만족감을 주는 작품을 만나기는 쉽지 않았다. 악인에게는 결핍이 있거나 살인의 동기가 있었고, 하다못해 그럴 계기라도 주어졌다.

⚜

어머니의 결혼 준비로 집안이 시끌벅적해 책 읽을 공간이 한 군데도 없었다. 집이 넓어봤자 무슨 소용이 있는가. 남동생처럼 짜증나는 인간들이 불쑥불쑥 튀어나오는데. 나는 팬트리 안에 숨어서 책을 읽었다. 부엌에서 웃고 떠드는 소리가 들렸다.

"음식 만들 때 땅콩은 넣지 말도록 해. 첫째 도련님이 알레르기가 있으셔. 그것만 유념하면 돼."

주방장 아주머니가 새로 들어온 가정부에게 주의를 주는

모양이었다. 나는 책을 팍 소리 나게 신경질적으로 덮었다.

첫째 도련님은 나를 말하는 것이었다. 유약하게 땅콩 알레르기나 있다니. 이따위 알레르기나 달고 다니는 몸뚱이가 마음에 들지 않았다. 카리스마와는 전혀 어울리지 않았다.

나를 일컫는 말 중에서 가장 듣기 싫었던 말은 빌어먹을 땅콩 알레르기와 마마보이였다. 둘 다 내가 지향하는 인간상과 카리스마와는 어울리지 않는 조합이었다. 나는 나약해 보이는 그 이미지들이 너무나 싫었다. 왜 마마보이라는 소리가 붙었는지 모르지만, 내 앞에서 그 말을 하는 인간이 있으면 죽여 버릴 거다.

내가 팬트리에서 나오자 새로 온 가정부가 깜짝 놀라 했다. 그녀의 얼굴이 제법 아름다웠다. 세례명이 세실리아라고 했던가. 나는 세실리아를 지나쳐 다락방으로 자리를 옮겼다.

엄마의 검열을 통과한 책들만 읽을 수 있었다. 정작 내가 읽고 싶은 책들은 엄마의 눈을 피해 몰래 읽어야만 했다. 그래서 나는 다락방에 나만의 아지트를 만들었다. 내가 읽고 싶은 책들을 몰래 숨겨 놓고 실컷 읽을 수 있는 나만의 아지트. 그곳은 시녀들도 잘 오지 않는 곳이었다. 그런데 누군가가 있었다.

그는 빛 속에 있었고, 오직 태양은 그를 비추기 위해 있는 것 같았다. 내가 그때 느낀 황홀함은 이루 말로 다 할 수 없었다. 태양을 향해 질주하는 이카로스의 마음을 그 순간에 이해할 것 같았다. 그 녀석에게 달려들고 싶었으니까.

내 몸은 그 자리에서 멈춰 버렸고 말문이 막힌 입은 벌어졌다. 나는 첫눈에 반해 버렸다. 내가 그리고 싶던 인물이 현실에서 한 발짝, 한 발짝 다가오는 것을.

그는 내 손목을 잡았다 금세 놓았다.

"금방이라도 쓰러질 것 같아서 잡았어. 미안. 남의 손목을 동의 없이 잡는 건 실례지."

정중하고 우아한 태도에 나는 다시 가슴이 두근거렸다. 정신을 차렸다. 그 녀석의 손에는 내 습작 노트가 있었다.

"이리 줘!"

나는 부끄러움에 그의 손에서 종이를 낚아챘다. 설마 조잡한 내 소설을 읽은 건 아니겠지?

"네가 쓴 거니?"

"어, 어."

"재미있어서 나도 모르게 읽어 버렸어."

"재미있었어?"

난 어느새 그 녀석 옆에 앉아 있었다. 자석에 이끌리듯, 이카로스가 해를 향해 날아가듯 어쩔 수가 없었다.

"응. 중간에 범인이 누구인지 금방 알 것 같았지만, 재미있었어. 가정부가 범인이었지?"

"으응."

"재미있더라. 추리 소설이야?"

"으응."

나는 바보같이 대꾸만 하고 있었다.

"집이 워낙 넓어서 길을 잃었어."

"여긴 내 아지트인데."

"방해했다면 미안해."

나는 그와 이렇게 이야기하면서 얼굴이 점점 붉어졌다. 목소리는 떨려 왔고, 그 녀석의 눈을 똑바로 볼 수 없었다.

"아니, 그런 건 아니고…."

"여기 있는 책들 다 네가 읽은 거니?"

"응. 여기 벽 쪽의 책들은 대부분 읽은 책들이야."

"흐음."

그는 흥미롭게 책장을 보더니 내 손에 들려 있는 책에 흥미를 가졌다.

"그 책도 네가 읽은 거야?"

내 손에는 카뮈의 〈이방인〉이 들려 있었다.

"나도 그 책 읽었는데."

"진짜? 내 주위에는 이 책을 읽은 친구가 아무도 없었어."

나는 그만 그의 목을 끌어안고 싶어졌다. 내 주위에 이 책을 읽은 인간은 아무도 없었다. 멍청한 인간들밖에 없으니 당연했다. 말이 통하는 친구를 만나는 건 얼마나 즐거운 일인가.

그 녀석과 내가 같은 책을 읽었다는 것만으로도 가슴이 두근거렸다. 나는 용기 내서 말을 걸었다.

"이 책 마음에 들어?"

"어, 재미있었어. 근데 약간 마음에 안 드는 부분도 있어."

나는 눈을 반짝였다.

"어떤 부분이?"

"글쎄, 내가 뫼르소였다면… 길 가다가 아무 상관도 없는 자를 죽였을 것 같아. 그래야 공평하지 않아?"

나의 가슴이 곤두박질쳤다. 나도 그 생각을 했었다. 악은 그대로 악이어야 한다. 소설을 읽는 데 불만이라고 한다면 살인에 이유가 있다는 점이었다. 절대적인 악이 있다면 그건 '순수'해야 한다. 순수한 악. 거기에는 너저분한 이유가 있으면 안 되었다. 그래야지 공평하다.

나와 똑같은 생각을 하는 사람이 있다니. 그때 사막에서 오아시스를 발견한 사람처럼 가슴이 어찌나 두근거리던지.

나는 들뜬 마음을 진정시키고 그 녀석과 이야기를 더 이어 나가기 위해 말을 이었다.

"하지만 네 말대로 하면 이야기가 진행이 안 될걸."

"하긴, 살인의 이유가 없으면 추리 소설이 아니라 그냥 살인 소설이 되는 거겠지."

"그렇지, 그게 나도 아쉬운 부분이야. 살인의 이유를 만들어

쥐야 한다는 게."

그 녀석이 나를 물끄러미 쳐다보았다. 그 녀석은 고개를 돌리지 않고 야생동물 같은 눈동자를 굴려 나를 쏘아보았다.

"왜? 무슨 할 말 있어?"

"아, 아니. 아무것도 아니야."

녀석에게 매료되어 넋 놓고 보고 있었다고 말할 수는 없었다.

"착한 사람이든, 남자든, 여자든, 어린아이든 상관없어. 첫 번째로 보이는 사람을 햇살이 눈 부셔서 죽였다고 말하는 거야. 복수도 없고 아랍인도 없는 거야. 아니야, 그것보다는 나라면⋯ 내가 가장 사랑하는 사람을 죽일 거야. 사랑하는 사람이 고통으로 일그러지는 모습을 보는 게 즐겁지 않니?"

그 녀석은 도자기 같은 미소를 지으며 말했다. 그 섬뜩함은, 목덜미를 으스스 떨게 만든 그 섬뜩함은 한마디로 정말 아름다웠다. 나는 그때 녀석의 별처럼 반짝이던 눈동자를 보았다. 그가 나와 동류라는 걸 단박에 느꼈다. 녀석의 입꼬리에 희미한 미소가 지어지는 걸 나는 느꼈다. 그러나 그는 이내 미소를 거두고 미간을 찌푸렸다. 처음 본 녀석에게 쓸데없는 말을 해버렸다는 얼굴이었다.

나는 너의 마음을 다 이해할 수 있다. 너의 모든 심정을 그대로 이해할 수 있다.

"이만 가야겠다."

얼마나 시간이 지났을까. 어느새 창밖으로 해가 뉘엿뉘엿 저물고 있었다.

지금도 기억한다. 네가 햇빛 속에서 그림자를 길게 늘어뜨리고 서 있던 모습을. 그때나 지금이나 내가 사랑하는 사람은 바로 너다. 내 소설 속의 인물은 영원히 너여야만 한다.

26장

H에 관하여 2

어머니는 유럽식 결혼을 흉내 낸다고 결혼식을 일주일이나 열었다. 이미 집안에는 친척들과 중요한 인사들이 들어와 있었다. 아마 그 녀석도 어머니의 손님 중 한 명일지 모른다.

잘난 척은 그만하겠다. 나는 한순간에 매료되었다. 타고난 카리스마란 무엇일까. 기품 있는 동작과 목소리, 눈빛. 이상한 말이지만 그 녀석을 본 순간, 내 삶은 이 아이에게 바쳐질 거라는 예감이 들었다. 태어날 때부터 남을 지배하도록 운명 지어진 사람. 순수하고 고귀한 모습이 아직도 눈에 어른거린다.

나는 〈금각사〉의 주인공처럼 아름다워서 건물에 불을 지르는 심정을 백번 이해했다. 내 경우에는 더 특별했으니 건물 따위가 아니라 아름다운 피조물인 그를 불로 태워 버리고 싶었

287

다. 그러나 내가 불로 태워 버리기 전에 그 녀석이 먼저 그 태양 같은 눈으로 나를 불태워 버릴 것이다. 최초로 횃불을 든 프로메테우스처럼 내가 한 손에 불을 들고 다가가기도 전에, 그는 황갈색 눈으로 나를 불태워 버릴 것이다.

그날 밤 H를 만나고 나서 흥분으로 몸이 떨려 쉽게 잠이 오지 않았다. 나는 잠이 안 올 때면 양을 세는 대신 시체를 세었다. 불붙은 시체, 둔부가 으스러진 시체, 팔이 뒤로 꺾인 시체, H의 시체…. 그렇게 시체를 28까지 세다가 잠이 들었다.

그리고 그날 밤 처음으로 몽정을 했다. 일어나니 아랫도리가 축축했다. 팬티를 벗어서 베개 밑에 숨겨 놨다. 화장실을 갔다 온 사이 가정부가 내 젖은 팬티를 들고 있었다. 세실리아였다.

새로 온 첫날부터 엄마가 아끼던 꽃병을 깨뜨리거나 매일 물건을 빠뜨리고 덜렁거리기 일쑤였으나, 쿠키 만드는 솜씨 하나만은 최고였다.

그녀는 아무 말 없이 내 젖은 팬티를 들고 온 바구니에 넣었다. 돌아서는 세실리아를 불렀다.

"저기. 엄마한테는 말하지 마."

세실리아가 알아들었다는 표정으로 고개를 숙였다. 그 모습에 얼굴이 더 붉어졌다.

"가정부가…"

어머니가 나를 보며 인상을 쓰셨다.

"가정부라고 하면 안 되지. 그건 차별하는 말이야. 우리 집에서는 세례명으로 불러라."

가정부나 세례명으로 부르나 별 차이는 없어 보였다. 나는 이것도 우리 집의 위선이고 허세로 보였다.

"가정부가 제 방에 못 들어오게 해 주세요. 누가 불쑥불쑥 제 방에 들어오는 게 싫어요."

"왜? 방에 누가 보면 안 될 거라도 있니?"

"그런 게 아니라…"

"그럼 네가 이 넓은 집을 청소하고 네 옷은 네가 빨래하고 할 거니? 그게 아니라면 불평불만 하지 말거라."

"네에…"

나는 엄마 말을 고분고분 들었다. 이 집에서 절대적인 권력을 지닌 어머니의 말을 들을 수밖에 없었다. 나는 신경질적으로 내 앞에 놓인 송아지 고기를 잘게 썰었다.

방문을 쾅 닫았다. 침대에 몸을 던져 베개에 코를 박았다. 똑똑. 문을 두드리는 소리가 들렸다. 세실리아가 방에 들어왔다.

"성당에 가실 시간입니다. 주인어른께서 빨리 준비하고 내려오라 하십니다."

"엄마한테 아파서 못 간다고 전해."

"옷 입는 건 제가 도와드리겠습니다."

"필요 없어."

얼마의 시간이 흘렀을까. 세실리아는 내가 일어날 때까지 기다리고 있었다.

"있지도 않은 신에게 기도드리고 싶지 않아."

"그런 말씀을 하시면 안 됩니다."

"왜 안 되지?"

"하느님을 부정하는 말씀을 하시면 안 돼요."

나는 침대에서 일어나 앉았다.

"세실리아는 신이 있다고 생각해?"

"당연히 계시지요."

"세실리아, 개발도상국 아이들이 1달러만 달라고 구걸을 해. 자꾸만 시혜를 베풀면 그 친구들의 자생력을 잃게 만든다는 시각과 1달러 한 장이면 당장 굶어 죽을 위기에서 벗어나게 만들어 준다는 시각이 있어. 세실리아라면 어떻게 하겠어?"

"저야, 그 상황에서는 일단 1달러를 주겠어요. 그 1달러 한 장으로 당장 굶어 죽을 수 있는 생명을 살릴 수 있잖아요."

"그런데 결과는 어떻게 됐는지 알아? 1달러를 받은 아이는 돈을 빼앗으려는 또래 친구들한테 맞아 죽었어. 선의를 베풀었는데 불행으로 끝나는 이야기는 아주 많아. 뒤집혀서 발버둥 치는 무당벌레를 보았어. 발버둥 치는 게 불쌍해서 나는 나무 위에 올려 주었어. 그런데 내가 구해 준 무당벌레는 1초 뒤에 거미에게 잡아먹혔어. 내가 도와주지 않았다면 살았을걸. 내가 구해 주지 않았다면, 그냥 발버둥 치게 놔뒀더라면, 선행을 베풀지 않았다면 무당벌레는 죽지 않았을 거야. 또 다른 이야기가 있어. 오토바이를 타고 가던 사람이 폐지 줍는 노인을 도와주고 돌아오는 길에 자동차 사고를 당해서 죽었어. 그냥 불쌍한 노인을 도와주지 않고 가던 길을 계속 갔다면, 선행하지 않았다면 그는 아직도 살아 있을 거야. 이런 이야기에 대해 어떻게 생각해?"

"도련님은 아직 어린애라서 순진해서 그래요. 맞아요. 세상이 공평하면 좋겠지만, 불공평해요. 하지만 그게 악행을 저지를 이유가 되지는 않아요."

"이 밖에도 착한 일을 하다가 죽는 사람들은 많아. 죽음은 선한 사람, 악한 사람 가리지 않고 오니까. 그럼 신은 정말 있을까? 왜 선한 사람을 도와주지 않지? 신은 그럼 악하다는 건가?"

"도련님은 도련님이 감당하지 못할 말씀을 하시면 안 돼요. 도련님이 하시는 고민은 어린애의 고민이에요. 아직 도련님이 세상을 몰라서 하시는 소리예요."

세실리아는 가슴에 성호를 그었다.

"도련님이 하시는 말은 다 궤변이에요. 저는… 어려운 말은 잘 모르지만… 하느님이 하시는 일에는 다 이유가 있다고 생각해요. 우리는 그분을 다 이해할 수 없어요."

세실리아, 유일하게 이 집안에서 마음에 드는 인간이었다. 우리 집에서 누구보다 신앙심이 깊은 여성. 그 깊은 신앙심과 쿠키를 잘 만드는 솜씨가 맘에 들었다.

몇 분이 지났을까. 세실리아는 아직 꼼짝도 하지 않고 내가 일어나서 성당에 가기를 기다리고 있었다.

"알았어. 성당에 가면 되잖아. 어머니한테 10분 내로 내려간다고 전해 줘."

"네. 도련님."

오늘은 아침부터 기분이 좋았다. H와 친하게 지내라는 어머니의 명령에 그와 함께 승마를 배우는 날이었으니까. H를 다시 만날 수 있다니. 얼마나 행복한지 몰랐다. 동생이 나타나기 전까지 말이다.

"형! 나도 승마장에 데려가 줘."

"싫어."

"왜? 나도 형 친구들이랑 놀고 싶어."

"저리 꺼져!"

남동생은 내가 상대도 안 해 주니 씩씩거리면서 등 뒤에서 소리를 질러댔다.

"마마보이!"

"너 지금 뭐라고 그랬어?"

"형 친구들이 형 없을 때 하는 얘기 들었어. 형 보고 마마보이래! 형은 엄마 말이면 다 듣잖아. 엄마가 나랑 놀아 달라고 했으니까 엄마 말 들어야 해."

나는 성큼성큼 동생에게 돌아가 동생의 이마를 쥐어박았다.

"아얏!"

"한 번만 그딴 소리 하면 죽여 버릴 줄 알아."

"아얏! 형이 날 때렸어. 엄마한테 다 이를 거야!"

울음을 터트리는 동생을 두고 다시 성큼성큼 걸었다. 동생이 엄마를 데리고 왔다.

"엄마, 형이 승마 배우러 가는데 나는 안 데려간대. 나도 데려가라고 해요."

"동생도 데려가렴."

"귀찮단 말이에요."

무엇보다 H를 다시 만나는 자리에 남동생을 데려가고 싶지 않았다.

"남동생도 데려가. 너 요즘 성당도 잘 안 나가고 말도 잘 안 듣고 그러는구나."

"…."

"엄마, 나는 성당도 잘 가고 엄마 말도 잘 듣죠?"

이때다 싶어 남동생이 엄마에게 아양을 떨었다. 그 꼴이 너무 보기 싫어서 나는 휙 뒤돌아섰다.

"거기 서."

엄마가 나를 불렀다.

"명령이야."

나는 옮기던 발을 멈췄다. 동생이 엄마의 치맛자락을 꽉 붙들고 나를 보며 실실 웃고 있었다. 그러고는 내 쪽을 향해 입모양으로 '마마보이'라고 말했다. 당장 그 자식에게 달려들어 목을 조르고 싶은 걸 꾹 참았다. 머지않은 시간에 네 목을 도끼날로 내리쳐 주리라.

그 녀석과의 강렬한 만남 뒤에 나는 좀 실망을 했다. H는 아시아 최고 재벌 가문의 외동아들이라 사람들이 떠받드는 줄 알았는데 실상은 아니었다.

어른들의 이야기 속에서, 밖에서 난 자식이라 출신도 불분명하다는 이야기를 전해 들었다. 그 녀석이 후계자가 된 건 얼마 전의 일이었고, 그 녀석을 보는 어른들의 눈빛에서 경멸과 무시를 읽을 수 있었다.

아이들 또한 그를 교묘히, 때로는 대놓고 괴롭혔다. 그 뒤에 어른들의 방조가 깔려 있음은 물론이었다.

세계 최고 재벌 가문의 외동아들이 왕따를 당한다니. 나로서는 이해하기 힘든 일이었다. 왜냐면 그는 얼마든지 자신의 위치를 이용할 수 있는데 그러지 않았다.

그 애는 그저 친어머니에게 받았다는, 계집애들이나 들고 다닐 인형을 꼭 붙들고 다녔다. 맘에 들지 않았다.

H는 승마를 한 번도 해 본 적이 없는 것 같았다. 안장에 올라가지도 못했다. 자꾸 헛발질을 했다. 안장에 올라가려고 아등바등하는 모습에 내 옆에 있던 녀석은 풋 하고 웃어 버렸다. 나는 좀 신경질이 났다.

H는 승마에는 흥미가 없는지 대신에 바닥에 엎드려 민들레 홀씨를 입으로 불었다. 그 눈에는 내가 본 총명함이 사라지고 없었다. 내게 보여 준 영민한 모습을 보이지 않고 혼자만의 공간으로 자신을 가뒀다. 나는 그 모습에 실망했다. 이런 감정은 꼭 흠모하던 연예인을 실제로 만났을 때 왜소하고 볼품없는 모습에 실망한 팬의 마음과도 같다고 할까.

이래서는 안 됐다. 나의 태양이, 나의 우상이 자기 혼자만의 세계에 갇힌 저능아라니. 왜 타고난 카리스마를 활용하지 않는지 나는 불만이었다. 너는 그 사람의 아들인데 왜 권력을 쥐고도 쓰지 않는 거야. 저 머저리 같은 인간들 모두 네 발밑에 조아리게 할 수 있는데 왜, 도대체 왜.

비밀에 싸여 있던 대부호의 유일한 아들이라는 신비로움이 벗겨지면서 아이들의 여론도 달라졌다.

"장손도 아니고 첩의 자식이래. 회장이 아이가 없어서 거둬 주고 있지만, 그것도 잠시래."

"우리 엄마가 그랬어. 근본도 없는 첩의 자식이라고. 더러운 첩의 자식. 네가 총수가 되는 일은 하늘이 두 쪽 나도 없을 거라고. 우리랑 똑같은 대우 받으려고 하지 마."

아무런 힘도 없는, 어디서 낳았는지도 모르는 첩의 자식.

한 아이가 H에게 주스 팩을 던졌다. 주스 팩이 팔에 맞고 바닥에 떨어졌다. 바닥에 오렌지색 물이 흘러 스며들었다. 그런데도 녀석은 반응이 없었다. 정말 쪼다같이 더러운 인형이나 품에 꼭 껴안고는 못 들은 척 어깨를 잔뜩 움츠리고 걸어갔다. 그 반응이 아이들을 더 자극했다. 나는 상황을 계속 지켜보기로 했다.

이번에는 또 다른 아이가, 녀석이 품에 꼭 껴안고 있는 인형의 팔을 잡았다.

"계집애처럼 이따위 더러운 인형이나 꼭 껴안고 사람 말을 무시해!"

아이가 인형을 뺏으려고 하자 H는 소리를 질러댔다. 인형을 뺏으려고 한 아이의 목을 조르는 걸 승마 선생님이 뜯어말렸다. 주스 팩을 던지고 모욕적인 말을 들어도 무반응이던 H가 처음으로 격한 감정을 드러냈다.

나는 보았다. 인형을 빼앗기자 생기 없던 두 눈에서 살기가 도는 걸.

그렇다면 아직 희망은 있었다.

27장
H에 관하여 3

나는 〈H에 관하여〉라는 노트의 첫 페이지에 이렇게 적었다.

'악은 탄생하는 게 아니라 발견하는 것이다.'라고. 그리고 그 최초의 발견자는 바로 나다. 나는 최초로 그 녀석을 발견한 것이다. 그러니 그의 안에 악을 일깨워 줄 의무가 있다.

바보 같은 내 친구들과 이름도 알 수 없는 먼 친척이라는 아이들을 불러 모았다. 친구를 괴롭힐 방법을 모색하자는 말에 버선발로 뛰어온 녀석들이다. 누구 하나 내 제안에 반기를 들지 않았다.

거창한 일을 한 건 아니었다. 내가 한 건 오직 H를 괴롭히던 아이들의 행동에 작은 불씨 하나만 던져 놓았을 뿐이다.

여기에 바보 중의 바보 우리 남동생이 제일 기뻐하며 동참

했다. 그놈은 형들의 모임에 자기를 끼워 줬다는 생각에 단순히 좋아한 것이겠지만, 남을 괴롭히면 희열을 느끼게 된다는 진리를 저 바보 같은 놈도 알 수 있었겠지. 머저리 같은 자식.

"형! 형! 그 계획 언제 실행할 거야?"

남동생이 나를 졸졸 따라다니며 물었다.

계획은 다름 아닌 H에 관한 것이었다. 우리는 그를 우물에 가둬 버리기로 작정했다. 우리 집에는 옛날 우물이 있었다. 없애 버리려고 했지만, 그게 무슨 몇백 년 된 문화유산이라고 해서 없애기에는 아까운 우물이었다.

우리는 몰래 H가 애지중지 들고 다니는 인형을 훔쳐 와 우물에 던져 버렸다. 그러고는 남동생을 시켜 H를 우물로 유인했다. H가 인형을 찾으러 우물에 들어가는 순간 아이들은 우물 입구를 막아 버리고 돌로 덮어 버렸다.

나는 몰래 뒤에서 아이들이 하는 일을 지켜보기만 했다. 우물 속에서 H의 비명이 들렸다. 아이들은 도망갔고 H는 3일 만에 우물에서 발견됐다.

H는 3일 만에 우물에서 구출됐다. 생각보다 일이 커져서 아이들의 부모까지 그 녀석 앞에 무릎 꿇고 빌었다는 이야기

를 들었다.

그리고 H는 여러 아이들이 보는 앞에서 남동생이 항상 품에 껴안고 있던 페럿을 제 손으로 돌로 쳐 죽이라고 명령했다. 남동생은 제 손으로 패럿을 돌로 쳐 죽였다. 그걸 보고 있던 아이들은 누구도 말리지 못했다.

아니, 아이들은 말리기는커녕 두려움에 떨었다고 한다. 남동생이 계집애처럼 울었다는 걸 들었다. 소설 속에 나오는 표현처럼 정말 닭똥 같은 눈물을 뚝뚝 흘렸다고 한다.

그 이야기를 들었을 때 온몸에 전율이 흘렀다. 내가 다시 깨운 것이다. 잠들어 있던 악인을. 내가 다시 발견한 것이다.

내가 네 가슴에 불씨를 심어 놓은 거겠지? 다음에 만났을 때 그 불씨가 어떻게 자랐을지 기대돼.

내가 아쉬운 건 그 장소에 없었다는 것이다. 모든 걸 친구들에게 전해 들었다. 나는 땅콩 알레르기로 병원에 일주일 동안 입원해 있었다. 원인은 세실리아가 모르고 만든 쿠키에 땅콩이 소량 들어가 있었는데 그걸 먹고 쇼크를 일으킨 것이다. 극소량의 땅콩을 먹고도 기절하다니, 정말 나약하기 짝이 없는 몸뚱이였다.

내가 집에 돌아왔을 때 팬트리에서 세실리아가 H의 비서와 키스를 나누는 걸 목격했다. 나는 몰래 숨어서 지켜보고 있다가 세실리아가 혼자가 되었을 때 그녀를 불러 세웠다.

"세실리아."

"앗! 도련님."

"나 다 봤어."

"무, 무엇을요?"

"손님하고 바람이 났다고 말하면 어떻게 될까?"

"도련님 제발 주인어른께는 말하지 말아 주세요. 저번에 땅콩 가루를 넣어서 혼난 것도 며칠 안 됐는데 이번에 또 문제를 일으키면 저 정말 나가야 해요. 여기서 나가면 전, 갈 곳이 없어요!"

"알았어. 엄마에게는 아무 말도 안 할게. 그 대신 내 부탁 하나 들어줘."

"뭔가요?"

"그냥 나 대신 택배 좀 받아 주면 돼."

"…."

"싫어? 그럼 지금 당장 엄마한테 말할게."

"아니에요. 그럴게요."

✿

나는 그 녀석과 처음 만났던 다락방으로 다시 가 봤다. 우리의 강렬했던 첫 만남을 어떻게 잊을 수가 있을까.

탁자 위에 쪽지 하나가 놓여 있었다. 나는 침을 꿀꺽 삼켰다. 주위를 둘러보았다. 아무도 없었다. 나는 떨리는 가슴으로 그 쪽지를 펼쳤다. 거기에는 이렇게 쓰여 있었다.

청년 뫼르소는 어느 날 양로원에 있던 어머니가 돌아가셨다는 전보를 받는다.

양로원에서 죽은 어머니의 장례식 날,
무감한 그를 보며 사람들이 놀라지만,
그는 아무렇지도 않아 보인다.

장례식 이튿날,
그는 해변에서 여자 친구 마리를 만나 노닥거리거나
코미디 영화를 보면서 크게 웃는가 하면,
영화를 본 후 집으로 와서 마리와 동침을 한다.
뫼르소에겐 평범하고 무료한 일상이 반복되었다.

며칠이 지나고.
동료인 레이몽과 함께 해변을 거닐다,
우연히 마주친 한 소녀를,
아무 이유도 없이,

그저 아무 이유도 없이,
권총으로 쏘아 살해한다.

재판에 회부된 그는
여름 태양이 너무 눈부셨기에,
너무 눈이 부셨기에,
소녀를 살해했다고 주장하고
신부님의 속죄 기도도 거부한다.

뫼르소는 자기는 과거에도, 현재에도, 행복하다고 소리친다.

뫼르소는 처형되는 날 "나에게 남은 소원은 다만, 내가 사형 집행을 받는 날 많은 구경꾼이 와서 증오의 함성으로 나를 맞아주었으면 하는 것뿐이다."라는 말을 남기고, 많은 군중이 밀려들 것을 기대하며 이야기는 마무리된다.

🌿

쪽지를 쥔 손이 덜덜 떨렸다. 이건 그 녀석이 보낸 메시지가 분명했다. 나에게 보낸 것이다!

나는 아랫배에서부터 온몸에 피가 도는 걸 느꼈다. 머리끝까지 피가 솟구치는 기분이었다. 잠깐 어지러워서 휘청거렸다. 나는 쓰러지지 않게 탁자 끝을 붙잡았다.

그 녀석도 나와의 만남을 잊지 않고 있었다. 나와의 대화를 잊지 않고 이렇게 편지까지 남긴 것이다. 나는 기뻐서 눈물이 핑 돌았다.

아, 너를 다시 볼 수 있다면. 널 내 것으로 만들 수만 있다면. 무슨 짓이라도 할 텐데.

나는 쪽지를 가슴팍에 꽉 품었다. 그 녀석이 보낸 쪽지는 나의 보물 1호가 되었다.

햇빛을 필사해 형체로 만들면 그대가 된다. 어떤 단어를 주워 모으면 너를 표현할 수 있을까.

너를 다시 만난다면 널 절대 놓치지 않으리라. 내게 영감을 주고 황홀케 하는 너.

한순간에 짧은 만남이었으나 평생 잊을 수 없는 사랑을 했노라고 말하리라.

너만을 열망하고 애원한다고 말하리라.

그리고 사랑하는 너의 표정이 고통으로 일그러지는 걸 보는 게 나의 숙원이었음을. 내 일생, 가장 사랑하는 너를 고통에 몸부림치게 만들리라.

내가 얼마나 그 녀석을 좋아했냐면, 그 녀석을 한 번 더 만나고 싶다는 생각에 우리 엄마가 한 번 더 결혼하기를 바랄 정도였다. 내가 그를 애원한 건 그 정도였다. 내 동생을 죽여 장례식을 연다면 그 녀석도 올까.

세실리아가 상자 하나를 들고 서 있었다.

"도련님 앞으로 택배가 왔어요."

"엄마 몰래 들고 온 거겠지?"

"네. 근데 도련님, 그건 뭔가요? 무거워 보이던데."

"실험을 하고 싶어….'

"네, 도련님?"

"아무것도 아니야. 이건 그냥 책이야. 가서 일 봐."

세실리아가 나가자 택배 상자를 뜯었다. 그곳에 들어 있는 도끼날을 꺼냈다. 손에 쥐고 허공을 향해 몇 번 도끼날을 휘둘렀다. 이 정도면 동생의 머리통을 작살낼 수 있을 것이다. 책에서의 묘사와 똑같을까. 동생의 머리가 쪼개지는 상상을 하니 즐거워졌다.

나는 깊은 밤이 오기를 기다렸다. 그리고 잠들어 있는 남동생의 방에 들어가….

유이는 거기까지 읽었다. 이때까지 읽었던 서준우 작가의 작품과는 상당히 거리가 멀었다. 습작 작품이라 그럴까. 조금 낯선 느낌이었다.

서준우 작가의 습작 노트는 그만 읽고 제과제빵 책을 꺼내 들었다. 오늘 도서관에 온 이유는 제과제빵에 관한 책을 찾아보기 위해서였다. 요리의 길은 배우면 배울수록 모르는 게 많아서 끝이 없었다.

적막한 도서관. 그런데 그 조용한 분위기에서 배에서 나는 꼬르륵 소리가 크게 울렸다.

생각해보니 어제저녁부터 아침까지 먹은 게 별로 없었다. 일어나자마자 먹은 커피 한 잔이 전부.

유이는 민망한 나머지 고개를 푹 숙이고 있었다. 제발 아무에게도 들리지 않았기를. 그런데 야속한 배는 계속해서 꼬르륵 소리를 냈다.

그러자 앞자리에 앉아 있던 외국인 남자가 유이 책상 앞에서 톡, 톡 손가락을 두드렸다.

유이는 속으로 '아, 드디어 시끄럽다고 나가라고 말하는가 보다.'라고 생각하며 겁을 냈다. 빨리 미안하다고 말하고 나가야지 했는데, 고개를 드니 외국인 남자애가 웃으며 포장에 싸인 샌드위치를 건넸다.

샌드위치를 건넨 외국인과 친해져 이런저런 이야기를 나누었다. 이름이 줄리안이라는 이 친구는 한 달 전에 생일이 지나이제 17살이 되었고, 내년에 산티아고 순례길을 가려고 준비중이라고 했다.

유이는 '산티아고 순례길'이라는 말을 듣자 가슴이 뛰었다. 왜 그런지 모르지만, 자신도 순례길을 가 보고 싶다고 막연히생각했다.

그날 밤 당장 산티아고 순례길에 필요한 것들을 검색하기시작했다. 그리고 언젠가 산티아고 순례길을 걸어가는 자신을상상했다.

유이는 새벽부터 만든 두부 한 모를 들고 봉안당을 찾았다. 유골함 옆에는 할아버지가 환하게 웃고 있는 사진이 있었다.

면포에 싼 두부를 펼쳤다.

"할아버지가 만든 두부에는 미치지 못할 테지만 제법 맛있어."

유이는 웃고 있는 할아버지 사진을 보았다.

"할아버지, 나 괜찮게 살고 있는 거겠지? 할아버지에게 부

307

끄럽지 않은 손녀딸인 거 맞겠지?"

유이는 고개를 푹 숙였다. 하얀 두부가 눈에 가득 들어왔다. 눈처럼 새하얀 두부가. 그러고는 울어 버렸다.

"할아버지, 보고 싶어. 나 좋아하는 사람이 생겼어. 휘라는 사람이야. 정말 나한테 잘해 주고 좋은 사람이야. 할아버지한테도 소개해 주고 싶은데…."

유이는 울어 버렸다. 하지만 오늘만 울겠다고. 내일부터는 힘차게 나아갈 거라고. 할아버지 앞에서 다짐했다.

왜냐면 휘가 그래도 된다고 했으니까. 내가 사랑하는 사람이 나답게 살라고 했으니까. 꺽다리 같은 큰 키도 꼬불꼬불한 머리카락도 그대로가 예쁘다고 했으니까.

이 세상에서 내가 가장 사랑하는 사람이 그런 나도 아름답다고 말해 줬으니까.

유이는 할아버지 앞에서 약속하고 소리 없이 울었다.

꧁

할아버지를 찾아뵙고 돌아오는 길에 체리 한 바구니를 샀다.

'오늘 저녁에는 체리 파이를 만들어야지.' 그런 생각을 하며 콧노래를 부르고 있었다.

초인종 소리가 났다. 휘가 생각보다 일찍 도착한 것 같았다.

그런데 문을 열자 서준우가 서 있었다. 반가움도 잠시. 의구심이 들었다. 서 작가님이 어떻게 내가 사는 곳을 알지?

서준우는 유이의 입에 손수건을 갖다 댔다. 유이는 희미해지는 의식 속에서 말소리를 들었다.

"황태자 휘님을 만나러 가야지, 안 그래? 기대해도 좋아. 내가 정말 서프라이즈한 걸 준비했으니까."

그 목소리를 마지막으로 유이는 정신을 잃었다.

28장

납치

유이는 아직 깨지 않았는지 의자에 포박당한 채 눈을 감고 있었다. 어쩌면 다행이라는 생각이 들었다. 이대로 상황이 마무리되고 유이는 아무것도 몰랐으면.

"앉아."

휘는 유이의 목에 나이프를 대고 있는 서준우의 명령에 따를 수밖에 없었다. 서준우는 휘의 두 손을 등 뒤로 오게 해 쇠고랑을 채웠다.

"혼자 온 건 확실한 것 같고. 휴대폰은 꺼 놨겠지?"

"네 말대로 혼자 왔고 휴대폰도 없어. 유이는 내보내지 그래?"

"수작 부리지 마. 아직 파티는 시작도 안 했어."

"지금이라도 유이를 내보내면 네가 하라는 대로 다 할게."

"그건 좀 끌리지만 안 될 소리야. 내가 이 순간을 얼마나 기다렸는데. 어때? 이쯤 되니까 내가 누군지 기억이 났어? 우리 어릴 때 만났잖아. 네가 내 소설책을 안 읽었다고 했을 때, 내가 얼마나 상처받은 줄 알아?"

서준우는 휘의 귀에 입을 바짝 갖다 댔다.

"잊었니? 우리의 추억."

"미쳤군."

"뭐, 부정은 안 하겠어."

"유이에게 접근한 것도 다 나 때문이었나?"

"하늘 같은 루오휘를 쉽게 만날 수 없었지. 옆에는 무서운 허 비서가 24시간 붙어 있지. 기회만 엿보고 있었는데 유이가 나타난 거야. 내가 얼마나 공을 들인 줄 알아? 내 팬인 줄 진작 알았다면 일이 쉽게 풀렸을 텐데 말이야. 그러면 괜히 소개팅 장소에 나타나고 접촉 사고를 일부러 내는 수고를 하지 않았을 텐데."

휘는 이제야 모든 게 선명해졌다. 서준우의 목표는 유이가 아니라 본인이었고, 나를 자극하기 위해 유이를 끊임없이 이용했다는 걸. 휘는 헛웃음이 나와 허허 웃어 버렸다.

"그래, 어쩐지 이상했어. 네가 유이를 바라보는 눈길은 호기심을 넘어 먹잇감을 바라보는 눈이었거든."

"그건 너도 마찬가지 아니야? 네가 유이를 바라보는 눈길도 나와 마찬가지였어. 휘, 내가 하나 가르쳐 줄까? 네가 왜 유이에게만 감정을 느끼는지 알아? 사랑? 아니야."

서준우는 칼끝을 휘의 눈동자 가까이 가져갔다.

"그건 처음 놓친 사냥감에 대한 아쉬움이야. 유이의 하얀 목 덜미를 보며 꺾어 버리고 싶다고 생각한 적이 단 한 번도 없어? 너만 보는 곳에 가둬 놓고 정신도 몸도 피폐해질 때까지 말라비틀어지게 하고 싶은 적이 없었어?"

서준우의 말에 휘의 입꼬리가 서서히 올라갔다. 그러다 퍼뜩 정신을 차렸다. 아니야, 넘어가면 안 돼. 이런 새끼 혓바닥에 놀아나면 안 돼.

"네가 어떤 놈인지 빨리 알았어야 했는데. 너무 늦게 알았어."

"박문철 경감을 만났으니 내 얘기는 들었겠지?"

"들었지. 네가 한 소녀를 얼마나 비참하게 짓밟았는지도."

"그래도 내가 옳았어. 법원도 내 편을 들어줬어. 그러니 순진한 그년이 잘못이야. 법원에서도 순진하게 쫄래쫄래 쫓아온 그년이 잘못이라고 판결로 말해 줬지. 그때 그 아이의 겁먹은 표정을 너도 봤어야 하는데. 킥킥."

서준우는 뭐가 좋은지 웃어댔다. 휘는 벽에 걸린 시계를 보았다.

312

유이가 깨어났을 때 흐릿한 시야 사이로 마주 앉은 휘가 보였다. 왜 휘가 여기 있는 거지? 몸을 움직이려고 하자 꼼짝도 할 수 없었다. 유이의 손은 의자 뒤로 묶여 있었고 몸은 포박당한 채였다.

"어? 깨어났어? 방금 내가 이 순간을 위해 얼마나 공을 들였는지 휘에게 설명하고 있었어. 개털!"

서준우는 유이의 머리털을 쥐어 잡았다. 평정심을 유지하던 휘도 그 모습에 얼굴이 일그러졌다.

"개털! 일어나 봐. 내가 얼마나 공을 들였는데. 생각해 봐. 그런 우연들이 계속되는 게 이상하지 않았어? 왜 한 번도 의심하지 않았어? 그러니까 이 꼴이지!"

서준우는 유이의 머리를 세게 밀쳤다.

"설마 내가 진짜 널 좋아하는지 알았니? 네 주제를 알아야지."

"서, 서 작가님 왜 이러세요?"

"그동안 이미지 메이킹한다고 힘들었어. 길고양이한테까지 상냥한 남자, 어때? 그런데 병신 같은 년이 그런 나보고 고양이한테도 다정하다고 꺅꺅거리는데 속으로 얼마나 웃기던지."

서준우는 갑자기 웃음을 터트렸다.

"아, 진짜 병신 같은 년이야."

유이는 고개를 푹 숙인 채 눈물을 흘리고 있었다.

조금씩, 이 상황이 이해되고 있었다. 그 모든 게 서준우의 연극이었다. 그 연극에 순진하게 놀아났다고 포박당한 몸이 말해 주고 있었다.

"치즈를 죽인 것도 서 작가, 당신인가요?"

"어. 내가 죽였어."

"정말… 당신…."

"그깟 고양이가 뭐라고 질질 짜고 그래? 지금 네 걱정이나 해야 할 텐데?"

유이의 눈물에 휘의 가슴이 천 갈래, 만 갈래 찢어지는 것 같았다. 자신은 어떻게 돼도 좋았다. 여기서 유이를 상처 하나 없이 내보내야 했다.

"정말 터무니없이 순진하다니까. 이렇게 멍청한 년을 휘는 왜 그렇게 좋아한 거야. 아아. 휘의 단점을 찾았어. 여자 보는 눈이 낮아."

"내가 표적이었으면 나만 유인해도 됐잖아."

휘는 아랫입술을 깨물었다.

"유이까지 납치한 거야?"

"왜냐면 네가 이런 표정을 지으니까. 안타깝게도 넌 유이라는 여자가 있어야 방금처럼 죽을 것 같은 표정을 보이거든. 나는, 사랑하는 사람의 표정이 고통으로 일그러지는 걸 보고 싶었어. 그래 그 표정. 좋아, 좋아. 휘!"

서준우는 아랫배에 피가 몰리는 기분이 들었다.

"인간은 말이야. 내가 실험해 보니까 불행이 눈앞에 닥쳐도 그걸 제대로 인지하지 못하더라고. 자신의 불행 앞에서 뜸을 들여. 본인이 아니라 제삼자가 당하는 것처럼 처음에는 얼떨떨해. 그러다가 비명을 지르지. 그 순진한 눈들이 서서히 절망으로 물들어 가는 걸 보면, 짜릿해 죽어. 그걸 한번 맛보면 말이지."

휘의 목에 나이프를 갖다 댔다. 차가운 칼날이 목에 전해졌다.

"어디서 그러는 거야. 루오수쉰의 아들은 착실하게 잘살고 있다고. 천재라는 소리까지 들어가며 루오 가문을 아주 잘 이끌고 있다고. 난 믿을 수가 없었지. 내가 깨운 괴물은 어떻게 되었지? 사라질 리가 없는데 말이야. 그런데 그 기사를 봤어. 완벽한 밀실 살인 사건에 루오 가문 총수가 용의자로 지목되었다는 기사를."

휘는 속으로 생각했다. 네가 실컷 떠들게 두겠다. 시간만 벌 수 있다면. 수십 장의 원고지가 넘어가도록 네 얘기를 들어 주겠다고. 어서, 어서 더. 네 안의 악마를 꺼내 놓으라고.

"내가 깨운 악마는 어디 있어? 어디로 간 거야?"

서준우가 휘의 가슴에 손을 대고 말했다.

"그런 거 없어. 있다면 네 망상 속에서였겠지. 그건 완벽한 밀실 따위가 아니야. 자살이라고 밝혀졌어. 나는 네가 원하는 그런 완벽한 인간이 아니야."

"아니야! 휘, 너는 완벽해. 너는 완벽한 나의 살아 있는 창조물이야! 내가 널 깨운 거라고. 내가 널 발견했어!"

가능한 한 시간을 끌어야 한다. 휘는 빨리 서준우를 붙잡을 생각을 했다.

"마마보이."

성과가 있었다. 서준우가 반응했다.

"뭐라고?"

휘는 미소 지었다.

"아, 생각났어. 넌 옛날에 이 말을 참 싫어했지. 마마보이라는 말,"

"조용히 해. 아직 상황이 이해가 안 되나 본데 칼자루를 쥐고 있는 건 나니깐. 아무리 내가 좋아하는 휘라도 못 참을 수 있어."

"아직도 엄마 치마폭에 휩싸여 있는 너지. 그러고 보니 너는 예전에 마마보이라는 소리에 화가 나 친구의 팔을 부러뜨린 적이 있지. 동생한테까지 엄마의 사랑을 질투하는 못난 놈. 널 버리고 다른 남자한테만 사랑을 갈구하는 엄마한테 복수하고 싶으면서도 엄마한테 인정받고 싶지."

"아악!"

준우가 휘의 얼굴을 주먹으로 때렸다. 준우가 휘의 얼굴을 가격해도 휘는 말을 멈추지 않았다.

"넌 자기 이외의 사람들은 모두 바보라고 생각하지? 하지만 그 바보 같은 사람들에게 끊임없이 사랑받으려고 하고 있어. 실험하고 싶었다고? 아니잖아. 솔직해져. 넌 그냥 받아줄 걸 당연히 알고 어리광 부리는 것뿐이잖아. 지금도 네 어머니가 다 해결해 줄 거라고 믿고 있지."

"입 다물어!"

서준우의 주먹질에 휘의 입술이 터져 피가 흘러내렸다. 유이는 울면서 "그만, 그만해!" 하고 외치다가 기절했다.

"엄마와 같은 여자들을 증오하지만, 결국에는 엄마 치마폭에서 못 벗어나지. 네 소설은 인정받을 일 없어. 이번에는 엄마 빽으로도 풀려나기 힘들 거야."

"괜찮아. 감방에서 몇 년 썩을 거는 이미 예상하고 계획한 거야."

휘는 한쪽 얼굴이 일그러졌다. 준우는 실실 웃으며 말을 이었다.

"모든 추리 소설의 범죄자들은 경찰에 잡히지 않기 위해 애를 쓰지만, 나는 잡힐 걸 예상하고 범행을 저지른 거야. 그리고 내가 교도소에서 쓴 자전적인 소설은 빅히트를 칠 거야! 나는 교도소에 가면 그만이지만, 너의 피앙세는 내 손에 너덜너

덜해지고 넌 관에 갇혀서 아무것도 못하는 거지. 자, 얼른 일어
서!"

서준우는 휘에게 일어나라고 명령했다. 여전히 칼끝은 유이
의 목덜미를 겨누고 있었다.

"뒤에 보이는 관이 하나 있지?"

뒤에 검은색 관이 하나 있었다.

"거기에 스스로 들어가. 그럼 이년을 곱게 보내줄지 생각해
볼게. 아니면 지금이라도 목을 그어 버리던가."

아직도 멀었나? 휘는 벽에 걸린 시계에 자꾸 눈길이 갔다.
20분. 시훈과 연락이 끊긴 지 20분 정도 되었을 것이다. 어떻
게든 시간을 벌어야 한다. 시간을….

휘는 서준우의 명령에 느릿느릿 관으로 들어갔다.

"너, 우물에 빠진 뒤로 폐소 공포증이 생겼다며? 내가 네게
남긴 영광의 상처지. 자, 다시 어두운 곳에 갇혀서 몸부림쳐
봐. 그러다 보면 나보고 꺼내 달라고 애원하게 될 거야."

서준우는 휘가 관에 눕자 관 뚜껑을 닫았다. 휘는 시야로 어
둠이 내려앉자 숨이 가빠졌다. 서준우는 기절한 유이를 끌고
밖으로 나갔다. 계단을 내려가려는데 뒤통수를 내리치는 고통
과 함께 정신을 잃었다.

얼마 후 서준우는 눈을 떴지만 시야가 어두웠다. 준우의 얼굴에 검은 봉투가 씌어 있었다. 뒤통수가 뜨거웠다. 손은 묶여 있어서 만질 수 없었지만, 등 뒤로 피가 흘러내린다는 걸 알았다.

중국말로 몇 명이 얘기하는 소리가 들렸다. 준우는 그 말을 알아들을 수 있었다. 이러려고 중국어를 배운 게 아닌데. 그 목소리가 너무나 섬뜩해서 준우의 관자놀이에 식은땀이 한줄기 흘러내렸다.

이윽고 검은 봉투가 벗겨지고 허시훈 비서가 서 있었다.

"깨어났어?"

"이게 뭐지?"

"별 시답지 않은 짓을 벌였더군. 감히 나의 휘에게 너 따위가 손을 대?"

허 비서의 얼굴이 무섭게 일그러졌다.

"우와, 정말 누와르 영화에서도 본 적 없는 악인의 얼굴이네."

"걱정하지 마. 아직 시작도 안 했어."

"아, 예전에 말한 적 있죠? 허 비서님도 정상이 아니라고요. 내 추리 소설의 주인공은 휘가 아니라 너였는데 말이야."

추리 소설에 나올 법한 미친 살인광의 캐릭터는 휘가 아니라 이 자식이 제격이었는데 말이다.

"내가 잘못 짚었어."

준우는 허탈하게 웃었다.

"한 번만 더 웃으면 죽여 버린다."

서준우를 쏘아보았다. 저건 위협조로 말하는 게 아니잖아. 진짜 죽여 버린다는 얼굴이잖아.

"휘는 말이지, 보기와는 다르게 무른 구석이 있거든. 난 그냥 안 넘어가."

허 비서는 준우의 오른손을 탁자 위에 올렸다. 시훈의 손에는 망치가 들려 있었다. 준우가 몸부림을 칠 시간도 없이 망치가 손등에 내리꽂혔다.

"아악!"

한 번 더 망치가 내리꽂혔다. 준우는 뼈가 으드득 부러지는 소리를 분명하게 들었다. 고통에 마구 소리를 질러댔다.

29장
새로운 시작

　사건이 있고 난 후 한 달이 지났다. 서준우는 잡혀갔고, 사건은 일단락되었다. 하지만 휘는 그 사건이 있고 난 뒤로 유이를 만날 수가 없었다.

　서준우의 표적은 자신이었고, 유이는 이용만 당한 것이다. 자신이 좀 더 일찍 알아차렸더라면. 그리고 유이를 바로 만날 수 없는 또 다른 이유가 있었다.

　"시훈… 나 왼쪽 눈이 안 보이게 됐어."

　휘의 한마디에 시훈은 얼어붙었다.

　"언제부터?"

　"며칠 됐어."

　한쪽 눈을 실명한 다음부터는 두통과 구토를 심하게 했다.

두통은 그전부터 있었지만, 이렇게 머리 한쪽을 떼어 내고 싶을 정도의 두통은 처음이었다.

시훈은 충격을 받은 듯했다. 시훈의 낯빛이 점점 푸르게 변했다.

"나 때문이야…"

"그게 왜 시훈 때문이야."

"내, 내가… 잘못했어. 서준우가 그런 놈인 걸 알면서도 일부러 휘에게는 말하지 않았어."

"알고 있었어. 그리고 그것도 다 날 위해서였다는 것도 알아."

"내 잘못이야. 나 때문에."

"그건 아니야. 죄를 지었다면 내가 더 많이 지었겠지. 부탁이 있어. 유이에게는 말하지 말아 줘. 부탁이야."

"휘…"

시훈은 버티고 있던 두 다리에 힘이 빠지는 걸 느꼈다. 휘 앞에 주저앉아 용서라도 빌고 싶었다.

서준우가 어떤 놈인지 알고 있었다. 그놈의 과거도, 왜 휘에게 접근했는지도 알고 있었지만 휘에게는 솔직하게 말하지 못했다. 휘를 위해서라고 했지만, 결국에는 자기 이기심 때문이라는 걸. 시훈은 암암리에 눈치채고 있었다. 안일한 나의 마음속에서 유이와 휘가 헤어지기를 바랐는지도 모른다는 것을.

하지만 휘는 오히려 괴로워하는 시훈을 위로해 준다. 자신은 아무렇지 않은 척하는 휘의 모습에 더 가슴이 아려온다. 나는 언제나 휘의 편이다. 시훈은 휘의 부탁에 눈물 젖은 턱으로 고개를 끄덕인다.

유이에게 우편물이 도착했다. 파리 요리학교에서 온 합격 통지서였다. 만일 프랑스로 가게 된다면 최소 2년은 한국으로 돌아올 수 없었다. 왜 하필 이 시기에 이 소식을 접한 건지. 유이의 마음은 복잡했다.

납치 사건 후로 휘를 만나지 못했다. 일이 잘 마무리됐다는 허 비서의 연락을 받았을 뿐이다. 휘로부터는 어떤 연락도 없었다.

합격 통지서를 받고 어떻게 해야 할지 고민하는 동안 휘가 아니라, 허시훈 비서를 만날 수 있었다. 휘가 남긴 편지와 함께.

허 비서는 사과부터 했다.

"미안해요. 나는 유이 씨가 휘에게 필요한 사람이라고 생각했어요. 내게는 휘가 우선이었고. 그래서 유이 씨에게는 말하지 못했어요. 서준우가 그런 위험한 인물이라는 걸 알면서도 침묵했어요. 지금도 나는 유이 씨에게 사과하면서 휘 생각밖에 없어요. 휘가 원하는 대로… 잠시만 모른 척하고 떠나 주면 안 되겠습니까?"

"아무것도 묻지 말라고요?"

시훈은 입을 꾹 다물고 고개를 끄덕였다. 그리고 편지 한 통을 내밀었다. 휘가 보낸 편지였다.

유이에게.

이렇게 편지로 인사를 전하게 돼서 미안해요. 내 마음을 전하기에는 말보다 글이 나을 것 같아 서툰 글씨지만 써 보려해요. 저의 서툰 한국어를 이해해 주세요.

먼저 순진해서 기분 나쁘다고 말한 걸 다시 한번 사과하고 싶어요. 내가 틀렸고, 당신이 옳았어요. 그때의 저를 용서해주세요.

그리고 지금이라면 다른 얘기를 덧붙이고 싶어요.

당신의 순수한 마음을 잃지 않고 살아가기를.

몇몇 나쁜 사람들 때문에 순수한 마음을 잃는 건 안타까워요. 지금처럼 밝고 씩씩하게 살아가세요.

당신에게 고백했듯이 나는 타인의 감정에 공감하지 못합니다.

이상한 사람들…. 다른 사람이 아파하면 자기도 아픔을 느끼는 이상한 사람들.

옆 사람이 눈물을 보이면 하품이 전염되듯 따라 눈물을 흘리고, TV 속 고통을 호소하는 사람들 얘기에 같이 고통을 느끼는 이상한 사람들.

내가 느끼는 타인의 고통이란, 그들의 사랑이란, 이상함으로밖에 표현되지 않았어요.

나만 돌연변이로 이 세상에 툭 던져진 것 같았죠.

내가 처음으로 느낀 사랑은 아련함도 애틋함도 아닌 이상함이었어요.

까끌까끌한 옷이 맨살을 스치는 것 같은 이상한 기분이, '기분 나쁘다.'고밖에 표현되지 않는 그 감정이, 사랑이었다는 걸 유이 씨가 내게 알려 주었어요.

유이와 만난 시간은 내 인생에서 절대 잊을 수 없는 시간이었어요. 유이를 만날 때마다 가슴 떨리지 않은 적이 없었고, 순간순간 축복이 아닌 시간이 없었어요.

제가 유이를 통해 얼마나 놀라운 경험을 했는지 아나요?

나는 당신을 만나고 숨 쉬는 순간마다 새로운 기분을 느꼈어요.

내가 온전히 한 인간을 이해한다는 신비로움을 유이를 통해 알게 되었어요.

당신이 눈물을 흘리면 가슴이 아렸고, 부당한 일을 당하면 내가 더 화가 났어요. 당신이 힘들고 슬퍼지면 내가 더 아팠어요. 어머니에게 버려진 이후로 줄곧 외면했던 감정을 유이를 통해 마주할 수 있었지요.

내게 사랑은 충격이었어요. 어떻게 우리가 두 사람일 수 있는지.
유이가 아픈 걸 내가 고스란히 느낄 수 있고, 내가 아프면 당신이 우는데.
어떻게 우리가 다른 사람일 수 있는 건지.
당신의 미소 하나에 웃고, 당신의 눈물 한 방울에 가슴 저리는데.
당신을 안으면 가슴에서 따뜻한 온기를 느끼는데.
그게 사랑이 아니면 무엇인가요.
내가 당신에게 느낀 감정은 한 사람의 인생을 송두리째 변하게 하는 충격이에요.
유이를 만나서 나는 여러 감정을 느낄 수 있었어요. 미안함, 고마움, 안타까움, 사랑. 다 느낄 수 있었죠.
당신이 아프면 심장이 뜯기는 것 같은 아픔을, 유이가 웃으면 세상이 변하는 것 같은 마법을 보았던 내가, 어떻게 사랑하지 않을 수 있겠어요.
내게 당신은 그런 사람입니다.

이런 기분은 처음이었어요. 다른 사람과 감정을 공유한다는 게 너무나 신기해서 나는 웃다가도 당신을 보았어요.

당신도 나와 함께 웃고 있기를. 당신도 나와 함께여서 행복하기를. 속으로 얼마나 기도했는지 몰라요.

하지만 당신을 사랑할수록 불안도 커졌어요. 사랑은 왜 기쁘기만 한 게 아니라 가슴 아프게도 하는 걸까요.

당신은 나의 제일 약한 부분이었습니다.

당신은 내게 가장 약하고 섬세한 부분이고 지키고 싶은 부분이에요.

그런 나의 약점을 알고 타인이 당신을 공격했을 때 아무것도 하지 못했던 내 무력함을 견디지 못했어요.

내게 오는 칼날은 무섭지 않아요. 하지만 그 칼날이 내 주위 사람에게도 향할 수 있다는 걸. 그건 내게 오는 칼날보다 더 아프다는 걸. 나는 깨달았어요.

지금도 나는 죄책감에 시달리고 있습니다.

이렇게 도망치는 나를 다시 한번 용서해 주길 바라요.

유이가 그토록 원하던 파리 요리학교에 합격했다는 소식을 미소 씨에게 들었어요. 축하드립니다.

이 통장이 당신이 프랑스에서 보내는 동안 보탬이 되었으면 좋겠어요. 안 받는다고 말하지 말아요. 더 나은 사람이 되기 위해 유이가 얼마나 열심히 노력하는지 압니다. 그 노력에 제가 보탬이라도 되게 해 주세요. 그럼 아주 많이 기쁠 겁니다. 정 못 받으시겠다면 성공해서 나중에 두 배로 갚아 주세요.

그럼 편지를 이만 줄입니다.

사랑하는 유이,
다시 만날 날을 기대하며.

유이가 처음으로 요리에 관심을 가진 건 다락방에서 우연히 찾은 엄마의 요리책 덕분이었다.

요리책 페이지를 넘길 때마다 보물을 발견하듯 엄마의 글씨를 볼 수 있었다. 거기에는 엄마의 레시피뿐만이 아니라 엄마의 일기도 적혀 있었다.

유이는 그 책들을 보면서 엄마의 삶을 알 수 있었다. 유이의 태명이 튼튼하게 자라라고 '튼튼이'였다는 것도, 엄마가 프랑스 요리학교에 합격한 것도. 딸을 임신하고 그 꿈을 포기한 것도.

크렘 브륄레를 만드는 레시피 옆에 이렇게 쓰여 있었다.

오늘은 유이가 입덧도 안 하고 얌전했다. 눈은 나를 닮았으

면 좋겠고 코는 아빠를 닮았기를. 제발 내 꼽슬꼽슬한 머리
카락만은 닮지 말기를!

유이는 눈물이 그렁그렁한 눈으로 웃어 버리고 말았다. 엄
마의 소원대로 눈은 엄마를, 코는 아빠를 닮았지만, 머리카락
도 엄마를 닮아 버렸다. 내가 엄마와 같은 고수머리라는 것을
알고 나니 처음으로 내 머리카락이 좋아졌다.

다음 페이지를 넘겼다. 파운드케이크 레시피 옆에 파란색
볼펜으로 다음과 같은 내용이 적혀 있었다.

엄마의 소원은 우리 튼튼이가 건강하게 태어나 잘 자라나
주는 것밖에 없어. 엄마는 우리 튼튼이를 낳으려고 이 세상
에 태어났나 봐. 내 목숨보다 사랑하는 튼튼이….

레시피 위로 눈물이 떨어졌다.

사진으로만 본 엄마는 유이를 진심으로 사랑하고 있었다.
얼마나 큰 애정으로 자신을 낳았는지 유이는 요리책을 보고
알 수 있었다.

오늘 다시 그 책을 펼쳐 보았다. 손가락 끝으로 엄마의 글씨
를 훑었다.

서준우는 어두운 병실에 누워 있었다. 사람 기척에 눈을 떴다. 휘가 있었다. 휘가 의자에 앉아 이쪽을 흥미롭게 지켜보고 있었다. 준우는 반쯤 허리를 세웠다.

"휘… 여긴 어떻게."

"병문안 왔어. 혼자 왔는데 괜찮지?"

"물론 괜찮고말고."

"이번에도 너희 어머니가 널 살려 줬지. 서진 그룹 장남이 아니었다면 지금쯤 깊은 바닷속에 잠들어 있을 텐데. 너도 참 끈질겨."

"나한테 허시훈 비서의 폭행을 합의하자고 온 거야?"

"아니. 그냥 네가 보고 싶어서."

휘의 말에 서준우의 가슴이 두근거렸다.

"그리고 네가 알고 싶어 하는 걸 가르쳐 줄까 하고. 너만 연극을 한 건 아니야. 난 네가 누군지 알았지. 날 우물에 빠뜨린 장본인이라는 걸."

"그건 남동생이…."

"아니야. 너였어. 네가 남동생을 부추긴 거고 진짜 범인은 너였어."

"어, 어떻게…."

330

휘는 가져온 종이봉투를 꺼내 그 안에 든 땅콩 껍질을 깠다. 그러고는 땅콩 하나를 서준우의 얼굴에 던졌다. 땅콩이 닿은 부분이 벌겋게 부풀어 올랐다.

"땅콩을 못 먹는 정도가 아니라 땅콩이 닿기만 해도 안 되는구나. 신기하네."

휘는 손에 든 땅콩을 공중에 던졌다. 휘는 괴로워하며 헛기침하는 준우를 호기심 어린 눈으로 뚫어져라 쳐다볼 뿐이었다.

"그렇게 괴로우면 간호사 호출해 줄게. 이거 누르면 되지?"

준우는 소매로 간지러운 코를 가리며 고개를 저었다.

휘가 제 발로 자기를 찾아온 건 처음이었다. 이런 기회를 알레르기 따위 때문에 놓치고 싶지 않았다.

"흐음, 그래?"

휘가 말했다.

"너 정말 날 좋아하는구나?"

"말했잖아. 콜록, 콜록! 난 평생 너만 생각했다고."

"이런 녀석에게 내가 참 무슨 착각을 했는지. 난 네가 유이에게 접근한다고 생각했는데 반대였어."

"나인 줄 알았다는 게 무슨 소리야?"

"내가 우물에 빠지고 난 뒤 넌 땅콩 알레르기로 병원에 입원했지. 그게 우연인 것 같니?"

"…"

"내 말이라면 다 들어주는 시훈에게 난 그날 저녁 땅콩 가루가 들어간 쿠키가 먹고 싶다고 그랬어. 그리고 며칠 뒤에 어느 바보 같은 녀석이 병원에 실려 갔다는 이야기를 들었지. 물론 내가 부탁했다는 걸 시훈이 말할 리가 없지. 시훈의 머릿속에는 못된 녀석들이 날 우물에 빠뜨렸다는 생각밖에 없었거든. 누가 죽든 말든 관심도 없었겠지. 시훈은 그런 사람이야. 너 따위와는 비교도 안 되게 내게 애정을 쏟는 사람이지."

"그게 너였다고?"

"넌 아직도 가정부의 실수로 네가 땅콩 쿠키를 먹고 혼수상태에 빠졌다고 생각하니? 불쌍하게도."

휘의 미소가 어두운 병실 안을 희미하게 비췄다.

"그럼 서수완 회장도, 네가 죽인 게 맞아?"

"그건 노코멘트. 기분이 바뀌면 말해 줄게."

휘는 호출기를 눌러 간호사를 불렀다. 서준우는 땅콩 알레르기로 목이 조여 오는 숨 막힘 속에서도 휘가 사라져 가는 모습을 눈으로 좇았다.

30장
산티아고 순례길

파리에 온 지 석 달이 지났을 무렵. 유이는 기사 한 편을 읽었다.

루오휘를 납치한 혐의로 집행유예를 선고받은 서준우 작가는 길에서 마주친 괴한의 칼에 찔려 오전 병원에서 사망했다. 피해자 A 씨의 말 "나에게 계시가 내려왔다. 속삭임을 들었다. 저 사람이 우리 아버지를 죽였다고. 나는 악마를 죽였을 뿐이다. 그런데 지금 생각해 보니 둘 중 누가 악마였는지 헷갈린다."

파리에서 지낸 지 2년이 지났다. 그동안 휘에게 연락을 해 보려고 했지만 잘되지 않았다. 한밤에 일어난 유이는 책상 앞에 앉았다. 창밖으로 보이는 파리에 어둠이 내려앉았다. 그렇게 멍하니 있기를 몇십 분이 흘렀을까. 유이는 책상 서랍에서 종이와 펜을 꺼내 편지를 썼다.

휘에게

잠이 오지 않는 이 밤. 당신에게 편지를 써요. 당신에게 쓰는 편지라지만, 결국에는 저의 주저리주저리 일기가 될 것 같군요. 그래도 이렇게 써 봅니다.

당신이 처음으로 내게 병을 고백했을 때가 떠오르는군요. 그때 당신은 나에게 감정을 못 느끼는 사람이라고 고백했지요.

감정을 흉내 낼 뿐. 동정심이나 사랑, 우정 따위는 못 느끼고 어렴풋이 느끼는 건 나약한 사람들을 보면 기분이 나빠진다는 감정밖에 없다고 말했지요.

나는 말했어요. 나는 TV에 불쌍한 사람들이 나오면 채널을 급히 돌리던 때가 있었다고. 당신도 그런 거냐고. 당신은 고개를 저었지요. 내가 느끼는 감정은 유이가 느끼는 그것과는 다를 거라고요.

하지만 나는, 당신이 피도 눈물도 없는 냉혈한이었다고 생각하지 않아요. 나는 휘가 유일하게 느끼는 '기분 나쁘다.' 하나로 표현되는 감정도, 동정심이나 사랑이라고 생각해요. 당신은 또 고개를 저을까요? 당신이 내게 보여 준 애정과 배려를 보았는데 내가 어찌 거짓말을 할 수 있을까요.

조금 옛날얘기를 하고 싶어요. 내가 왜 TV에 불쌍한 사람들이 나오면 채널을 급히 돌리던 때가 있었는지. 그 이야기를 하고 싶어요. 언젠가 말해 주겠다는 유경이 친구의 이야기이기도 해요.
고등학교 때였습니다. 친구 유경과 함께 걸어가고 있었어요. 길거리에 짚신 모형을 파는 할아버지가 있었어요. 짚신을 손바닥만 하게 만들어 놓은 걸 종이 위에 펴놓고 그 옆에 피죽도 못 얻어먹은 것 같은 몰골로 몸을 잔뜩 움츠리고 있었어요. 메마른 얼굴로 사람들을 올려다보고 있었죠. 지나가는 사람 중에 아무도 사는 사람이 없었어요.
유경이 말했어요. 나는 불쌍한 사람들을 보면 도망치고 싶은 기분에 사로잡힌다고.
그때 나는 그 말을 이해하지 못했어요. 그리고 유경 앞에서 잘난 척을 했어요.
나는 그때 그런 말을 한 친구를 나무랐어요.

"저 사람은 구걸하는 것도 아니고 정당하게 물건을 파는 사람인데 그런 생각을 하면 안 돼."

그때 유경의 눈이 슬퍼 보였다면 제가 잘못 본 걸까요.

유경은 "네 말이 맞아. 내가 이상한 말을 했네. 잊어버려."라고 말했어요.

유경의 얼굴이 얼마나 우울했는지. 아직도 생생히 기억나요. 그리고 이틀 뒤, 유경이 자살했다는 소식을 들었어요.

지금 생각해 보면, 나는 착한 말로 사람을 상처 주는 사람이라는 생각이 들어요.

당신은 내가 씩씩하게 산다고 말했지만 부끄럽네요. 저는 바보 같고 못된 것만 같거든요….

친구의 죽음 뒤에 아빠와 할아버지까지 연달아 돌아가시자, 저는 슬픔을 견딜 수가 없었어요.

그 뒤부터 불쌍한 사람들이 TV에 나오면 급하게 채널을 돌려 버렸고, 길에서 구걸이라도 하는 사람을 보면 도망치고 싶은 기분이 들었어요.

그 불쌍한 사람들이 나 때문에 불행해졌을까 봐 우울했어요. 사람들의 죽음이 꼭 나 때문인 것 같아서 괴로웠어요.

엄마, 친구, 아빠, 할아버지…. 내 곁을 떠난 사람들을 손가락으로 세어 보고 절망했었어요.

336

그리고 점점 저는 밤하늘의 별을 보지 못하게 됐어요.

별들이 떠난 사람들의 돌아간 자리라는 소리에 내가 보낸 사람들이 나 때문에 별이 됐을까 봐 밤에는 창문도 열지 못하던 때가 있었어요. 커튼을 쳐 놓고 깜깜하게 살았던 때가 있었어요.

나는 지금도 내가 사랑하면 그 사람이 불행해질까 봐 겁이 나요.

내 옆에 있어서, 당신이 내 옆에 있어서 아파졌을까 봐 너무 괴로워요.

그런데도 당신이 너무 보고 싶습니다.

어디에 있나요. 보고 싶어요.

————

휘에게

당신의 마음은 미로 같고, 너무 많은 면을 가진 큐브 같다고 생각한 적이 있어요.

하지만 그건 내 마음이 그랬을 뿐. 당신은 그저 최선을 다해 나를 사랑해 주었어요.

뒤돌아보면 언제나 나를 보고 있었고, 내가 편히 잠들 때까지 지켜봐 주는 당신이었어요.

비비 꼬인 건 내 마음이었지, 당신의 마음이 아니었어요.

당신은 언제나 최선을 다해 나를 사랑해 주고 있었어요.

그 깊은 사랑을 저는 이제야 깨닫나 봅니다.

당신은 내가 당신에게 심장이 있다는 걸 알게 해 준 사람이라고 했지요.

저는 곰곰이 생각해 봤어요. 그리고 〈오즈의 마법사〉에 나오는 양철 나무꾼이 떠올랐어요.

심장이 없는 양철 나무꾼은 마법사 오즈를 찾아가 마음을 만들어 달라고 하지요. 그러나 양철 나무꾼은 원래 따뜻한 마음씨를 가지고 있었고, 스스로 몰랐을 뿐이라는 걸 알게 됩니다….

저는 양철 나무꾼 이야기에 휘를 생각했어요.

양철 나무꾼처럼 당신에게는 이미 심장이 있었지만, 그걸 깨닫지 못하고 있었던 것뿐이라고 믿고 있어요.

당신이 내게 보여 준 배려와 애정을 보았는데 그 모든 게 다 연기였을까요?

저는 아니라고 생각해요.

또 너무 동화 같은 순진한 소리를 한다고 웃을까요?

그러나 이제 두렵지 않아요.

남들이 순진하다고 비웃어도 저는 당황하지 않을 거예요. 제

338

가 느끼는 감정과 휘를 생각하는 마음을 말해 주고 싶어요.

내가 사랑하는 당신은 타인에게 친절을 베풀고 내게 깊은 애정과 사랑을 보여 줬던 따뜻한 사람이라고.

나는 아직 당신을 사랑하고 있어요.

그런데 지금 이렇게 잠시 떨어져 있는 건 무슨 운명의 장난일까요?

정말 이게 옳은 선택이었는지 계속 밤마다 생각해요. 그냥 휘 옆에서 잠들기를 매일 밤 기도드립니다.

보고 싶은 나의 사랑.

'산티아고 가는 길'은 프랑스의 국경도시인 생 장 피에드 포르에서 출발하여 스페인의 서쪽 끝에 있는 산티아고 데 콤포스텔라까지 가는 순례길을 말한다. 유이는 넉넉잡아 45일을 완주할 목표로 산티아고 순례길에 올랐다.

첫 코스는 피레네산맥을 넘는 것이었다. 피레네산맥은 프랑스와 스페인 국경을 가르는 약 430킬로미터의 대산맥이다. 만년설로 뒤덮인 피레네산맥을 보는 것만으로도 유이는 넋이 나갔다.

유이는 피레네산맥을 오르는 순간, 자신이 어리석었다는 것을 깨달았다. 어깨에 멘 10킬로그램짜리 배낭이 갑자기 더 무겁게 느껴졌다. 그러나 시작부터 겁먹으면 안 된다. 아직 갈 길이 멀었다.

15킬로미터를 넘었을 때 유이는 주저앉아 울어 버렸다. 도저히 사람이 걸어서 30일 만에 도착할 수 있는 길이 아니었다. 중간에 택시를 타고 집으로 돌아가고 싶은 생각이 저절로 들었다.

하지만 유이는 마음을 다잡았다. 여기까지 왔는데 포기할 수는 없었다.

800킬로미터를 생각하지 말고 그냥 오늘 하루 걷자. 그저 하루만 생각하고 걷자. 자신을 타이르며 일어섰다.

바다를 끼고 있는 갈라시아 마을에는 안개가 짙게 껴 있었다. 뒤돌아본 하늘에 이미 해가 떠 있었지만, 깊은 숲에 갇힌 안개는 공기마저 차갑게 만들었다. 이제 얼마 남지 않았다. 아마 모레면 산티아고 대성당을 볼 수 있을 것이다.

하지만 유이는 그대로 길바닥에 쓰러질 것만 같았다. 여기서 포기하면 안 되는데 유이의 몸은 말을 듣지 않았다. 이미 엄지발가락에서 피가 나고 물집이 잡혀 걸을 때마다 아팠다. 한 걸음 한 걸음 내딛는 게 너무 힘들었다.

그렇게 힘든 와중에도 걸으면서 머릿속에는 온통 휘 생각뿐이었다. 휘가 너무나 보고 싶었다.

휘는 내가 미덥지 못했던 걸까. 휘는 내가 걱정돼서 나를 떠난다고 했다. 나를 걱정해서라는 것도 알지만 그래도 섭섭하다. 내가 진짜로 원한 건 휘가 내 옆에 있어 주는 거였는데. 그때 그냥 휘에게 매달렸으면 어떻게 됐을까 생각한 적도 있었다.

휘… 보고 싶어.

저 멀리 안개 속을 혼자 걸어가는 사람의 뒷모습이 휘와 닮아 보였다.

너무 힘들어서 미쳤나 보다. 휘를 보고 싶은 마음에 신기루까지 보다니. 이제는 환영까지 보는구나.

앞서가던 남자가 걸음을 멈추고 고개를 돌렸다. 금방이라도 쓰러질 것 같은 나를 몇 초간 지그시 바라보았다. 나는 왠지 저 사람이 괜찮다고, 내가 앞에 있으니 안심하라고 격려해 주는 것 같았다. 한순간 저 사람이 내 수호천사처럼 느껴졌다.

앞서가던 사람은 안개에 가려 보이지 않았다. 다시 무거운 배낭을 메고 발걸음을 옮겼다.

19,308킬로미터라는 숫자가 적힌 표지석이 보였다. 드디어 산티아고 데 콤포스텔라까지 가는 마지막 마을이었다.

마지막 호스텔에서 방문자 도장을 찍고 방명록을 펼쳤다. 거기에는 익숙한 한글이 파란색 볼펜으로 쓰여 있었다.

사랑이란 나를 승인하고, 상대를 승인하며, 상대방의 눈동자 속에 있는 나를 승인하는 것.

–헤겔

익숙한 글씨체. 그 글씨들을 손으로 훑었다.

유이는 그 글씨 바로 밑에 '순례길 마지막까지 무사히 마치길'이라고 썼다.

짐을 풀자마자 말 그대로 침대에 쓰러졌다. 피로 물든 양말을 벗어야 하는데 몸이 움직이지 않았다. 깜빡 잠이 들었다. 포근하고 따뜻한 느낌에 눈을 떴다.

유이의 발은 깨끗이 씻겨 있었고 반창고까지 꼼꼼하게 감겨 있었다. 그리고 옆에는 휘가 있었다.

"휘!"

"응."

왜 그런지 휘가 옆에 있을 거라고 당연히 생각했다. 휘가 이 방에 있는 게 이질적으로 느껴지지 않았다. 유이는 그대로 일어나 휘의 목을 감싸 안았다.

휘를 껴안고 느꼈다. 다른 건 필요 없다. 휘만 내 옆에 있어주면 된다. 섭섭함도 괴로움도 휘를 품에 안기니 사르르 사라졌다. 바라는 건 하나였다.

휘와 함께 있는 것. 그것뿐이었다.

"유이를 만나려고 갔더니 이미 산티아고로 출발한 뒤였어. 너무 보고 싶어서 다음 날 나도 유이를 따라 산티아고 순례길을 걸었어."

"아프다고 들었어요. 어디가 어떻게 아픈 거예요?"

"왼쪽 눈이 잘 안 보이게 됐어."

유이는 휘의 양 볼을 손으로 감쌌다. 유이의 눈에 눈물이 그렁그렁 맺혔다.

"이렇게 오른쪽 눈을 가리면 앞이 잘 보이지 않아. 완전히 암전된 것처럼 보이는 건 아니고 뿌옇게 보이지만 사물을 알아볼 수는 없어."

"어떻게… 그렇게 아팠으면서 나한테 말도 안 하고 떠날 수가 있어요. 내가 걱정할까 봐 말 안 했다고 하면 때릴 거예요. 어떻게 혼자 그렇게 다 껴안고…."

"미안해. 잘못했어."

"바보."

"미안해."

휘는 울고 있는 유이를 품에 꽉 껴안았다. 그러고는 그녀의 등을 토닥토닥 쓸어내렸다.

휘는 자신이 아픈 것보다 유이의 울음에 더 가슴이 찢어졌다. 다시는 이 사람이 나 때문에 울지 않기를 바랐는데 만나자마자 이렇게 울려 버렸다. 휘는 다시는 울리지 않겠다고 다짐했다.

마지막 여정은 휘와 둘이서 걸었다. 드디어 저 멀리 산티아고가 보였다.

복잡한 오르막 골목들을 몇 차례 통과하자 대성당에 도착할 수 있었다. 많은 이들이 대성당을 바라보며 서 있었다. 유이도 그들처럼 산티아고 대성당을 바라보았다.

휘가 유이의 지친 어깨를 감싸 안았다.

"유이와 함께 이곳에 올 수 있어서 다행이야."

유이는 그대로 휘의 가슴팍을 안았다.

"나도 휘가 옆에 있어서 좋아요. 다시는 내 옆을 떠나지 말아요."

"맹세할게."

휘는 산티아고 대성당을 바라보며 말했다.

31장

에필로그

휘는 결혼기념일을 위해 부탁한 케이크 시안을 보고 있었
다. 아내가 좋아하는 프리지아꽃 모양의 케이크가 가장 마음
에 들었다.

"내가 보기에도 이게 제일 나아 보이네."

"깜짝이야."

뒤를 돌아보니 시훈이 서 있었다.

"신혼인 사람을 이렇게 부려 먹어도 되는 거야?"

"그동안 밀렸던 일을 하려면 아직도 모자라."

시훈은 냉정하게 딱 잘라 말하며 두툼한 결재 서류들을 들
이댔다.

"혹시 머리가 다시 아픈 건 아니지?"

"아니야. 걱정하지 마."

"그래."

말끝을 흐리는 시훈의 표정이 어두웠다. 시훈은 아직도 휘의 눈을 걱정했다. 확실히 30여 년 동안 보이던 눈이 한순간에 안 보이는 건 괴로웠다. 그러나 지금은 아주 익숙해졌고 가끔 찌르는 두통도 많이 사라졌다.

"결혼하고 나니까 두통도 거짓말처럼 없어졌다니깐. 진짜야. 이렇게 좋은 결혼인데 시훈은 생각 없어?"

"없어."

"저번에 만난 여자는 어때?"

"이미 헤어졌어."

"아, 어쩔 수 없는 바람둥이라니깐."

그제야 시훈은 웃었다. 시훈은 3개월에 한 번꼴로 바꾸던 여자를 이제는 기간이 늘어나 6개월에 한 번꼴로 바꿨다. 진전이라고 할 수 있는 변화다. 시훈에게 결혼할 일은 없냐고 물었더니 그는 손을 절레절레 저었다.

"이 세상에 내 유전자를 안 남길 거야. 위의 두 형이 이미 순풍순풍 아이들을 낳았으니 나까지 유전자를 남길 필요는 없어."

그렇게 말하는 시훈은 속으로 생각했다. 내게는 휘, 너만 있으면 된다고.

케이크를 들고 집으로 갔다. 오늘은 오붓이 둘이서 저녁을 먹고 함께 보내야지. 영화도 한 편 보고. 좋은 와인도 한 병 구해 놨다. 완벽한 밤이었다. 그 녀석만 없다면.

"에에에췌!"

휘는 현관문을 열자마자 재채기를 했다. 원인은 이 녀석 때문이었다. 신발장 위에 누워 있던 고양이는 고개도 들지 않고 휘를 쓱 보더니 다시 잠자리에 들었다.

얼마 전부터 같이 살게 된 고양이 후추였다. 아내가 주차장을 배회하던 새끼 길고양이를 주워 왔다. 휘는 동물은 별로였지만, 아내가 좋아하는 모습에 반대할 수 없었다.

그렇게 우리 집 식구가 된 이 녀석의 이름은 후추가 됐다. 이름 한번 잘 지었다 싶다. 이 녀석만 다가오면 후추를 코에 대고 뿌린 듯 기침이 쿨럭쿨럭 나왔으니까. 휘는 자신이 고양이 알레르기가 있다는 것을 후추를 키우면서 알게 됐다.

이 녀석 때문에 집에만 오면 쿨럭쿨럭 기침이 났다. 아내가 걱정할까 봐 알레르기 약을 몰래 먹고 있었지만, 겨울이 되니 더 심해지는 것 같았다. 녀석은 날씨가 추워지면서 털이 부풀고 있었고, 그만큼 떨어지는 털도 많았다.

알레르기쯤은 별거 아니었다. 진짜 고민은 따로 있었다. 그건 유이가 고양이한테만 신경 쓴다는 것이었다. 온종일 후추하고만 놀고, 잠잘 때도 둘 사이에 후추가 끼어들었다. 질투가 안 날 수 없다. 이 녀석도 동물이라고 감이 좋은지 유이만 따랐고, 휘가 만지기라도 하면 이빨을 드러내며 으르렁거렸다.

지금도 봐라. 아내한테는 반응이 다르다. 녀석은 아내를 보자 옆으로 다가왔다. 후추는 아내 발밑을 빙글빙글 돌더니 아내 다리에 얼굴을 비벼댔다. 옆으로 누워서 얼굴 옆쪽을 번갈아 가며 유이 발에 비비적거리다가 앞발 두 개로 종아리 쪽을 끌어안고 있었다.

"너무 귀여워. 우리 후추 너무 귀엽지?"

"으음. 뭐."

후추는 배를 발라당 뒤집어 까고 꼬리를 흔들었다. 아내가 배를 쓰다듬어도 가만히 있었다.

"이렇게 배를 만져도 가만있는 고양이가 어디 있어. 아이, 이뻐라."

아내가 맘껏 후추와 노는 동안 휘는 요리 준비를 했다. 되도록 유이가 집에서는 요리를 못하게 했다. 요리할 일이 있으면 휘가 했고, 유이 손에 물도 못 묻히게 했다. 안 그래도 밖에서 요리한다고 힘든 아내를 집에서까지 일하게 하고 싶지 않았다. 그것만은 휘가 집에서 철저히 지켰다.

도마에 김치를 놓고 썰고 있는데 아내가 달려왔다.

"여보, 여보! 이것 봐."

그러고는 아내가 폴짝 뛰었다. 후추는 아내가 뛰자 자기도 냥 소리를 내며 뛰었다.

"냥!"

아내가 다시 폴짝 뛰었다.

"냥!"

그러면 후추도 따라 또 뛰었다.

"자기야, 너무 귀엽지?"

휘는 후추는 안중에도 없고 폴짝 뛰는 유이가 너무 귀여워서 들고 있던 칼을 놓칠 뻔했다. 손에 묻은 김치 양념이 없었다면 그대로 유이를 안아 버렸을 것이다.

귀여워. 너무 귀여워. 저녁은 둘째 치고 지금이라도 아내를 안고 침대로 향하고 싶었다. 그런 내 속마음을 아는지 후추가 내 발등을 발톱으로 밟고 지나갔다.

"아야!"

"후추야, 그러면 안 되지."

다시 아내에게 간 후추가 꼬리를 살랑살랑 흔들며 애교를 부렸다. 언젠가 저 녀석의 가면을 벗겨 줄 테다.

휘는 일이 손에 잡히지 않았다. 아침에 있었던 일 때문이었다.

"사랑해, 후추야."

휘는 들고 있던 신문을 내려놓았다. 심각하다. 이건 심각한 거다. 나도 결혼하고 한 번도 들어 본 적 없는 말을 고양이 후추가 들은 것이다.

아내는 이런 휘의 마음을 모르는지 후추의 빵실빵실한 얼굴을 쓰다듬었다. 그러고는 옆에 있던 휘의 머리카락을 쓰다듬었다. 그제야 휘의 마음이 좀 풀렸다. 안 그랬으면 충격으로 출근을 못 했을지도 모른다.

"여보, 나 없는 동안 후추 좀 잘 챙겨 줘."

"으음."

"부탁할게."

"알았어."

아내는 조련사처럼 휘의 머리를 쓰다듬으면서 명령 아닌 부탁을 했다. 휘는 붉어진 얼굴로 고개를 끄덕였다. 여전히 그녀의 손길이 닿으면 볼이 달아오른다. 이건 10년, 30년이 지나도 마찬가지일 것이다.

집에 돌아오니 후추가 현관 앞에 서 있었다. 이내 아내가 없는 걸 보더니, 후추는 뒤도 안 보고 돌아섰다.

아내가 제주도에 레스토랑 지점을 내서 그 일로 내려가게

됐다. 제주도로 내려가는 김에 친구 미소랑 일주일 정도 여행을 같이 하겠다고 해서 집에는 후추와 휘만 남게 되었다.

밥 주고 화장실 청소만 하면 되는 줄 알았더니 그건 큰 오산이었다. 깜빡 잊은 것이다. 이 녀석이 두 얼굴의 고양이라는 걸.

녀석은 휘가 뭘 먹기만 해도 자기도 달라고 어슬렁거리다 안 주면 물고, TV 보는데 놀아 달라고 물고, 놀아 주면 놀이에 집중 안 한다고 물었다. 덕분에 휘의 팔과 종아리에는 생채기가 늘어났다. 아내와 있을 때는 그렇게 세상 순한 고양이가 없더니. 두 얼굴의 고양이. 아수라 백작도 아니고 어떻게 이럴 수 있는지.

"비켜."

후추가 후드 티를 깔고 앉아 있었다.

"그 옷 내 꺼야. 네 이불이 아니라고."

그래도 녀석은 꿈쩍도 안 했다. 그럼 억지로 빼낼 수밖에 없었다. 녀석의 오동통한 몸을 들어 옷을 빼냈다. 그랬더니 굳이 보이는 곳에서 뒤를 돌아보고 앉아 '나 삐쳤다.'고 큰소리를 치고 있었다.

가끔 저 작은 머리통으로 무슨 생각을 하는지 궁금했다. 키워 보니 저 미물은 삐치기도 잘하고 한숨도 잘 쉬고 방귀도 잘 뀌었다. 늦게 집에 들어온 날이면 야옹야옹 잔소리를 하지 않나, 보통이 아니었다.

2시간이나 땀을 뻘뻘 흘리며 만든 캣 타워에는 올라가지도 않고 머리 끈만 가지고 놀거나, 하루는 웬일인지 저 혼자 기분이 좋아 가구에 머리를 박으면서도 온 집안을 뛰어다니다가 다음 날이면 왠지 의기소침해져서 가만있기도 했다.

고양이는 정말이지 미스터리한 동물이었다. 그 속을 알 수가 없었고, 다음 행동이 예측되지 않았다. 지금도 봐라. 옷을 빼앗았다고 삐쳐서 돌아누운 걸.

"이 옷은 내 옷이었다고."

휘는 하는 수 없이 후드 티를 던졌다. 그랬더니 후추는 얼른 다시 후드 티 위에 자리를 잡고 앉았다.

그래. 네가 이겼다.

아내가 여행 간 지 4일째 되는 날이었다. 언제나 퇴근 후면 현관 앞에서 기다리던 후추가 오늘은 보이지 않았다. 녀석도 이제는 아내가 여행 간 걸 아는 걸까. 아내가 없는 나흘 동안 휘의 일상은 무미건조했다. 30여 년 동안 어떻게 아내 없이 혼자 살았을까 의문이었다. 이렇게 힘든데 말이다.

"후추야, 너도 마찬가지지?"

후추가 보이지 않는다. 녀석의 지정석인 소파에도, 침대에
도, 화장실에도 보이지 않았다. 사료도 그대로였다. 보이는 건
주방 바닥에 널린 피가 섞인 토사물뿐이었다.

"피…?"

휘는 다시 후추를 찾았다. 후추는 드레스룸에 숨어 있었다.
입 주위에는 토사물이 묻어 있었다. 피를 토하다니 보통 일이
아니었다. 휘는 옷도 갈아입지 않고 그대로 후추를 안고 동물
병원으로 달려갔다.

다행히 큰 병은 아니었다. 급성위염으로 구토를 한 모양이
었다. 약만 먹으면 된다는 소리에 안도의 한숨을 쉬었다. 그제
야 휘는 자신의 몰골을 보았다. 야간에 하는 병원을 물색하느
라 여기저기를 뛰어다녔더니 온몸이 땀으로 젖어 있었다.

후추는 집에 돌아오자마자 언제 아팠냐는 듯이 쌩쌩 날아
다녔다. 씻고 나오니 후추는 퀸사이즈 침대 한가운데에 떡 하
니 누워 있었다.

"그래, 이번에는 침대 양보할게."

휘는 이불과 베개를 들고 소파로 가려고 했더니 후추가 울
었다.

"냥!"

"응? 왜?"

"냥! 냥!"

"네 옆에서 자라고?"

"냥!"

후추 옆에 누웠다. 그랬더니 후추는 눈을 감고 금방 잠이 들었다. 휘는 저도 모르게 자는 후추의 머리와 몸을 쓰다듬었다. 어릴 때는 이 말랑말랑하고 연약한 몸뚱이가 기분 나빴다. 그러나 지금 이상하게도 아무렇지도 않았다. 그저 이 연약하고 작은 생명체가 편안하게 잠이 들기를 바랐다. 몇 번을 후추가 잘 자는지 확인하고는 휘도 그 옆에서 잠이 들었다.

드디어 아내가 돌아오는 날이었다. 휘는 꽃다발을 들고 공항에서 기다렸다. 유이를 보자마자 와락 껴안고 말았다.

"누가 보면 해외에 있다 몇 년 만에 만난 연인인 줄 알겠네."

옆에 있던 시훈이 핀잔을 줬다. 휘는 아랑곳하지 않고 유이를 더 세게 안았다.

아내가 짐을 풀자 휘는 냉장고에서 티라미수를 꺼내 접시에 덜었다. 아내가 오면 주려고 어젯밤에 미리 만들어서 냉장고에 넣어 두었다. 결코 사람이 달콤한 것을 먹으면 순간 기분이 좋아져서 사랑한다고 말할지 모른다는 시훈의 조언에 넘어간 것은 아니다. 일주인 만에 온 아내에게 웰컴 디저트를 손수 만들어 주고 싶었을 뿐이다. 다만 티라미수의 뜻이 '나의 기분을 위로 끌어올리다.'라는 걸 구글에서 찾아보기는 했지만.

"음, 너무 맛있어. 사랑에 빠질 것 같은 맛이야!"

예스. 휘는 속으로 예스를 외쳤다.

간단하게 저녁을 먹고는 침대에 누워 영화를 봤다. 휘는 언제나처럼 유이가 웃으면 따라 웃었다. 그러다 문득, 이 시간이 영원했으면 좋겠다는 생각이 들었다. 이렇게 유이가 나의 팔베개에 누워 있고 그녀의 체취를 느끼면서 같이 웃고, 같이 울고 그렇게 살았으면. 유이가 휘의 허리에 손을 감고 눈을 감았다.

"좋다."

"응."

"이렇게 계속 있고 싶다."

"그래."

"자기야, 사랑해."

"…"

결혼하고 나서 처음으로 유이에게 사랑한다는 말을 들었다. 그래, 사랑한다는 말은 거창하게 준비해서 하는 말이 아니다. 이렇게 포근하고 안락한 일상 속에서, 조용하고 따뜻하게 하는 것이다.

"나도 사랑해, 유이."

유이는 부끄러운 듯 휘의 가슴에 얼굴을 파묻었다. 그리고 그 사이로 후추가 파고들었다. 그런데 이번에는 휘의 가슴팍에 올라가더니 거기에 자리를 잡았다.

"어? 이 녀석."

"우와. 후추가 당신을 많이 좋아하나 봐."

"나를?"

"고양이가 사람 몸 위에서 잔다는 건 그 사람을 아주 많이 신뢰한다는 뜻이야."

새삼스레 후추의 몸을 쓰다듬었다. 코가 좀 간질간질했지만, 이 상태로 잠들어도 나쁘지는 않을 것 같았다. 내 곁에 유이가 있고, 그녀가 나를 사랑해 주는데 무엇이 더 필요할까.

휘는 앞으로 우리 가족에게 행복만이 깃들길 진심으로 바랐다.

작가의 말

　안녕하세요. 세상에 아름다운 이야기가 넘치길 바라며 글을 쓰는 웹소설 작가 순정만셍입니다. 먼저 『순진함 더하기 사이코패스』를 읽어 주신 독자분들께 감사의 말씀 드립니다.

　사이코패스 판정을 받은 남자와 순수한 그녀의 달콤하지만, 아슬아슬한 로맨스. 재밌으셨나요?

　처음 루오휘란 인물을 그렸을 때 고민이 많았습니다. 공감 능력 제로에 반사회성 인격 장애를 가진 남자 주인공과 로맨스라니. 루오휘라는 캐릭터를 로맨스 소설 독자분들이 어떻게 받아들이실지 걱정이 많았습니다.

　부디 저의 책을 읽는 시간이 아깝지 않으셨기를. 여러분의 일상에 조금이라도 즐거움을 주고 활력소가 되는 시간이었길 진심으로 바랍니다. 마지막으로 단한권의책 출판사 분들에게 감사의 말을 전합니다. 언제나 행복하세요.

2023년 5월
순정만셍